W0272918

PAPIER FRESSERCHEN
MIM-VERLAG
DIE BÜCHER MIT DEM DRACHEN

Impressum:

Personen und Handlungen sind frei erfunden.
Ähnlichkeiten mit lebenden oder verstorbenen Personen sind zufällig und nicht beabsichtigt.

Besuchen Sie uns im Internet:
www.papierfresserchen.de

© 2021 – Papierfresserchens MTM-Verlag GbR
Mühlstraße 10, 88085 Langenargen
info@papierfresserchen.de
Alle Rechte vorbehalten.

Lektorat + Herstellung: CAT creativ - www.cat-creativ.at

Titelbild und Illustrationen: © Nadine Drexler – www.flammenfarbe.de
Bild Glossar: © Sophie Gramelsberger

Druck: Bookspress / Polen

ISBN: 978-3-96074-463-4 - Taschenbuch
ISBN: 978-3-96074-464-1 - E-Book

Rhea

und der Fürst der grausamen Khyroi

Kerstin Gramelsberger

Für meine Schwester

Inhalt

Ein Funkeln im Wald

Eliah bückte sich und hob einen besonders schönen Kieselstein aus dem Bachbett auf, während Rhea hinter ihm stand und über seine Schulter lugte, was gar nicht so einfach war, denn sie war eine gute Handbreit kleiner als ihr Zwillingsbruder, der immerhin schon so groß war wie vier aufeinander stehende Raben. Oder zwei aufeinander balancierende Waschbären. Oder fünf aufeinander gestapelte Eichhörnchen. So genau konnte Rhea das nicht feststellen, denn sie hatte noch nie vier Raben gleichzeitig fangen können – geschweige denn zwei Waschbären – und erst recht keine fünf Eichhörnchen. Aber ihrer Meinung nach war dieser Vergleich sehr gnädig – sie hätte ihren Bruder ja auch mit Wildschweinen oder mit aasfressenden Geiern vergleichen können, aber dazu mochte sie ihn zu sehr.

Abgesehen davon, dass ihr Zwillingsbruder größer war als sie, stand Rhea auch noch auf der abschüssigen Hügelseite im Wald, irgendwo tief in Muringen. Und wo Muringen eigentlich lag, konnte Rhea auch nicht mit Gewissheit sagen, denn das wusste keiner der Maroughi so genau.

Jedenfalls machte es ihr der abfallende Hügel noch schwerer, mit ihren grasgrünen Augen, die so grün waren, dass sie fast schon leuchteten, über Eliahs Schulter zu blicken. Doch Eliah kümmerte die Neugier seiner Schwester offensichtlich kein bisschen. Seelenruhig drehte er den flachen Kieselstein, den er gerade aufgehoben hatte, hin und her, während er ihn eingehend mit seinen ebenfalls grasgrünen Augen betrachtete. Überhaupt hatten alle Maroughi grüne Augen. Zumindest hatte Rhea bisher noch keinen aus ihrer Gemeinschaft getroffen, der blaue oder braune oder auch schwarze Augen gehabt hätte.

Rhea reckte sich noch mehr und stellte sich auf die Zehenspitzen, wobei ihr schon wieder die langen schwarzen Locken ins Gesicht fielen. Das taten sie ständig bei jeder passenden oder auch unpassenden Gelegenheit. Ungeduldig schob Rhea die Locken zurück hinter das Ohr. „Und, ist er es wert, dass du ihn mitnimmst?“, fragte sie, während sie in Gedanken ihre grasgrünen Augen verdrehte. Schon wieder ein Stein, noch einer!

Doch zu ihrer Erleichterung schüttelte Eliah den Kopf, wodurch seine kurzen schwarzen Locken hin und her wippten. Diese Locken ließen Eliah immer wuschelig und unordentlich aussehen, egal wie intensiv er sie auch bearbeitete.

„Zu unscheinbar, brauche ich nicht. Davon habe ich schon genug in meiner Sammlung", sagte er und warf den Stein achtlos in das Bachbett zurück, sodass das Wasser aufspritzte.

„He! Vorsicht, du machst uns ja ganz nass!", rief Rhea und sprang zurück. „Jetzt sind meine Schuhe nass geworden." Sie blickte auf ihre Füße, die in weichen Stiefelchen steckten, die aus Leder gefertigt und innen mit Filz gefüttert waren. „Und mein Umhang ist auch nass!" Sie versuchte, die Wassertropfen auf ihrem braunen, grob gewebten Umhang wegzuwischen.

„Ach, das macht doch nichts, das bisschen Wasser", sagte Eliah. „Die Sonne wird es schon trocknen."

Rhea blickte zu ihm auf. Seine hohen Wangenknochen und die mandelförmigen, leicht schräg stehenden Augen wirkten auf den ersten Blick etwas hochmütig, was aber gleich wieder durch die leicht pummelige Statur gedämpft wurde. Rhea wusste, dass sie genauso aussah wie ihr Bruder, nur eben mit langen statt mit kurzen Locken.

„Na, dann komm und lass uns weiter Pilze suchen, sonst müssen wir heute Abend hungrig ins Bett." Rhea hoffte, ihren Bruder mit dieser Bemerkung endlich davon abzubringen, noch länger auf Steinsuche zu gehen, die ihn so manches Mal vergessen ließ, warum sie im Wald unterwegs waren. Denn der Grund dafür war gewiss nicht Eliahs Steinsuche, sondern sie mussten ihre Vorräte an Pilzen auffüllen – an den gewöhnlichen Pilzen –, die das ganze Jahr über in diesem Wald wuchsen. An die anderen Pilze – die Sirrtha – wollte Rhea jetzt gar nicht erst denken. Mit den Sirrtha würde sie sich noch schneller befassen müssen, als ihr lieb war.

Sie wollte sich gerade umdrehen, um den Heimweg anzutreten, als ihr Bruder sich schon wieder bückte und einen weiteren Stein in die Höhe hielt, der so groß war wie ein Vogelei. Langsam drehte er ihn hin und her. Einen kurzen Moment geschah gar nichts, als ob der Stein alle Sonnenstrahlen in sich einsog und zu einem einzigen Punkt verschmolz, mitten im Herzen. Denn gleich darauf explodierten die Sonnenatome und katapultierten sich in Millionen glitzernder, schillernder Regenbogenstrahlen zurück in die Freiheit.

Rhea sah erst Eliah an, dann den Kristall in seiner Handfläche. „Hast du das gesehen?", fragte ihr Bruder andächtig. Rhea wollte gerade nicken, als Eliah plötzlich rief: „Autsch, das tut weh!" Im selben Moment ließ er den Kristall fallen und schüttelte seine Hand.

„Was ist?", fragte Rhea.

„Der Stein ist plötzlich ganz heiß geworden. Ich musste ihn fallen lassen, sonst hätte ich mich verbrannt." Eliah pustete heftig in seine Handinnenfläche.

„Bist du sicher?"

„Natürlich bin ich sicher. So was bilde ich mir doch nicht ein." Dann bückte er sich.

„Was tust du denn jetzt?"

„Na, ich suche den Kristall", grummelte Eliah, dessen Kopf irgendwo zwischen seinen Knien steckte.

„Wozu?"

„Wozu meinst du wohl? Ich will ihn mitnehmen, um ihn in mein Steinregal zu tun."

„Du willst ernsthaft einen Stein mitnehmen, der dir gerade eben noch fast die Hand verbrannt hätte?"

„Aber hast du nicht gesehen, wie er geglitzert hat? Das ist ein außergewöhnlich schöner Kristall! Genau nach so einem Stein habe ich mein Leben lang gesucht. Vielleicht habe ich mich ja getäuscht und er war gar nicht heiß."

„Also eben warst du noch ganz empört, als ich dich fragte, ob du sicher wärst", sagte Rhea, die nun halbherzig mitsuchte, wobei ihr schon wieder die Locken über die Wange fielen.

„Wo ist er nur? Hoffentlich finde ich ihn wieder. Ich muss ihn wiederfinden! Er wird der funkelnde Mittelpunkt in meiner Steinesammlung werden."

Rhea versuchte immer noch, dahinterzukommen, warum Eliah so verrückt nach Steinen war. Er hatte bereits ein ganzes Regal voll davon zu Hause in ihrem Wurzelwerk, alle akkurat nach Größe, Farben und Formen sortiert.

„Da! Da ist er ja", seufzte Eliah und griff vorsichtig nach dem Stein.

„Ist er heiß?"

„Nein, eiskalt. Sozusagen eiskristallkalt", antwortete Eliah und steckte den Stein schnell in die Hosentasche seiner Leinenhose. „Ich sage doch, dass ich mich getäuscht habe."

„Na, dann können wir ja jetzt endlich gehen", sagte Rhea.

„Wenn du es sagst, Schwesterchen. Aber ich denke, hier am Bach im Wald ist deine Lieblingsstelle? Du sagst doch immer, dass du es im Wald viel lebhafter findest als draußen. Sagst du nicht immer, du kämst dir hier viel lebendiger vor? Und nun hast du schon genug von deinem Lieblingsplatz?"

„Du sollst mich nicht immer aufziehen, Eliah! Natürlich ist das hier meine Lieblingsstelle, aber wir waren nun lange genug unterwegs und für heute haben wir wirklich genug gesammelt", antwortete Rhea und sah in den Weidenkorb, der an ihrem Arm hing. Tatsächlich war der Korb bis an den Rand gefüllt mit Pilzen unterschiedlichster Art: handtellergroße, cremefarbene, die einen süßlichen Geruch verströmten, fast schon unangenehm, und kleine, dunkelbraune, verschrumpelte Pilze, die eher wie erdige Wurzeln aussahen und sehr würzig und herb rochen. Der Anblick der Pilze ließ Rhea schon wieder an die anderen Pilze denken, an die Sirrtha, die sie und ihr Bruder bei ihrer Wandelung das erste Mal essen würden, dann, wenn sie ihren zwölften Geburtstag feiern würden. Einerseits freute sich Rhea darauf. Jedes Maroughikind fieberte seiner Wandelung und der Sirrthawahl entgegen. Doch Rhea hatte auch Angst, dass etwas schiefgehen könnte. Was, wenn sie den falschen Sirrtha zugewiesen bekäme? Das wäre fatal. Es würde ihren Tod bedeuten.

„Lass uns nach Hause gehen, Fine wartet sicherlich schon auf uns. Außerdem habe ich Hunger", sagte Rhea und drehte sich nun endgültig in Richtung Wurzelwerk um.

Eliah nickte. „Ja, lass uns heimgehen. Für heute bin ich zufrieden mit unserer Ausbeute." Er lächelte über die Doppeldeutigkeit seiner Worte. „Dass ich den Kristall ausgerechnet an deiner Lieblingsstelle gefunden habe, finde ich schön, Schwesterchen." Rhea nickte nur noch, alles andere würde zu weiteren Verzögerungen führen. „Hast du auch den grünen Schwammpilz mitgenommen?", fragte Eliah.

„Natürlich! Den lasse ich mir doch nicht entgehen!" Doch Rhea warf trotzdem schnell einen Blick in den Korb, um sich zu vergewissern. Ja, da lag er, ganz oben, der grasgrüne Schwammpilz. Rhea kicherte. „Oje, hoffentlich trifft Fine diesmal die richtige Dosierung, sonst werden wir wieder alle ganz gemeines Bauchweh bekommen wie beim letzten Mal."

„Erinnere mich bloß nicht daran!", stöhnte Eliah.

Kaum hatten sich die Zwillinge in Bewegung gesetzt, als ihnen plötzlich von irgendwoher ein winzig kleines weißes Fellbündel entgegensauste, so schnell, dass es sie fast umgerannt hätte.

„Na, na, nicht so stürmisch, Wolke", rief Rhea lachend, bückte sich und strich diesem seltsamen Hund-Katze-Maus-Wesen über das flauschige, leicht gewellte Fell. Prompt setzte sich die kleine Wollratte auf ihren Wollrattenpo und sah mit ihren kleinen schwarzen Knopfäuglein ergeben zu Rhea auf, wobei ihre langen flauschigen Ohren nach hinten flappten. Die Tasthaare an dem zierlichen spitzen Näschen vibrierten leicht, während Wolke den langen, felllosen Schwanz um die Vorderpfoten ringelte. Als Rhea die kleine Wollratte auch noch hinter den Ohren kraulte, fing diese genüsslich an zu pfeifen, ein ganz leises Pfeifgeflüster, das die kleine Wollratte nur von sich gab, wenn sie sich wirklich wohlfühlte. Wäre sie eine Katze gewesen, hätte sie jetzt geschnurrt.

„Na, Wolke, jetzt ist es aber wieder gut. Komm, wir machen uns auf den Heimweg." Rhea gab Wolke einen leichten Stups, woraufhin das Pfeifgeflüster erstarb. Sofort hüpfte die kleine Wollratte freudig um Rhea herum.

Zusammen mit Wolke machten sich die Zwillinge auf den Heimweg. Ihr Weg durch den Wald führte sie den Berg hinab am Bach entlang, während Wolke sie unermüdlich umkreiste und so Rheas Aufmerksamkeit auf sich zog. So bemerkte Rhea die Gestalt nicht, die sich hinter einem Busch erhob und sich in Bewegung setzte, um ihnen zu folgen wie ein Schatten.

Als die Zwillinge den Wald verließen, um dem Bachlauf nun unter freiem Himmel zu folgen, musste Rhea die Augen zusammenkneifen, um nicht von der Sonne geblendet zu werden. Das breite Tal, das vor ihnen lag, war umrahmt von sanften Berghügeln. Die Wiesen waren üppig mit kornblumenblauen Blüten übersät, gesprenkelt mit kleinen gelben Farbtupfern. Die Sonne, die hoch am stahlblauen Himmel stand, erwärmte die Luft und Rhea sog den würzigen, erdigen Geruch ein, der ihre feinen Nasenhärchen hinaufkletterte und in ihrem Kopf Bilder von heißen Sommertagen entstehen ließ, an denen Schmetterlinge hin und her tingelten und Bienen die Melodien dazu summten. Rhea war froh, den langen strengen Winter endlich hinter sich lassen zu können.

„Sieh mal, Eliah, Fische!“, rief sie, als sie die flinken Schatten im Wasser des Baches entdeckte, die sofort ins Nichts huschten, als die Zwillinge an ihnen vorbeikamen. Der andere Schatten, der ihnen immer noch unbemerkt folgte, duckte sich tief in den dichten Farn, mit dessen Farben er perfekt verschmolz.

„Der heiligen Feuerkröte sei Dank, der Winter ist vorüber! Jetzt kommt endlich wieder mehr Abwechslung in unseren Speiseplan“, freute sie sich. Doch heute konnten die Fische noch sorglos sein, heute Abend gab es Pilzragout, gewöhnliches Pilzragout. Schon wieder wanderten Rheas Gedanken zu den anderen Pilzen, den Sirrtha.

„Eliah?“, fragte sie.

„Mhm?“

„Wenn du die Wahl hättest, wie würde dein Sirrtha dann aussehen?“

„Ich weiß nicht, darüber habe ich noch nicht nachgedacht. Ist das denn so wichtig?“

„Eigentlich nicht. Wir können sie uns ja sowieso nicht aussuchen. Aber ich bin so nervös, ich muss ständig an unsere Wandelung denken. Wenn es doch nur schon so weit wäre! Ich halte diese Anspannung bald nicht mehr aus.“

„Geht mir genauso“, sagte Eliah.

„Aber hast du auch Angst?“, fragte Rhea.

„Angst? Wovor?“

„Na ja, was passiert, wenn wir ihn zum ersten Mal essen? Ich meine, was passiert mit mir?“

Eliah kickte mit dem Fuß einen großen Stein aus dem Weg, der haarscharf an Wolke vorbeiflog. „Was soll denn schon anderes passieren als deine Wandelung?“

„Nun, was ist, wenn Gork sich irrt?“, fragte Rhea zaghaft.

Eliah sah seine Schwester entgeistert an. „Du meinst, der Ratsälteste könnte uns die falschen Sirrtha zuweisen?“

„Wäre doch möglich, oder? Was passiert dann? Werden wir krank?“

„Darüber habe ich noch gar nicht nachgedacht“, sagte Eliah.

„Siehst du, ich kann die ganzen letzten Tage an nichts anderes mehr denken. Je näher unser Geburtstag rückt, desto mulmiger wird mir. Was ist, wenn wir nicht nur krank werden, sondern schlimmer. Was ist, wenn wir sterben, Eliah? Wenn Gork sich irrt?“

Nun schüttelte Eliah den Kopf. „Ich vertraue Gork, er hat sich noch nie geirrt. Schließlich ist er nicht ohne Grund der Ratsälteste. Und ihm gehört der Sirrtha der Bestimmung, also hat er auch die Fähigkeit dazu. Er wird schon wissen, was er tut.“

Doch Rhea hatte sich auch darüber Gedanken gemacht. „Bist du sicher, dass er sich noch nie geirrt hat? Vielleicht erzählen es uns die Erwachsenen nur nicht, weil es unvorstellbar schrecklich und tragisch war? Woher wissen wir mit Sicherheit, dass Gork sich wirklich noch nie geirrt hat?“

„Mach dir nicht so viele Gedanken, Schwesterchen. Freue dich lieber über den wunderschönen bunten Kristall, den ich heute gefunden habe. Alles andere wird sich finden.“ Er hüpfte über einen kleinen Felsbrocken, der mitten im Weg lag. Dann fing er an zu laufen, was Wolke als lustiges Spiel auffasste. Prompt hopste sie hinter Eliah her.

„Wartet auf mich!“, rief Rhea und folgte den beiden.

Der Weg machte eine Kurve weg vom Bachlauf und den Berg wieder hinauf. Die beiden Maroughi folgten ihm schnaufend und betraten mit Wolke im Schlepptau wieder den schattigen Wald. Die Luft war hier merklich kühler, als ob der Wald eine unsichtbare Barriere gegen die Hitze der Sonne gesponnen hätte.

Immer tiefer führte der Pfad die Zwillinge hinein in den Wald, wo das Tageslicht nur noch spärlich durch das bereits dichte Blätterdach fiel. Der Wald war eingehüllt in ein schummriges Licht, das alles in verschiedenen Grüntönen leuchten ließ. Nur dort, wo sich die Sonne durch das Blätterdach kämpfte, entstanden schmale Lichtsäulen, in denen winzig kleine Insekten und Fliegen ihren Sonnentanz tanzten. Rhea holte tief Luft. So tief, als wolle sie den gesamten Wald von Muringen einsaugen.

„Puh, was bin ich froh, ein Maroughi zu sein. Stell dir nur mal vor, wir wären als grausamer Khyroi auf die Welt gekommen."

„Oje, dann müssten wir ja auf immer und ewig Krieg gegen die Maroughi führen!", sinnierte Eliah. „Da wäre ich dann doch lieber ein Elkin geworden."

Rhea zuckte mit den Schultern. „Tja, dann hätte sich das Thema Sirrthawahl für dich erledigt. Allerdings könntest du dann wunderschöne Luftpurzelbäume fliegen."

Im Wald war es ruhig, nur ein leises Sirren erfüllte die Luft, als sie die Elkinnen-Siedlung passierten. „Kannst du die Elkinne sehen?", fragte Rhea und legte den Kopf in den Nacken, wobei sie fast über Wolke gestolpert wäre.

Eliah tat es ihr nach. „Nein, keine einzige Elkinseele weit und breit. Ihre Hütten in den Baumkronen sind alle leer."

„Wahrscheinlich fliegen sie über den Baumkronen, um die warmen Sonnenstrahlen abzukriegen. Schade, ich sehe ihnen für mein Leben gern zu, wenn sie mit ihren schillernden Flügeln und ihren zierlichen Gestalten durch die Lüfte brausen. Mit ihren leuchtenden einfarbigen Kitteln sieht das wunderschön aus. Ich finde, das hat etwas Zauberhaftes, fast Magisches an sich."

Eliah kicherte. „Ja, genauso magisch und zauberhaft wie der Anblick ihrer freischwingenden Brücken zwischen den einzelnen Hütten!"

„Oh, wenn ich diese Brücken nur sehe, wird mir schon ganz schwindelig. Da braucht es einen Haufen Magie, bevor ich da freiwillig hinaufklettere."

Kurz darauf hatten die Zwillinge ihr Wurzelwerk erreicht. Rhea bückte sich und schob ihre Locken hinter das Ohr.

„So, meine süße Wolke, nun lauf wieder in den Wald und tue das, was du immer tust", sagte sie, wobei sie Wolke einen liebevollen Stups gab. Die kleine Wollratte sah ihre Herrin aus tieftraurigen Augen an, ließ die kleinen Ohren hängen, wandte sich um und schlich davon. Dieses Ritual war so alt, wie Wolke bei ihnen lebte.

Doch nicht nur Wolke schlich sich davon. Auch diesmal bemerkte Rhea den Schatten nicht, der sich aus dem grünlichen Dickicht löste und so augenblicklich verschwand, als ob ihn das Grün des Waldes in sein Reich gesogen hätte.

Rhea hopste hinter Eliah die drei Erdstufen zum Wurzelwerk hinunter, das sich unter den ausladenden Wurzeln eines unvorstellbar alten Baumes befand. Kaum hatten sie den schummrigen Wohntunnel betreten, legte sich sofort ein leicht modriger Geruch vermischt mit dem herben Duft würziger Erde um Rheas Schultern wie eine alte Katze, die sie willkommen heißt, uralt und vertraut. An der linken Tunnelwand führten zwei Türen, die vordere zur Schlafkammer von Rhea und Eliah, die hintere zur Schlafkammer ihrer Mutter. Rhea trat durch die einzige Tür auf der rechten Seite.

Die fast kreisrunde Kammer, die die Zwillinge nun betraten, wurde durch mehrere kleine Öffnungen unter der kuppelförmigen Decke erhellt. Vereinzelt ragte freigelegtes Wurzelwerk aus den Wänden, teils armdick, teils fein verästelt, während der Boden aus fest gestampftem Lehm bestand.

„Hallo Fine", sagte Rhea und stellte den Korb mit Pilzen neben dem steinernen Herd in der Mitte der Kammer ab. Ihre Mutter, die gerade in einem Kupferkessel rührte, der über dem Feuer hing, drehte sich um.

„Hallo, ihr zwei, da seid ihr ja wieder. Die Suppe ist gleich fertig, dann können wir zu Mittag essen."

Erst jetzt fiel Rhea der betörende Essensgeruch auf, der in der Luft hing, und prompt meldete sich ihr Magen. „Der heiligen Feuerkröte sei Dank, ich sterbe vor Hunger", jammerte sie und sah ihre Mutter mit schmerzlichem Gesichtsausdruck an. Immer wenn Rhea ihrer Mutter in das vertraute Gesicht blickte, sah sie ihre eigene Zukunft, denn Fine sah aus, wie Rhea einmal aussehen würde. Umgekehrt konnte sich Rhea lebhaft vorstellen, wie ihre Mutter einmal ausgesehen hatte.

„Na, nun übertreibe mal nicht gleich so. Ich bin ja gleich fertig, das wirst du schon noch aushalten können. Lass lieber erst mal deine Ausbeute sehen, damit ich weiß, ob ihr euch eure Suppe überhaupt verdient habt."

Fine steckte erwartungsvoll die Nase in den Korb mit Pilzen. „Ja, da wart ihr aber fleißig! Das wird ein feines Abendessen, da mache ich mich gleich nach der Suppe an die Arbeit. Und sogar einen grünen Schwammpilz habt ihr gefunden!"

Doch nach der ersten Begeisterung runzelte sie die Stirn. „Na hoffentlich liegen wir morgen nicht alle mit Bauchweh im Bett." Sie wandte sich lächelnd zu Eliah um. „Und, hast du nicht auch noch ein paar Kieselsteine mitgebracht?"

Eliah grummelte vor sich hin. „Nein, nichts Gescheites dabei gewesen heute." Rhea wusste, wie ihr Bruder es hasste, wenn ihn auch noch seine Mutter immer mit seiner Leidenschaft aufzog. Es reichte ihm schon, wenn Rhea auf ihren Streifzügen immer dumme Kommentare abgab.

Fine lachte und strich ihrem Sohn über die Wange. „Ich weiß doch, dass du diesen Dingern nicht widerstehen kannst. Aber jetzt kommt, die Suppe ist fertig."

Sie nahm den schweren Kupferkessel vom Herd und trug ihn zu dem Holztisch, der ebenfalls mitten im Raum stand.

Rhea war verwirrt. Eliah hatte doch einen Stein gefunden – und sogar einen außergewöhnlich schönen Kristall! Warum erzählte er Fine nichts davon? Sie warf ihrem Bruder einen Blick zu, den dieser aber nicht bemerkte. So sagte Rhea lieber nichts, Eliah würde schon seine Gründe haben.

Gemeinsam setzten sie sich an den Tisch und Fine verteilte die Suppe. Rhea musste sich zusammenreißen, damit sie sich nicht den Mund verbrannte, als sie die Suppe fast inhalierte, so hungrig war sie.

„Na, seid ihr schon aufgeregt wegen eurer Wandelung?", fragte Fine.

Rhea wurde gleich wieder mulmig. „Ja, wir haben uns auf dem Heimweg schon darüber unterhalten."

„Wollt ihr wissen, welchen Sirrtha ihr bekommt?", fragte Fine scheinheilig.

Die Zwillinge verschluckten sich fast, als sie ihre Mutter entgeistert ansahen. Würde Fine ihnen wirklich die Namen ihrer Sirrtha verraten? Durfte ... konnte sie das überhaupt? Wenn ja, warum hatte sie es nicht schon längst getan?

„Weißt du es denn?", fragten sie fast gleichzeitig.

„Also, nicht so direkt. Allerdings habe ich natürlich so meine Vermutungen, aber ich werde mich hüten, es euch zu verraten", neckte Fine sie.

Die Gesichter der Zwillinge fielen prompt in sich zusammen. Nun tat es Fine offensichtlich leid. „Nein, nein, das ist allein Gorks Entscheidung. Kein anderer kann dies übernehmen."

„Aber was denkst du?", fragte Eliah.

„Nun ja, deine Eigenschaften sind klar", sagte Fine, während sie sich noch einen Schöpfer voll Suppe aus dem Topf in ihren Teller füllte. „Du bist absolut genau und exakt in deinem Tun und besitzt strategisches Denken. Man braucht sich ja nur mal dein Sammelregal anzusehen."

Eliah nickte und schlürfte einen Löffel Suppe, sehr zum Ärger seiner Schwester nicht gerade leise.

„Und ich?", piepste Rhea irgendwie heiser.

„Du? Du bist die Wahrheitsliebende und behältst stets die Gerechtigkeit im Blick, die du leidenschaftlich einforderst, egal ob nötig oder nicht. Diese Eigenschaften sind so klar wie der aufgehende Mond und Gork hat sich sicherlich schon Gedanken gemacht, welche Fähigkeiten euren Eigenschaften entsprechen."

„Hat Gork sich jemals geirrt? Oder der Ältestenrat? Ist jemals ein Maroughi an der falschen Sirrthawahl gestorben?" So, nun war es heraus. Rhea fühlte sich genauso erleichtert wie lächerlich, aber sie trug diese Angst nun schon wochenlang mit sich herum und wollte endlich beruhigt werden wie ein kleines Kind, für das die Erwachsenen noch ebenso mächtig wie allwissend waren.

„Nein, Rhea. Gork irrt sich nicht", sagte Fine. „Und die fünf Mitglieder der Ältestenrats, die die Sirrthawahl bestätigen, fungieren ja eher nur als Zeugen. Gork hat noch immer den richtigen Sirrtha gefunden, der die Eigenschaften eines Maroughikindes in die entsprechende Fähigkeit wandelt."

„Bist du sicher? Hat Gork noch nie den falschen Sirrtha gewählt?", hakte Rhea nach.

Nun legte Fine den Suppenlöffel aus der Hand und lehnte sich zurück. „Wenn ich so recht überlege, gab es da mal einen Vorfall", sagte sie langsam.

„Was für einen Vorfall?", fragte Eliah.

Rhea hingegen wollte es vor lauter Angst gar nicht wissen. Sie hatte es ja geahnt!

„Es war ein kleines Mädchen, noch bevor ihr geboren wurdet", fuhr Fine fort. „Sie sah dir sogar etwas ähnlich, Rhea."

Das wollte Rhea nun gar nicht hören.

„Was war mit ihr?", fragte Eliah.

„Bei ihrer Wandelung hatte Gork ihr einen Sirrtha zugewiesen, von dem er überzeugt gewesen war, dass es der richtige war. Denn wie ihr wisst, hat Gork die Fähigkeit der Bestimmung und hatte sich bis dahin auch noch nie geirrt. Also warum sollte er nun zweifeln? Nie im Leben hätte er gedacht, dass er sich irren könnte, das hätte er diesem Mädchen nie antun können." Fine verstummte. Rhea kribbelte es im Magen. Einerseits wollte sie nicht wissen, was damals passiert war, andererseits musste sie es wissen, unbedingt. „Und dann?"

„Als das Mädchen nun in der Nacht seiner Wandelung von dem Sirrtha abbiss, den Gork ihr zugewiesen hatte, fing sie an zu schreien. Wir wussten erst gar nicht, was los war. Sie schrie immer schriller, immer verzweifelter. Wir anderen sind auf das Sirrthafeld gelaufen, um ihr zu helfen. Als wir ankamen, lag sie am Boden und wand sich vor Schmerzen. Ich habe sie berührt und versucht, herauszufinden, was passiert war. Sofort erkannte ich Gorks fatalen Fehler."

„Konntest du sie retten?", fragte Rhea.

Ihre Mutter war die Heilerin der Gemeinschaft, denn ihr gehörte der Sirrtha des Heilens. Fine nickte langsam. „Es hat lange gedauert und wir mussten viel Geduld beweisen. Lange war nicht klar, ob sie überleben würde, doch am Ende hat sie es geschafft. Allerdings war sie danach nie wieder so wie vorher. Sie war irgendwie durcheinander, verrückt."

„Was hatte Gork falsch gemacht?", fragte Rhea.

„Genau wissen wir es nicht, aber wir vermuten, dass seine Urteilskraft zum Zeitpunkt der Wandelung beeinträchtigt gewesen sein musste. Etwa zwei Monate zuvor war er ziemlich krank gewesen. Er hatte eine Erkältung, die sich zur Lungenentzündung ausgeweitet hatte, und es stand sehr schlimm um ihn. Ich musste mir etwas einfallen lassen, das ihn rettete und hatte ihm ein sehr starkes Kraut gegeben, das bei manchen Maroughi eine Bewusstseinsveränderung bewirken kann. Ich hatte es sehr vorsichtig dosiert und Gork daraufhin genau beobachtet, konnte aber keine Beeinträchtigung bei ihm feststellen. Die Lungenentzündung flaute auch tatsächlich schnell ab, doch das Kraut hat wohl sehr lange in seinem Körper nachgewirkt und sein Bewusstsein doch zu stark beeinträchtigt. An die Möglichkeit, dass das Kraut Gorks Urteilsvermögen bei der Sirrthawahl angreift, wäre ich nie gekommen. Es lagen ja auch gut zwei Monate zwischen seiner Krankheit und der Wandelung dieses Mädchens. Ich wollte einzig Gork retten und damit unserer Gemeinschaft den Ratsältesten erhalten."

Plötzlich empfand Rhea Mitleid mit Gork. Wie musste ihm sein fataler Irrtum zugesetzt haben. Und was war mit Fine? „Hattest du ein schlechtes Gewissen? Denn indirekt bist du ja irgendwie schuld an Gorks Fehler."

Als sie Fines Blick sah, bereute sie ihre Frage sofort.

„Ja, Rhea. Ich hatte große Schuldgefühle, die ich lange mit mir herumtrug. Doch verglichen mit Gorks waren sie lächerlich. Ich hatte wenigstens unseren Ratsältesten gerettet."

„War dies der einzige Fehler Gorks?", fragte Eliah.

„Ja, es war die erste Wandelung nach seiner Lungenentzündung. Später war er wieder ganz hergestellt. Später gestand er mir einmal, dass er sich bei dieser Wandelung ein wenig seltsam gefühlt habe, als er den Sirrtha für dieses Mädchen wählte, irgendwie entrückt, als ob er im Nebel wandeln würde. Dies war wohl ein Hinweis auf seinen Zustand gewesen und vielleicht hätte er es vermeiden können, wenn er darauf geachtet hätte." Fine überlegte kurz. „Nein, wahrscheinlich wäre ihm der Zusammenhang gar nicht klar gewesen. Ich hingegen hätte es wissen können."

„Und die nächste Wandelung nach dem Mädchen? Hatte Gork nicht furchtbare Angst vor ihr?", fragte Rhea.

„Ja, natürlich hatte er Angst. Er war für die Sirrthawahl verantwortlich, die nur er treffen kann und die für unser gesamtes Waldvolk von Bedeutung ist, nicht nur für uns Maroughi. Auch die Elkinne hängen davon ab."

„Die Elkinne?", fragte Eliah. „Inwiefern hängen diese von uns ab?"

Fine fing wieder an, ihre Suppe zu löffeln, die inzwischen kalt geworden war. „Das wirst du noch früh genug erfahren. Aber nun wollen wir uns nicht mit so furchtbaren Themen befassen, dies alles ist lange her. Freuen wir uns lieber auf eure Wandelung."

Doch Rhea kam ein weiterer beunruhigender Gedanke. Ihr fiel die Geschichte von Darelin wieder ein, der gestorben war, weil er vor seiner Wandelung von den Sirrtha gegessen hatte. Alle Maroughikinder kannten seine Geschichte von klein auf und bisher hatte Rhea immer gedacht, dass sich die Erwachsenen den Tod von Darelin nur ausgedacht hatten, um sie vom Sirrthafeld fernzuhalten.

„Was war mit Darelin? Ist er wirklich gestorben, weil er vor seiner Wandelung von den Sirrtha gegessen hat oder hat Gork sich auch bei Darelin geirrt?"

Fine nahm sich einen weiteren Löffel kalter Suppe, bevor sie fortfuhr. „Nein, Rhea. Darelins Geschichte ist leider wahr. Er ist nicht durch Gork umgekommen, sondern durch seine eigene Dummheit."

„Also gab es diesen Darelin wirklich und es stimmt, dass der Sirrthagenuss vor der Wandelung tödlich ist?", fragte Eliah.

„Ja, das stimmt. Darelin hatte trotz aller Warnungen nicht hören wollen und den Sirrtha nicht widerstehen können. Er ist kurz vor seiner Wandelung gestorben."

Betroffen sah Rhea ihren Bruder an, während Fine ihren Teller mit kalter Suppe beiseiteschob. „Übrigens habe ich Gork vorhin an der Quelle getroffen, als ich Wasser geholt habe. Dabei hat er mir erzählt, dass Balem von den Elkinnen ziemlich krank ist und meine Medizin braucht. Kann einer von euch beiden nach dem Essen zu ihm gehen und ihm etwas davon bringen?"

„Was hat er denn?", fragte Eliah. „Ist er vor lauter Schimpferei mal wieder so rasant geflogen, dass er sich einen Flügel verrenkt hat?"

„Oder dass er vor lauter Brummigkeit den nächsten Baumstamm übersehen hat und dagegen gekracht ist?" Rhea war froh über den Themenwechsel und musste bei dem Gedanken sogar kichern. Normalerweise waren die zierlichen Elkinne mit ihren zarten Flügeln von Natur aus fröhliche und hilfsbereite Wesen, die sehr geschickt im Fliegen waren. Balem bildete allerdings eine Ausnahme, manchmal sogar eine sehr große, zumindest was Fröhlichkeit und Hilfsbereitschaft betraf. Fliegen konnte er wie kein anderer.

„Nein", lachte Fine. „Soviel ich weiß, hat er sich nur ziemlich stark erkältet. Aber genau weiß ich es nicht, ich habe ihn ja nicht berührt."

Rhea war von Fines Fähigkeit fasziniert. Diese konnte allein durch Berührung der Kranken oder Verletzten herausfinden, was ihnen fehlte. Ob sich ein Elkin tatsächlich bei einem gewagten Flugmanöver die Flügel verrenkte oder ob ein Maroughi beim Aufstieg über die Hängeleitern hinauf in die Elkinnen-Siedlung vor lauter Angst Schwindelanfälle bekommen hatte, vor Fine konnte man nichts verheimlichen. Die Heilerin mixte die richtige Medizin aus den Kräutern und Beeren, die sie im Wald und im grünen Tal sammelte.

Manchmal kam es auch vor, dass sie tief Nachts aus dem Bett geholt wurde, das kam sogar ziemlich oft vor, doch dann wollte der Maroughi, der vor der Tür stand, keine Hilfe bei Verletzungen oder Krankheit, sondern erbat mit flüsternder Stimme, verschämtem Gesicht und verlegen geriebenen Händen einen Liebestrank oder wenigstens Kräuter, die seine Angebetete betören sollten. Doch diese nächtlichen Besucher wimmelte Fine stets höflich, aber bestimmt, ab. Für Liebeskrankheiten war sie nicht zuständig. Bei kleineren Wehwehchen hingegen schickte sie oft eines ihrer Kinder.

„Oje, nicht ein Elkin-Krankenbesuch", stöhnte Rhea und legte den Kopf auf die Unterarme. „Fine, du weißt, dass wir den Krankendienst immer gerne übernehmen, weil man so ein bisschen herumkommt und mit den anderen aus der Gemeinschaft einen kleinen Plausch halten kann, statt irgendwelche langweiligen Hausarbeiten verrichten zu müssen", grummelte sie. Dann hob sie den Kopf und sah Fine an. „Aber zu den Elkinnen!"

„Oje", stöhnte nun auch Eliah. „Ich kann mir Angenehmeres vorstellen als die abenteuerliche Kletterei über eine wackelige, windige Strickleiter hinauf. Am Ende musst du mich noch wegen Angstzuständen behandeln."

„Einerlei, Balem ist krank und braucht meine Hilfe. Und einer von euch zwei wird gehen. Wer ist an der Reihe?"

„Du bist dran", sagte Eliah mit einem Kopfrucken in Richtung Rhea.

Seine Schwester schüttelte nur den Kopf und hielt dem Blick ihres Bruders stand.

„Doch, du bist an der Reihe", forderte er.

„Nein, ich war das letzte Mal bei der verrückten Susa, als sie sich das Fußgelenk verstaucht hatte bei dem Versuch, sich selbst in den Hintern zu treten." Bei dem Gedanken musste Rhea kichern.

Auch Eliah lachte. „Stimmt, das war lustig. Aber das war leider das vorletzte Mal, Schwesterherz. Das letzte Mal war ich dran, als ich bei der alten Alma war und ihr die Hustenmedizin gebracht habe. Also bist du jetzt an der Reihe."

Oje, das hatte Rhea tatsächlich vergessen. Nun musste sie in den sauren Apfel beißen. „Also gut, ich gehe", seufzte sie.

„Danke Liebes, dann werde ich mal die Kräuter zusammensuchen", sagte Fine.

Dann erhob sie sich, wusch ihre Suppenschüssel und den Holzlöffel in dem mit Wasser gefüllten Holzeimer aus und legte beides zurück in das Holzregal an der Wand, bevor sie die Kammer verließ. Rhea folgte ihr schnell, wobei sie mit voller Absicht vergaß, ihre Schüssel zu waschen und wegzuräumen. Rheas Gerechtigkeitssinn gewann die Oberhand. Sollte das doch Eliah tun, wenn sie schon den unangenehmen Krankenbesuch übernehmen musste.

Rhea liebte die Kräuterkammer ihrer Mutter, die am Ende des Wohntunnels lag. Sie war winzig, mehr als zwei Maroughi hatten schon keinen Platz mehr darin. An allen drei Wänden waren dicht auf dicht von oben bis unten schmale Gewürzregale angebracht, die vierte Wand wurde von der Tür eingenommen.

Fine stand auf einem Baumstamm, der ihr als Aufstiegshilfe diente, um an die oberen Regale heranzukommen, und kramte geschäftig herum, wobei sie vor sich in murmelte.

„Wo hab ich denn ... ach ja, da. Dann brauch ich noch ... Wo ist denn nur ...“

Währenddessen betrachtete Rhea ehrfürchtig das Sammelsurium der unterschiedlichsten Behältnisse auf den Regalen: Fläschchen, Tiegel, Flacons, Döschen, Töpfe, kleine Bastkörbchen und allerlei andere fremdartig anmutende Aufbewahrungsbehälter in den unterschiedlichsten Farben und Formen machten sich den spärlichen Platz auf den Regalen streitig. Rheas Blick wanderte nach oben an die Decke, wo Fine verschiedene Kräuterbündel kopfüber zum Trocknen aufgehängt hatte. Die Büschel von Thymian, Salbei, Rosmarin, Oregano und noch so manch anderem würzigen Kraut verströmten einen eigenartigen Geruch. Die kostbaren Kräuter und Beeren waren Fine so wertvoll wie ihre eigenen Kinder. Ohne ihre Erlaubnis oder während ihrer Abwesenheit durfte niemand die Kammer betreten.

Rhea musste daran denken, wie sie sich einmal trotz Verbots hineingeschlichen hatte. Das darauffolgende Donnerwetter hatte sie so tief beeindruckt, dass sie seitdem keinen Gedanken mehr an einsame Unternehmungen in der Kräuterkammer verschwendete.

„Hier, halt mal“, sagte Fine, die bereits verschiedene Kräuter in einen kleinen Weidenkorb sortiert hatte, den sie nun Rhea in die Hand drückte.

„Was hat Balem denn genau?“, fragte Rhea.

„Ich weiß nicht recht. Gork sagte, er hat einen ziemlichen Schnupfen mit Husten und starkem Halsweh.“ Fine reckte sich und holte ein kleines Töpfchen vom Regal, aus dem sie ein paar getrocknete Kräuterbündel nahm und zu den restlichen in das Körbchen legte.

„Und was gibst du ihm dagegen?“

„Gegen den Schnupfen bekommt er Thymianwurzeln, gegen den Husten Salbei und Efeublätter und dann noch Pfefferminzblätter und Kamille gegen das Halsweh.“ Fine seufzte. „Ich hoffe nur, dass Balem die Kräuter auch wirklich nimmt.“ Sie wandte sich zu Rhea um. „Richte ihm aus, dass er sich daraus einen Tee aufbrühen muss und dass er diesen dreimal am Tag in langsamen Schlückchen so heiß wie möglich trinken soll. Er soll den Tee mit einem Löffel Honig süßen, das tut ihm gut und verstärkt die heilende Wirkung. Es wird Balem zwar nicht gefallen, dass ich ihm Anweisungen erteile, doch er muss sich zu seinem eigenen Schutz daran halten, sonst kann aus einem harmlosen Schnupfen oder Husten eine ernsthafte Krankheit werden."

Rhea nickte. „Ich werde es ihm ausrichten. Hoffentlich wird er nicht ärgerlich."

„So, nun geh aus der Kammer, damit ich endlich Platz habe, um von diesem Baumstamm herunterzukommen."

Rhea drehte sich um und machte sich auf den Weg. Als sie an der Küche vorbeikam, sah sie Eliah, der immer noch auf seinem Stuhl saß. Offensichtlich betrachtete er etwas, das er in seiner Hand hielt.

„He, Eliah. Willst du nicht doch zu Balem mitkommen?"

„Nein, danke, Schwesterchen." Er hielt seine Hand hoch und öffnete sie. „Ich guck mir lieber noch einmal meinen Fund an, den ich heute gemacht habe." Selbst als er den Kristall im spärlichen Dämmerlicht der Küche hin und herdrehte, konnte Rhea ein buntes Funkeln sehen. „Ist er nicht wunderschön? Richtig geheimnisvoll, findest du nicht?"

Rhea nickte. „Ist er heiß?"

„Nein, kein bisschen. Vielleicht habe ich mich vor lauter Aufregung doch getäuscht."

„Na, dann bis später." Rhea drehte sich um und hoffte, dass wenigstens Wolke sie nicht im Stich lassen würde.

Der nächtliche Ruhestörer

Als Rhea aus dem schattigen, kühlen Erdtunnel heraustrat, schlug ihr die laue Frühlingsluft ins Gesicht. Sie beschloss, dass es nun endlich warm genug war, um den Umhang daheim zu lassen. Schnell wand sie sich daraus hervor und legte ihn neben den Eingang auf einen Baumstumpf. Später würde sie ihn wieder brauchen, wenn sie in das Wurzelwerk zurückkam. Dort drinnen war es immer ein wenig kühl. Doch hier draußen war die Luft bereits voll vom Duft der ersten zarten Frühlingsblumen. Tief sog sie die Luft ein und seufzte erleichtert. Ja, jetzt ging es wieder aufwärts im Jahreslauf.

Sie sah sich suchend nach Wolke um und pfiff leise. Schon hörte sie ein Rascheln im Gebüsch neben sich und eine Sekunde später schoss die kleine Wollratte daraus hervor, so schnell, dass sie kaum noch bremsen konnte und fast vornüber gekippt wäre. Dann setzte sie sich vor Rhea hin und sah sie erwartungsvoll an.

„Oje, Wolke. Deine Pfoten sind ja total dreckig! In welchem Erdloch hast du denn schon wieder gegraben?“ Lachend bückte sich Rhea und kraulte Wolke kurz hinter den Ohren, was die kleine Wollratte prompt zum Anlass nahm, leise zu pfeifen.

„Nun aber los, sonst bekommt Balem seine Medizin heute gar nicht mehr.“ Rhea machte sich auf den Weg, während Wolke glücklich hinterher sauste.

Die Sonne sprenkelte den Pfad, der mit knorrigen Wurzeln durchzogen war, und Rhea versuchte hüpfend, von einem Sonnenfleck zum nächsten zu gelangen, ohne in die Schatten zu treten, während sie leise vor sich hinsummte. Wolke fand dieses Spiel überaus lustig und sprang zwischen Rheas Beinen hindurch. In diesem Moment war Rhea vollkommen eins mit der Natur und fühlte sich rundherum zufrieden.

Da fiel ihr der Grund des Spaziergangs wieder ein und ihre Stimmung trübte sich schlagartig. Sie war ja auf dem Weg zu dem knurrigen Balem, wie unangenehm. Noch dazu musste sie eine wackelige Strickleiter hinauf, was fast noch unangenehmer war als der unfreundliche Elkin. Seufzend gab sie ihr Hüpfspiel auf und ging nun stetigen Schrittes weiter, Wolke mit hängenden Ohren vorneweg. Da blieb Wolke plötzlich stehen und hob den Kopf. „Na, Wolke? Was hast du denn?“, fragte Rhea, die ebenfalls stehen geblieben war. Wolke rührte sich nicht. Rhea kannte diese Haltung, sie bedeutete äußerste Konzentration auf ihre Umgebung. Auch Rhea blieb ruhig stehen und lauschte, doch sie konnte nichts entdecken, was Wolkes Reaktion erklärt hätte. Da löste sich Wolkes Spannung und sie setzte sich wieder in Bewegung. Rhea folgte der kleinen Wollratte, blieb aber aufmerksam. Ihre Blicke durchstreiften das Dickicht am Wegesrand, trotzdem verbarg sich der Schatten so gut, dass Rhea ihn nicht entdeckte.

Nach einer Weile erreichte sie die Siedlung der Elkinne und Rhea blickte mit einem mulmigen Gefühl nach oben. Knapp unter den Baumkronen sah sie die Hütten, die sich um die uralten Baumstämme der riesigen Bäume wanden. Sie wusste, wenn man eine dieser Baumhäuser betrat, konnte man von einer Kammer in die nächste immer im Kreis einmal komplett um den Baumstamm herum gehen, bis man wieder bei der ersten Kammer angelangt war. Um das Baumhaus herum zog sich ein hölzerner Balkon, sodass man die Hütte im Freien ebenfalls einmal komplett umrunden konnte.

Als Rheas Blick auf die zahlreichen Hängebrücken fiel, die die Hütten untereinander verbanden, schüttelte sie sich innerlich. Fand sie die Strickleiter am Baumstamm, die nach oben führte, schon bedenklich, so waren die Hängebrücken dreimal schlimmer, weil sie immer in Bewegung waren, auch wenn es windstill war. Zum Glück musste sie heute nur über die Strickleiter zu Balems Hütte. Doch als sie nach oben sah, fing es ganz eklig in ihrem Bauch an zu kribbeln. Da hinauf musste sie, und zwar jetzt. „Wolke, du bleibst da und wartest auf mich“, sagte Rhea zu der kleinen Wollratte. „Du hast es gut, du kannst hierbleiben. Ich nicht. Ich muss jetzt da hinauf.“ Sie seufzte.

Wolke ließ verdrossen die Ohren hängen, während sie ergeben zu Rhea aufsah.

Entschlossen nahm Rhea die unterste Sprosse ins Visier und schluckte. Das eklige Kribbeln in ihrem Magen hatte sich inzwischen zu einem flauen Gefühl entwickelt, was nicht unbedingt besser war. Resigniert griff sie nach den Hanfseilen und fing an, die Leiter hinaufzuklettern. Das Medizinkörbchen hatte sie sich in die Armbeuge geschoben, um die Hände frei zu haben.

Zuerst ging alles gut, die Leiter hing ruhig und Rhea wurde wagemutiger. Etwas rascher kletterte sie weiter. Das hätte sie lieber nicht tun sollen, denn nun fing die Leiter an, unkontrolliert hin und her zu schwingen. Sofort hielt Rhea inne, während ihre Handinnenflächen ganz schwitzig wurden. Mit klopfendem Herzen umklammerte sie das Seil aus Angst, mit ihren feuchten Händen abzurutschen. Was musste sie auch unbedingt der Elkinbesuch treffen. Hätte es nicht wieder die alte Alma mit ihrem ewigen Husten sein können? Oder die verrückte Susa mit einer verstauchten Hand? Oder sonst wer mit sonst was? Eigentlich war Rhea ja recht gerne in der Elkinnen-Siedlung, aber nur, wenn sie keinen Krankenbesuch zu tätigen hatte und in Ruhe vom Boden aus den Elkinnen beim Fliegen zusehen konnte. Wenn nur nicht diese furchtbaren Strickleitern wären – und dann auch noch ausgerechnet der brummigste aller Elkinne.

Während sie in Gedanken vor sich hin schimpfte, hing sie immer noch hilflos in der schwingenden Leiter und traute sich weder vor noch zurück. So langsam fingen ihre verkrampften Fäuste an zu schmerzen und sie fragte sich, ob sie denn nun auf immer und ewig hier baumeln würde. Wie peinlich. Auf keinen Fall wollte sie wie ein nasser Sack in den Seilen hängen. Nicht auszudenken, wie lächerlich sie sich machen würde, wenn ausgerechnet jetzt ein Elkin vorbeigeflogen käme und sie retten müsste. Schnell blickte sie sich um, aber es war niemand zu sehen. Doch die ruckartige Bewegung brachte die Leiter erneut zum Schwingen. Noch dazu waren ihr bei der unüberlegten Bewegung die Locken in das Gesicht gerutscht und versperrten ihr die Sicht. Unbeholfen versuchte sie, diese aus dem Gesicht zu schütteln, ohne die Hände vom Seil zu lösen. Vorsichtig lugte sie nach oben, um den Rest der Strecke abzuschätzen. Eigentlich war es gar nicht mehr so weit und inzwischen hatte die Leiter auch wieder mit der wilden Pendelei aufgehört.

Tapfer kletterte Rhea mit wackeligen Knien weiter. Die Leiter blieb stabil. Endlich hatte Rhea es geschafft. Mit zitternden Armen zog sie sich auf die Plattform und setzte sich erleichtert hin, bevor sie sich schnaufend umsah. Von hier oben hatte man einen grandiosen Ausblick, da hatte sich die Mühe doch wenigstens gelohnt.

Die anderen Baumhäuser ringsherum waren alle in etwa auf der gleichen Höhe und die Hängebrücken, die sie verbanden, schwangen sanft hin und her. Von den anderen Elkinnen war nichts zu sehen. Alles war ruhig und friedlich.

Als Rhea nach unten blickte, sah sie Wolke noch immer an der Stelle, an der sie sie zurückgelassen hatte. Wie klein sie doch wirkte von hier

oben! Da lenkte eine Bewegung weiter hinten im Dickicht Rhea von Wolke ab, doch als sie genauer hinsah, konnte sie nichts Ungewöhnliches entdecken, auch nicht die Gestalt, die sich an den Baumstamm schmiegte. Plötzlich riss sie ein fulminanter Schnäuzton, der genauso klang wie das Trompeten eines irre gewordenen Elefanten, aus ihren Gedanken und ließ sie zusammenzucken, während sie sich irritiert umsah. Da dämmerte es ihr: Balem!

Den hätte sie ja fast vergessen. Schnell erhob sie sich, das Weidenkörbchen immer noch in ihrer Armbeuge, wandte sich um und betrat Balems Baumhaus.

Sie musste sich bücken, um durch die Tür zu gelangen. Zum Glück waren die Elkinne nicht viel kleiner als die Maroughi, sonst hätte sie jetzt vielleicht auf Knien robben müssen.

Im Inneren standen ein Holztisch mitten im Raum und zwei Regale an der Innenwand. Von Balem keine Spur. Zögernd rief Rhea: „Balem, bist du da?“ Und in Gedanken schalt sie sich gleich selbst: „Klar war er da, wer sonst sollte denn so laut geschnäuzt haben.“

Kurz darauf ertönte ein heiseres Krächzen. „Hier bin ich, komm rein.“

Oje, das hörte sich aber wirklich nicht gut an. Rhea ging durch die Tür, wobei sie sich fast den Kopf angeschlagen hätte.

Der Elkin lag dick eingepackt in seinem Bett und sah ihr mit grimmiger Miene entgegen. Aus dem rot karierten Federbett lugte gerade noch sein Gesicht hervor. Seine rote Schnupfennase, die eine leichte Knollenform hatte, war kaum von der Bettdecke zu unterscheiden. Um seinen Hals war ein dicker blauer Wollschal geschlungen, während seine karottenroten Haare wirr in alle Himmelsrichtungen abstanden.

„Hallo, Balem, ich bin es, Rhea. Fine schickt mich mit ein paar Kräutern für dich, damit du wieder gesund wirst. Wie geht es dir?“, fragte Rhea vorsichtig. Immerhin wusste sie noch nicht, in welcher Stimmung sich Balem gerade befand. Dieser grummelte irgendetwas Unverständliches vor sich hin und Rhea verstand kein Wort. „Was hast du gesagt?“

„Ich sagte: Ich liege ja noch nicht im Sterben, da muss man noch kein so ein Tamtam machen!“, krächzte er mit heiserer, aber durchaus kräftiger Stimme.

„Ja, aber du hast doch ausdrücklich nach Fines Medizin geschickt?“, sagte Rhea immer noch auf der Hut. Doch trotzdem musste sie innerlich schmunzeln. Das war typisch für Balem: Immer grantig und brummig und erst mal kräftig auf alles und jeden schimpfen.

Balem grummelte weiter vor sich hin. Dann schnappte er: „Nun gib schon her, deine kostbare Medizin. Hilft ja sowieso nichts."

„Nein, so einfach gebe ich sie dir nicht. Erst musst du mir genau zuhören, wenn ich dir erkläre, wie du sie nehmen musst. Sonst hilft sie nämlich wirklich nicht, das lässt dir die Heilerin extra ausrichten." Noch bevor Rhea den letzten Buchstaben ausgesprochen hatte, wusste sie, dass sie den falschesten aller Töne getroffen hatte. Doch es war zu spät. Sie sah es an seinen karottenroten Haaren, die langsam, aber stetig die Farbe wechselten und vom Karottenrot in ein schmutziges Hellgrau übergingen, das genauso langsam, aber sicher in ein helles Blau überwechselte, bis es schließlich tiefnachtdunkelblau war. Rhea fing an zu schwitzen, das dunkelste Dunkelblau eines Elkinhaares drückte höchste Verärgerung aus und es war allerhöchste Vorsicht geboten. Auch Balems sowieso schon grimmige Miene änderte sich – allerdings schlagartig –, wurde noch viel grimmiger, und Rhea sah mit einem Anflug von Panik, wie sich zwischen seinen Augenbrauen zwei steile Zornesfalten bildeten.

Der Elkin schnellte leicht vor, dann polterte er auch schon los: „Ja, du unverschämte Rotzgöre, was glaubst du denn, wer du bist? Ich kann immer noch selbst entscheiden, ob und wann und wie und überhaupt ich eure ach so kostbare Medizin nehme. Am Ende wollt ihr mich noch vergiften, um mich loszuwerden?"

Jetzt war Diplomatie angesagt, leider keine der Eigenschaften, die Rhea auszeichneten. „Nein, Balem. Keiner will dir Vorschriften machen." Sie sprach in einem besänftigendem und, wie sie hoffte, beruhigendem Tonfall, achtete aber darauf, dass es nicht so klang, als ob man einem wütenden Zweijährigen erklären wollte, warum er nicht noch mehr von dem grünen Schwammpilz essen konnte. „Fine wollte dir bestimmt auch nur einen Ratschlag geben. Natürlich entscheidest du am Ende selbst, ob und wann und wie du die Medizin nimmst."

Das war gut. Rhea sah es Balems Haaren an, die langsam heller wurden, um gleich darauf wieder in ihre ursprüngliche Farbe zu wechseln. Er schnaubte zwar noch etwas empört, legte sich aber wieder zurück und sah sie schon nicht mehr so grimmig an. „Na, dann her mit dem Zeug. Sag mir, was ich tun muss."

Puh, das ging ja schneller als erwartet. Rhea merkte erst jetzt, dass sie vor lauter Anspannung die Luft angehalten hatte, die sie jetzt erleichtert ausatmen konnte. Dass Balem so schnell wieder besänftigt war, lag sicherlich daran, dass er von der Erkältung viel zu geschwächt war. Nun traute sich Rhea, ihm die Kräuter zu zeigen und erklärte bei jedem genau, was Fine ihr dazu gesagt hatte, wobei sie ihre Erklärungen mit vielen könntest und hättest und würdest ausschmückte. So langsam legte sich Balems letztes bisschen Misstrauen und er nickte ein paar Mal mit dem Kopf. Rheas Stimmung hob sich.

Nachdem sie die Kräuter in Balems Küche abgelegt hatte, machte sie sich wieder daran, die Leiter hinunterzuklettern. Sie war so erleichtert, heil und ohne größere Schimpftiraden entkommen zu sein, dass ihr die Aussicht auf den Abstieg über die wackelige, schwingende Hängeleiter nun fast wie ein Vergnügen vorkam. Tatsächlich schaffte sie den Weg nach unten viel schneller, als gedacht, und ohne große Angstschweißausbrüche.

Wolke lag noch genau an der Stelle, an der sie Rhea hatte warten lassen. Doch als diese auf dem Boden ankam, konnte sich Wolke nicht länger beherrschen. Die kleine Wollratte sprang auf, drehte sich einmal im Kreis und pfiff leise vor sich hin. Rhea lachte, ließ ihre Finger über das weiche Fell an Wolkes Bauch gleiten und kitzelte sie unter dem Kinn. „Na, Wolke, das haben wir beide ja gut überstanden. Nun aber los, lass uns schnell nach Hause gehen."

Mitten im Wald, wo das verwilderte Gebüsch links und rechts dicht bis an den Weg heranreichte, hatte Rhea plötzlich ein ungutes Gefühl. Wie ein Donnergrollen vibrierte es durch ihren Körper und Rhea wusste, dass sie beobachtet wurde. Schnell sah sie von links nach rechts, wobei sie Wolke nicht aus den Augen ließ. Auch die kleine Wollratte war angespannt. Vorsichtig witternd ging sie weiter, blieb jedoch nicht stehen. Rhea konnte weder etwas Ungewöhnliches hören noch entdecken. Trotzdem musste sie sich zusammenreißen, um nicht loszustürmen und somit diesem Gefühl zu entkommen, als ob zwei stechende Augen ihren Rücken mit Blicken durchbohrten. Stattdessen ging sie noch schneller, als sie sowieso schon ging, und verlängerte ihre Schritte. Wolke lief nun zügig und immer noch aufmerksam neben Rhea her, als ob sie diese mit ihrem kleinen Wollrattenkörper beschützen wollte.

Kurz darauf erreichte Rhea mit klopfendem Herzen das Wurzelwerk, wo sie auf Fine traf, die auf einem alten, quer gelegten Baumstamm saß und den Korb mit Pilzen an ihrer Seite hatte, die die Zwillinge vormittags gesammelt hatten. Gerade hielt sie den einen verschrumpelten Pilz in Händen, der aussah wie eine Wurzel. Mit geübten Bewegungen schnitt sie die schadhaften Stellen heraus, bevor sie ihn in kleine Scheiben schnibbelte, die sie in eine Holzschüssel auf ihrem Schoß fallen ließ. Der Duft, der Fine umgab, roch nach Wald, Wurzeln, Erde und Moos. Rhea setzte sich neben sie, während sich Wolke zu ihren Füßen niederließ und sich einkringelte.

„Na, Kleines, war es sehr schlimm?", fragte Fine und strich Rhea eine ihrer widerspenstigen Locken hinter das Ohr.

„Mhm. Wie man es nimmt. Er hat dunkelblaue Haare bekommen."

„Oh, meine Feuerkröte!" Fine hätte fast die Schüssel vom Schoß katapultiert, als sie vor Schreck zusammenzuckte. „Was hast du getan?"

„Ich habe ihm gesagt, dass die Medizin nur hilft, wenn er sie nach deiner Anweisung zubereitet."

„Das war alles?!"

„Na ja, ich habe mich wohl etwas im Ton vergriffen. Aber zum Glück war er durch die Erkältung so geschwächt, dass er nicht lange durchgehalten hat. Und zum Schluss war er wieder ganz zufrieden. Jedenfalls waren seine Haare wieder karottenrot."

„Na hoffentlich. Ich will keine Beschwerden über euch hören, wenn ihr Krankenbesuche macht."

Auf einmal fing Fine an zu kichern. „Vielleicht hätte ich ihm ein wenig Schlafmohn unter die Kräuter mischen sollen. Dann würde er jetzt sanft den Schlaf der Gerechten schlummern."

Auch Rhea konnte sich bei dieser Vorstellung ein schwaches Grinsen nicht verkneifen und sie merkte, wie der eben überstandene Schreck auf dem Heimweg sich in wohlige Geborgenheit auflöste. Dann fragte sie: „Wo steckt eigentlich Eliah schon wieder?"

Fine zuckte mit den Schultern. „Wahrscheinlich lungert er am Bachbett herum und sucht Kieselsteine."

Ja, das war wohl so, doch Rhea hatte keine Lust, ihren Bruder zu suchen und ihm beim Tragen zu helfen. So blieb sie einfach neben Fine sitzen, stützte das Kinn in die Hände und guckte ihrer Mutter beim Schnibbeln zu.

***

„Und, Bruderherz, was hast du heute so getrieben, während ich bei Balem war?", fragte Rhea Eliah, als sie alle drei zusammen am Abendbrottisch saßen.

„Nichts“, antwortete er, wobei er unverschämt grinste.

„Warum bist du dann so gut gelaunt, wenn du nichts getan hast?“

„Ich bin nun einmal ein fröhlicher Maroughi“, sagte Eliah, während sein Grinsen noch ein bisschen breiter wurde.

Rhea kannte ihren Bruder viel zu gut, als dass sie ihm das glaubte, da musste etwas anderes dahinterstecken. Freute er sich, weil er dem Krankenbesuch entkommen war? Oder freute er sich noch immer über seinen schönen Kristall, den er am Bach gefunden hatte? Oder über die bevorstehende Wandelung? Doch Rhea verwarf diese Gründe gleich wieder, sie waren alle viel zu unbedeutend für sein unverschämtes Grinsen. Offensichtlich verbarg er etwas, das er in Anwesenheit von Fine nicht erzählen wollte – oder konnte. Warum sonst erzählte er es nicht einfach? Rhea nahm sich vor, ihren Bruder sobald wie möglich auszufragen, spätestens, wenn sie in den Betten lagen.

Währenddessen verteilte Fine das Pilzragout auf die Teller und Rhea merkte, wie ihr Magen knurrte. Dampfend stieg ihr der intensive Geruch in die Nase, der ihr prompt das Wasser im Munde zusammenlaufen ließ. „Hast du den grünen Schwammpilz auch mitgekocht?“, fragte sie Fine.

„Ja, und ich hoffe, ich habe diesmal die Dosierung besser im Griff gehabt als das letzte Mal.“

Eliah zuckte zusammen. „Oje, erinnere mich bitte nicht daran. Die halbe Nacht habe ich nicht geschlafen vor Bauchweh! Ich habe gedacht, ich müsste sterben.“

Auch Rhea sah nicht gerade glücklich drein. „Auf so eine Nacht kann ich gut und gern verzichten.“

„Ich werde es schon recht gemacht haben“, erwiderte Fine. „Ich will ja, dass meine Kinder noch länger bei mir bleiben, und nicht, dass ich sie mit meinem Essen aus dem Haus graule.“

Alle kicherten, dann sahen sie sich stumm an. Wer nahm den ersten Löffel? Einerseits scheute sich Rhea davor aus Angst, es könnte ein Bauchweh-Löffel sein. Andererseits konnte sie es kaum erwarten, von dem köstlich duftenden Ragout zu probieren. Sie gab sich einen Ruck. „Also gut, ich fange an.“

Fine und Eliah folgten ihren Bewegungen mit den Augen, während Rhea sich den Löffel volllud und ihn langsam in den Mund schob, wo ein Feuerwerk der Sinne explodierte. All ihre verfügbaren Geschmacksnerven schienen lebendig zu werden. Sie schmeckte alles auf einmal und doch eines nach dem anderen: süß, sauer, bitter, salzig, herb, würzig, scharf, lieblich, pilzig. Die verschiedenen Empfindungen ließen die unterschiedlichsten Bilder in ihr aufblitzen: Himbeeren mit Pfefferminzsauce, Mandelbrot mit Kräuterbutter, Fischfilet mit Gänseblümchen, Haferbrei mit Apfelmus, Waschbärbraten mit Rosenkohl. Igitt, Rosenkohl allein empfand Rhea als eine Zumutung, aber alles zusammen war unglaublich. Es war ein so widersinniger, aber trotzdem köstlicher, unbeschreiblich guter, absolut einmaliger Geschmack, dass Rhea fast schon süchtig danach war – trotz des Rosenkohls. Genüsslich schloss sie die Augen und brummelte ein lang gezogenes: „Mmmmmmhhhh." Sie hörte, wie nun auch Eliah und Fine von ihren Tellern kosteten. Kurz darauf ertönte ein vielstimmiges „Mmmmmhhhh" in der Küche des Wurzelwerks tief im Wald von Muringen.

***

Abends lagen die Zwillinge wohlig und ohne Bauchweh in ihren Betten in der Kammer gegenüber der Küche. Neben den Betten standen je zwei Nachttischchen, an der Wand gegenüber eine hölzerne Kleidertruhe und Eliahs Regal mit seiner immensen Steinsammlung, mehr brauchten die Zwillinge nicht.

Die völlige Dunkelheit umhüllte Rhea wie eine schützende Decke, und als im Wald ein Käuzchen klagend rief, war Rhea froh, dass sie warm und weich in ihrem Bett lag. Schläfrig kuschelte sie sich tiefer in die Decken, während sie die Füße weiter vor in den noch kalten Bereich am Fußende schob. Sie war schon fast eingeschlafen, als ihr wieder einfiel, dass ihr Bruder beim Abendessen so grundlos gut gelaunt gewesen war. Sofort war sie wieder wach und flüsterte in die Dunkelheit: „Eliah, schläfst du schon?"

Als Antwort erhielt sie nur ein unverständliches Gegrummel. Doch nun wollte sie der Sache auf den Grund gehen. „Wo warst du eigentlich heute Nachmittag, als ich bei Balem war?"

Keine Antwort.

War Eliah schon eingeschlafen? Das ging aber schnell, eben hatte er doch noch gegrunzt.

Da hörte sie, wie sich ihr Bruder im Bett bewegte, bevor er flüsternd antwortete: „Du ahnst nicht, wo ich heute war."

„Nun sag schon, mach es nicht so spannend."

„Na ja, ich war dort, wo wir beide in zwei Wochen endlich auch ganz offiziell hingehen dürfen!“

Rhea überlegte. In zwei Wochen, ganz offiziell? Doch scheinbar hatte sich ihr Gehirn schon auf Schlaf eingestellt, denn sie brauchte geschlagene fünf Sekunden, bevor es ihr einfiel: In zwei Wochen war ihr Geburtstag! Und ihre Wandelung! Sie schnellte in die Höhe und blieb stocksteif sitzen. „Du warst am Sirrthafeld? Alleine? Ohne mich? Was hast du dort gemacht? Hat dich jemand gesehen? Hast du dich versteckt! Heilige Feuerkröte, wenn dich jemand erwischt hätte!“

„Pssst, sei leiser! Es muss ja nicht gleich jeder mitbekommen!“

„Warum hast du das getan? Du weißt doch ganz genau, dass es Maroughi vor ihrer Wandelung strengstens verboten ist, allein zum Sirrthafeld zu gehen! Du weißt, dass die Verlockung, doch von den Sirrtha zu probieren, einfach zu groß ist. Denk doch nur an den armen Darelin, der hat auch nicht widerstehen können. Und der ist jetzt tot! Der hat seine Wandelung nicht mehr erlebt!“ Rhea versuchte, zu flüstern, aber der Schock über das, was Eliah getan hatte – und was sie ihm nie zugetraut hätte –, ließ ihre Stimme kaum leiser sein. Ausgerechnet Eliah, der sonst immer alles so genau nahm, war zum verbotenen Sirrthafeld gegangen, sie konnte es nicht fassen. „Hoffentlich hat dich niemand beobachtet!“

Nun hatte Eliah doch ein schlechtes Gewissen, Rhea hörte es seiner Stimme an, was sie mit leichter Genugtuung registrierte. „Na ja, ich war nur neugierig. Ich wollte ja nur mal gucken!“

Trotz der Ungeheuerlichkeit seines Tuns war Rhea fasziniert. „Und, wie war es?“

„Umwerfend! So viele ... und so unterschiedlich! Ich verstehe gar nicht, wie man da seinen eigenen Sirrtha wiederfinden soll.“

Rhea nickte. Fine hatte die Zwillinge einmal mitgenommen und ihnen das Sirrthafeld kurz von Weitem gezeigt, um die Faszination des Verbotenen vorwegzunehmen. Das Sirrthafeld hatte einen tiefen Eindruck bei Rhea hinterlassen.

In Gedanken sah sie wieder die brusthohen Sirrtha vor sich, die tief im Wald eng beieinander auf einer Lichtung standen. Sie sahen tatsächlich aus wie richtige Pilze, nur viel größer und eindrucksvoller: dicke, dünne, kleine, große, schief gewachsene und kerzengerade, mit großem Hut oder kleiner Kappe, mit Manschette oder ohne, mit Lamellen oder glatter Unterseite. Die Kappen der Sirrtha zeigten alle nur erdenklichen Farben: von Zartrosa bis Dunkelviolett, von Veilchenblau über Azurblau und Tintenblau bis Nachtblau – fast wie Balems Haare – von Zitronengelb über Schiefergelb, Eidottergelb und Sonnenblumengelb bis hin zu einem intensiven Orange, Karmesinrot, Scharlachrot, Purpurrot, Magentarot, Rosenrot, Apfelgrün, Grasgrün, Flaschengrün, Smaragdgrün, Moosgrün, Schneeweiß, Eierschalenweiß, Lichtgrau, Schiefergrau und Pechschwarz und, und, und. Doch auch die Muster der Kappen waren spektakulär. Manche hatten kleine Flecken, andere Sprenkel, wieder andere hervorstehende Noppen oder feine Äderchen, die auch noch pulsierten. Bei einigen meinte man, ins Nichts zu blicken, wenn man die Flecken fixierte. Die Vielfalt war so unglaublich, dass es schier unvorstellbar war, doch jeder Sirrtha war einmalig.

Eliahs Flüstern riss sie aus ihren bunten Gedanken. „Ich hatte mich in dem Gebüsch versteckt. Du weißt schon, das, welches so aussieht wie ein geducktes Wildschwein. Ich war vorsichtig, aber trotzdem hatte ich ein komisches Gefühl“.

Der Tonfall ihres Bruders ließ Rhea aufhorchen. „Ist alles in Ordnung, Eliah? Du klingst so komisch.“

Es dauerte ein paar Sekunden, bevor ihr Bruder zögernd antwortete: „Ich weiß nicht. Erst war alles gut. Ich saß im Gebüsch und betrachtete die Sirrtha. Auf einmal hatte ich das Gefühl, dass mich etwas beobachtet. Mir lief es richtig kalt den Rücken hinunter und ich habe eine Gänsehaut bekommen. Ich bin ganz still gesessen und habe keinen Mucks von mir gegeben. Dann habe ich etwas im Wald hinter mir rascheln hören. Aber ganz leise, so als ob da irgendetwas herumschleicht, das nicht gehört werden will. Ich habe mit Stielaugen versucht, im Wald etwas zu entdecken, aber da war nichts. Nach einer Weile war das komische Gefühl weg und ich war sicher, wieder alleine zu sein.“

„Und dann?“

„Dann bin ich nach Hause gegangen und habe den Vorfall ganz vergessen. Erst jetzt, als du mich gefragt hast, ob alles in Ordnung war, ist es mir wieder eingefallen.“

„Meinst du, es könnte ein Tier gewesen sein?“

Eliahs Antwort kam prompt. „Nein, das war eindeutig kein Tier.“ Offensichtlich hatte er selbst schon über diese Möglichkeit nachgedacht.

„Komisch“, sagte Rhea. „Mir ist heute auch was Unheimliches passiert. Als ich zu Balem unterwegs war, hat sich Wolke auf einmal ganz komisch benommen, so als ob sie etwas im Wald gewittert hätte.“

„Und, hat sie?“, fragte Eliah.

„Ich bin mir nicht sicher. Mir ist nichts aufgefallen. Doch als ich auf dem Rückweg war, hatte ich auf einmal auch das Gefühl, dass mich jemand beobachtet. Und es war mit Sicherheit auch kein Tier. Ich hatte das Gefühl, dass dieser Jemand mich ganz bewusst und ganz gezielt beobachtet. Es war richtig unheimlich und ich hatte fast ein bisschen Angst. Meinst du, das war dasselbe Wesen?“

„Weiß nicht, möglich wäre es.“

Nun wurde es Rhea noch im Nachhinein ganz mulmig zumute.

„Mhm“, brummte Eliah. „Es ist ja nichts passiert. Vielleicht sollten wir es einfach vergessen und jetzt endlich schlafen.“

„Ja, du hast recht, lass uns schlafen.“ Sie hörte, wie sich Eliah im Bett umdrehte. Auch Rhea drehte sich auf die Seite und zog sich die Bettdecke über die Schultern. „Gute Nacht, Bruderherz.“

„Gute Nacht, Schwesterlein, hoffentlich musst du mich heute nicht wecken, weil ich einen Albtraum von den grausamen Khyroi habe.“

***

Rhea hatte das Gefühl, eben erst eingeschlafen zu sein, als sie plötzlich von lautem Poltern und Geschrei aus dem Schlaf gerissen wurde. Erschrocken fuhr sie in die Höhe. Was war passiert? Pechschwarze Nacht umgab sie, es konnte also noch nicht Zeit zum Aufstehen sein. „Eliah, bist du wach? Hörst du den Tumult da draußen?“

Von Eliah kam keine Antwort. „Eliah, hörst du?“ Tastend fuhr sie über ihr Nachttischchen und fingerte nach der Schale mit dem Brennkraut, wobei sie gegen einen der beiden Feuersteine stieß, der polternd zu Boden fiel.

Jetzt war endlich auch ihr Bruder wach. „Was'n los?“, kam es verschlafen aus der Ecke.

„Ich weiß nicht, ich glaube, es ist was passiert.“ Rhea hatte sich halb aus dem Bett gebeugt und fuhr mit einer Hand suchend über den Boden in der Hoffnung, den Feuerstein zu finden. Da, endlich hatte sie ihn. Rasch schlug sie die beiden Steine über dem Brennkraut an, das sofort mit einem zischenden Laut Feuer fing. Sogleich wurde die Dunkelheit von einem sanften goldenen Schein zur Seite geschoben. Rhea sah mit aufgerissenen Augen zu ihrem Bruder, der sich inzwischen ebenfalls aufgesetzt hatte.

Draußen pochte und hämmerte es immer noch wie verrückt gegen die Tür. Nun endlich hörten sie Fine, die rief: „Na, na, wer wird denn gleich die ganze Tür einreißen wollen? Ich komme ja schon, bin schon unterwegs." Erst jetzt trauten sich auch die Geschwister aus den Betten, warfen sich ihre Umhänge über und liefen nach draußen in den Tunnel.

Die Szene, die sich ihnen bot, war kurios: In der offenen Eingangstür stand Gork, der Ratsälteste, mit Manou und Heli, dem Nachbars-Ehepaar. Zwischen Manou und Heli hing eine seltsame Gestalt, die sich offensichtlich nicht mehr allein auf den Beinen halten konnte. Rhea zuckte zurück. Dieses Etwas sah so völlig widersinnig aus, ganz anders als alles, was Rhea bislang jemals auf dieser Welt zu Gesicht bekommen hatte. Es war lang und dünn mit einem gerade gewachsenen Körper, der in eine Art Moosmantel gewickelt war. Die Arme waren ebenso lang und dünn, genauso die Beine, und zeigten eine fahle, fast bläulich schimmernde Haut. Das Gebilde auf dem Kopf des Wesens schimmerte ebenfalls bläulich. Ein seltsames Gefühl beschlich Rhea. Dieses Wesen sah fast aus wie ... doch dieser Gedanke war so abwegig, so fern aller Realität, dass sie ihn ganz schnell ganz weit von sich schob.

„Schnell, Fine, er ist mehr tot als lebendig", stieß Gork hervor. „Du musst dich beeilen mit deiner Medizin."

Die Heilerin stellte keine Fragen. „Bringt ihn herein in Narons Kammer." Als Rhea den Namen ihres verstorbenen Vaters hörte, zuckte sie zusammen. Er war bei einem der Kämpfe zwischen den grausamen Khyroi und den Maroughi gestorben, als Rhea und Eliah noch sehr klein gewesen waren. Seit jeher führte der Fürst der grausamen Khyroi zusammen mit seinem Heer Krieg gegen die Maroughi und war eine ständige Bedrohung für sie, auch wenn derzeit Frieden herrschte.

An ihren Vater konnte sich Rhea nur noch schemenhaft erinnern, eigentlich waren es mehr Empfindungen als wirkliche Erinnerungen. Doch ein Erlebnis war ihr sehr deutlich und sehr bildhaft im Gedächtnis geblieben und sie hütete es wie einen geheimen Schatz. Als sie nun so unvermittelt den Namen ihres Vaters hörte, stand ihr dieses Erlebnis wieder vor Augen: Sie und Eliah waren damals noch klein gewesen, hatten gerade das Laufen gelernt. Es war ein sehr warmer und wunderschöner Sommerabend gewesen. Naron, ihr Vater, hatte draußen auf dem Baumstamm vor dem Wurzelwerk in der Abendsonne gesessen und hatte die Zwillinge je auf einem Bein sitzen. Er hatte sie auf seinen Beinen wild auf und ab hüpfen lassen und Rhea musste ganz laut jauchzen und lachen, um das Kribbeln in ihrem Bauch aushalten zu können, eine Mischung aus Angst und Freude über das Auf und Ab. Auch Eliah konnte sie jauchzen hören. Dann war Fine aus dem Wurzelwerk herausgekommen und hatte mit ihnen gelacht.

Wie jedes Mal verspürte Rhea auch jetzt einen schmerzhaften Stich, als ihr diese Erinnerung kam. Sie hatte sich damals so wohl gefühlt, so geborgen und glücklich und sorglos auf dem Schoß ihres Vaters mit der lachenden Fine und der warmen Sommerluft, in der die Erde nach würzigem Kraut roch. Kurz darauf war ihr Vater gestorben und Rhea hatte keine Gelegenheit mehr gehabt, dieser Erinnerung weitere hinzuzufügen. Als Rhea dann etwas älter gewesen war, hatte sie Fine Fragen über Narons Tod gestellt, doch diese hatte dann immer einen so tieftraurigen Gesichtsausdruck bekommen und einen weit in die Ferne gerichteten Blick, dass Rhea irgendwann aufgehört hatte, Fragen zu stellen.

Und nun brachten Manou und Heli diese komische Gestalt in Narons Kammer, die nur über eine Seitentür in Fines Schlafkammer zu erreichen war. Seit Narons Tod wurde die Kammer als Krankenzimmer benutzt für Patienten, die rund um die Uhr Betreuung brauchten.

Rhea war ewig nicht mehr hier drin gewesen und blickte sich neugierig um. In dem schmalen, engen Raum stand ein kleiner Holztisch, daneben zwei hohe Regale und rechts neben der Tür eine schmale Pritsche an der Wand. Auf diese legten sie nun den Kranken, der wirklich nicht sehr gesund aussah. Seine Augen waren geschlossen, die Haut aschfahl, Schweiß stand ihm auf der Stirn und er atmete stoßweise. Kleine, feine Schaumtröpfchen sammelten sich in seinen Mundwinkeln und sprühten bei jedem Keuchen in einem leichten Bogen durch die Luft. Angeekelt verzog Rhea das Gesicht.

„Schnell, Fine, was hat er?“ Gork trat einen Schritt zurück und stellte sich neben Manou und Heli, um für die Heilerin Platz zu machen. Fine beugte sich über den Fremden, nahm sanft seine beiden Handgelenke in ihre Hände und schloss konzentriert die Augen. Dann wurde sie ganz ruhig. Auch die anderen verstummten. Rhea wartete. Unruhig trat sie von einem Bein auf das andere, bis sie einen strafenden Blick von Gork auffing. Plötzlich riss Fine die Augen auf und das Entsetzen sprang ihr förmlich aus den Gesichtszügen. Sie wirbelte zu Gork herum, wobei sie die Handgelenke des Kranken so abrupt von sich stieß, als hätte sie sich verbrannt. Aschfahl im Gesicht flüsterte sie kaum hörbar: „Er hat von den Sirrtha gegessen.“

Wahrheiten

Es dauerte einen Wimpernschlag, bis Rhea entsetzlich klar wurde, was Fine da eben gesagt hatte, und ihr wurde schlecht. Der Kranke hatte von den Sirrtha gegessen! Wusste er denn nicht, dass die Sirrtha allen anderen außerhalb der Maroughigemeinschaft den Tod brachten? Sie sah zu Eliah, doch dieser starrte fasziniert auf den Kranken.

Auf einmal kam Bewegung in alle und Gork, Manou und Heli fingen fast gleichzeitig an zu reden, während Fine sich zu ihrer Tochter umwandte: „Rhea, du gehst sofort in die Kräuterkammer und holst den blauen Flakon mit der verbotenen Flüssigkeit. Er steht ganz oben auf dem hintersten Bord und hat den Totenkopf vorne drauf."

Rhea verlor keine Zeit und flitzte aus der Kammer, sauste um die Ecken und stand prompt in der Kräuterkammer. Sie sah den blauen Flakon sofort, doch sie kam nicht ran! Der Flakon stand zu weit oben und zu weit hinten. Sie reckte sich, stemmte sich auf die Zehenspitzen, dehnte sich nach oben, bis es schmerzte, und schob den Arm noch etwas weiter hinauf. Doch es reichte nicht. Rhea hätte heulen können. Es zählte jede Sekunde, vielleicht starb der Kranke, nur weil ihr ein paar Zentimeter an Größe fehlten. Die Vorstellung war schrecklich. Mutlos ließ sie den Arm sinken.

Da fiel ihr Blick auf den Holzstumpf, der unter dem untersten Bord in der Ecke stand. Schnell zog sie ihn hervor, stellte sich darauf und langte nach dem Flakon. Endlich hatte sie ihn! Vorsichtig schob sie ihn mit einer Hand näher an den Regalrand. Sie musste aufpassen, dass er ihr jetzt nicht noch entglitt, auf den Boden fiel und zerschellte, das wäre fatal. Millimeterweise schob sie ihn so weit vor, dass er mit dem nächsten kleinen Schubs das Gleichgewicht verlieren und nach vorne kippen würde. Rhea hoffte inständig, dass sie ihn im richtigen Moment auffangen konnte. Mit zitternden Fingern schubste sie den Flacon über die Kante und konnte ihn endlich mit der anderen Hand sicher umfassen. Kühl schmiegte sich die bauchige Form der Flasche in ihre Hände. Rhea tat einen erleichterten Seufzer, dann stieg sie vorsichtig herab, drehte sich um – und wäre beinahe mit Fine zusammengestoßen, die ihr entgegeneilte. „Schnell, gib ihn mir, wir dürfen keine Zeit mehr verlieren." Fine riss ihr fast den Totenkopf-Flakon aus den Händen und schon war sie wieder verschwunden. Rhea sauste hinterher in Narons Kammer.

Die Heilerin hatte sich auf den Rand der Pritsche gesetzt und hielt den Kranken stützend in ihrem Arm. In der anderen Hand hielt sie einen Becher, den sie vorsichtig an die Lippen der Kreatur führte.

Rhea betrachtete neugierig den Becher mit der Flüssigkeit und war enttäuscht. Die Flüssigkeit sah so gar nicht dramatisch aus, eher wie ganz normales Wasser. Sie war völlig farblos und dampfte nicht oder sprudelte nicht und, soweit Rhea das von ihrem Platz aus feststellen konnte, roch auch nicht. Hätte Rhea es nicht besser gewusst, sie hätte geschworen, es war Wasser.

Doch plötzlich zuckte Rhea zurück: Die unscheinbare Flüssigkeit, die eben noch die Lippen des Kranken berührt hatte, veränderte sich, und zwar prompt. Sie fing an zu brodeln, Dampf stieg auf und die Farbe änderte sich urplötzlich in ein pulsierendes Indigoblau.

Beunruhigt und gleichzeitig entzückt, starrte Rhea auf den Becher und konnte es kaum glauben. Sie erwartete wenigstens jetzt einen ste-

chenden oder beißenden oder lieblichen oder irgendeinen Geruch, doch da war nichts.

Der Kranke trank die Flüssigkeit gierig bis zum letzten Schluck. Fine reichte den leeren Becher an Heli weiter, die ihr hilfreich die Hand entgegenstreckte. Dann bettete sie den Kranken zurück in die Kissen und erhob sich. „So, das war es erst einmal. Jetzt bleibt uns nur übrig, abzuwarten, wie er auf die Medizin reagiert. Mehr können wir im Augenblick nicht für ihn tun."

Der Kranke hatte immer noch die Augen geschlossen, doch Rhea meinte, dass sein Atem schon nicht mehr ganz so flach und stoßweise kam wie zuvor.

„Ich schlage vor, wir gehen erst einmal in die Küche und ich mache uns einen heißen Tee", sagte Fine. „Wir haben einiges zu besprechen. Rhea, räumst du bitte den Flacon wieder in die Kammer?" Mit diesen Worten wandte sich Fine um und verschwand, während der Rest ihr folgte. Bis auf Rhea, sie wollte sich den seltsamen Fremden, der so viel Wirbel verursacht hatte und Fine so ernst hatte klingen lassen, nun etwas genauer ansehen.

Vorsichtig näherte sie sich dem Kranken. Er kam Rhea völlig fremdartig vor mit seinen dürren Armen und Beinen, die diese fahle Blässe zeigten. Die Farbe seines Moosmantels war schwer zu definieren, er zeigte alle Schattierungen von grün und teilweise schimmerte er grau überzogen. Der Mantel, oder eher Kittel, hing der Gestalt bis zu den dürren Oberschenkeln. Um die Mitte der Gestalt war ein grober Strick gebunden, der wohl den Kittel in irgendeine Form bringen sollte. Rhea hätte den Mantel nur zu gern berührt, um zu sehen, wie sich das Material anfühlte, doch sie traute sich nicht. Nicht auszudenken, was passieren würde, wenn der Fremde gerade in dem Moment wach werden würde, in dem sie ihn berührte. Vielleicht dachte er im ersten Reflex, sie wolle ihn angreifen und er müsse sich verteidigen.

Rheas Blick wanderte weiter nach oben. Fasziniert betrachtete sie die langen, dicken, bläulich schimmernden Haarstränge, die wirr ineinander verflochten waren, als ob man sie schon lange nicht mehr gebürstet hatte. Vorsichtig beugte sie sich noch weiter vor. Nein, es waren keine Haare – es waren armdicke Äste, die wirr ineinander verschlungen waren, und genau in dem Moment, in dem Rhea dies erkannte, fingen sie kaum merklich an, sich zu bewegen wie armdicke Schlangen. Rhea fuhr zurück und die Realität, die sie vorher für so abwegig gehalten hatte, schlug erbarmungslos zu: Nur eine Lebensform in ihrer ihr bekannten Welt hatte Äste auf dem Kopf, die sich bewegen konnten wie Tentakeln: die Khyroi. Die grausamen Khyroi!

Mit einem Schlag war alles in Rhea auf Flucht eingestellt. Sie schnellte auf, griff hastig nach dem Totenkopf-Flakon und stürmte aus der Kammer. Ihr erster Impuls war, schreiend zu den anderen in die Küche zu rasen, um sie vor der drohenden Gefahr zu warnen. Doch im nächsten Moment dämmerte ihr, dass die anderen schon längst wussten, wer hier lag, und sie hatten ihm trotzdem das Leben gerettet. Warum?

Mit zitternden Händen schob sie den Flakon zurück an seinen Platz, dann stürmte sie in die Küche. Dort brannte ein lebhaftes Feuer, dessen Flammen tanzende Fratzen an die Wände warfen. Die anderen hatten sich um den Tisch versammelt, auf dem eine dampfende Karaffe mit Kräutertee stand. Die angespannte Stimmung schwappte Rhea ins Gesicht, eine Mischung aus Ungläubigkeit, Entsetzen und Ratlosigkeit.

Rhea holte sich einen Holzbecher, setzte sich dazu und goss sich schweigend Tee ein. Sie nutzte die Gelegenheit, um sich zu beruhigen und wartete, dass jemand das Schweigen brechen würde. Doch offensichtlich fand niemand den Mut dazu, denn wenn man etwas, das nicht sein durfte, nicht sein konnte, in Worte fasste und aussprach, wurde es real, bedrohlich und unabwendbar.

Schließlich räusperte sich Eliah. „Es ist ein Khyroi, nicht wahr? Ein grausamer Khyroi."

Sofort trafen ihn die stechenden Blicke der anderen, während Gork nickte. „Ja, es ist ein Khyroi."

Stille. Rhea schluckte.

„Und so wie es aussieht, hat er von unseren Sirrtha gegessen. Ihr wisst, dass außer den erwachsenen Maroughi niemand von den Sirrtha essen darf, es sei denn, er will unbedingt sterben."

Rhea schluckte erneut, doch ihre Neugier war stärker. Sie hatte jetzt keine Zeit, um sich um die Gesundheit des grausamen Khyrois zu sorgen. „Wo habt ihr den Khyroi gefunden? Und warum habt ihr ihn gerettet? Was will er hier bei uns?" Die Fragen sprudelten nur so aus ihr heraus und jede einzelne warf noch mehr Fragen auf.

Manou räusperte sich. „Als Heli und ich heute Nacht im Wald waren, um von unseren Sirrtha zu essen, hörten wir plötzlich im Gestrüpp ein Keuchen und Schnauben. Es hat sich fürchterlich angehört, so als ob jemand verzweifelt um Atem ringt und doch keinen Erfolg hat." Manou stockte. Dann fuhr er fort. „Als wir dem Geräusch nachgegangen sind, haben wir den Khyroi gefunden. Er war schon nicht mehr bei Sinnen und sein ganzer Körper wurde von einer Art Krampf geschüttelt. Heli und ich haben ihn in unsere Mitte genommen und zu Gork gebracht." Manou stöhnte. „Ich wusste nicht, was wir sonst mit ihm hätten machen sollen! Hätten wir ihm – unserem Todfeind – beim Sterben zusehen sollen? Das konnten wir einfach nicht!" Manou fuhr sich mit beiden Händen über das Gesicht.

„Aber was will er hier bei uns?", wiederholte Rhea. Ihr Blick blieb an Heli hängen, die bis jetzt noch gar nichts gesagt hatte.

Heli wich ihrem Blick aus und sah auf die Tischplatte: „Tja, das ist eben die Frage, auf die wir eine Antwort finden müssen, und zwar schnell." Schutz suchend, griff sie nach Manous Hand und hielt sie fest mit ihrer verschlungen. „Und das können wir eben nur, wenn der Khyroi überlebt." Rhea konnte Helis Angst förmlich greifen.

„Normalerweise halten sich die Khyroi von uns fern", fuhr Gork nun fort. „Seit dem letzten großen Krieg zwischen unseren Völkern, bei dem auch dein Vater umkam, haben wir einen Waffenstillstand vereinbart. Und seitdem haben diese vermaledeiten Khyroi auch tatsächlich Ruhe gegeben. Ich möchte wissen, warum sie nun plötzlich wieder bei uns auftauchen."

Rhea warf blitzschnell einen prüfenden Seitenblick auf Fine, die leicht zusammengezuckt war bei Gorks Worten.

„Um was ging es in diesem Krieg eigentlich?" Dankbar für die Gelegenheit, nun endlich hinterfragen zu dürfen, was damals geschah, ohne ein schlechtes Gewissen Fine gegenüber zu haben, griff Rhea das Thema wieder auf.

„Die grausamen Khyroi wissen, welche Kraft die Sirrtha besitzen. Das war noch nie ein Geheimnis. Aber sie wissen nicht, warum ausgerechnet wir sie vertragen und sie nicht. Doch der Fürst der grausamen Khyroi ist machtgierig und wollte die Sirrtha für sich und sein Khyroiheer haben, um die Herrschaft über uns und die Elkinnen zu übernehmen. Er weiß aber auch, dass die Sirrtha ihm und seinem Heer den Tod bringen können, also musste er unbedingt hinter unser Geheimnis kommen. So entführte er einen von uns, einen Maroughi."

Schnell tauschten die Zwillinge einen Blick, Eliah stellte schließlich die Frage, die beiden auf der Seele brannte: „Und der Entführte war unser Vater?"

„Ja, es war Naron, euer Vater."

Rhea schrak zusammen. Eigentlich wollte sie jetzt gar nicht mehr genau wissen, wie ihr Vater gestorben war, doch Gork sprach weiter: „Wir konnten es nicht verhindern, wir haben alles versucht, um Naron zu befreien. Dabei mussten viele unserer Maroughi sterben in diesem sinnlosen Gemetzel, doch die Khyroi traf es noch härter. Wir mähten einen nach dem anderen nieder, unsere Wut und Hilflosigkeit machte uns zu wahren Monstern. Irgendwann musste der Fürst der grausamen Khyroi nachgeben, wenn er nicht sein gesamtes Heer vernichtet sehen wollte. Als wir den Waffenstillstand aushandelten, machten wir zur Bedingung, dass uns Naron unversehrt ausgeliefert wird." Während Gork erzählte, sah er der Heilerin fest in die Augen, doch diese senkte den Blick.

„Der Fürst der grausamen Khyroi hatte sich auch darauf eingelassen. Nur war Naron aber zu diesem Zeitpunkt bereits tot und die grausamen Khyroi wussten das ganz genau. Er war gestorben, weil er ihnen das Geheimnis nicht verraten konnte, weil es kein Geheimnis gibt. Keiner weiß, warum nur die Maroughi die Sirrtha vertragen und andere nicht. Aber die grausamen Khyroi haben ihm nicht geglaubt, als er immer wieder beteuerte, dass es kein Geheimnis gäbe. Schließlich haben sie ihn gefesselt und bei lebendigem Leibe in den Fluss geworfen."

Rhea schauderte. Was musste das für ein furchtbarer – und so sinnloser – Tod gewesen sein. Und noch im Nachhinein trauerte sie um ihren Vater, der hilflos ertrunken war im eiskalten Wasser.

Doch gleichzeitig war sie auch enttäuscht über die Art seines Todes. Bisher hatte sie immer gedacht, ihr Vater wäre einen ehrenhaften Heldentod gestorben, im gemeinsamen Kampf mit den anderen, die alle für die Gemeinschaft einstanden.

Stattdessen war er hinterlistig ermordet worden, zwar nicht weniger grausam, doch ohne jeglichen Kampf. Diesen hatten andere für ihn gekämpft und dabei ihr Leben gelassen. Die Illusion, dass ihr Vater als Held gestorben war, war ihr nun mit ein paar Sätzen genommen worden. Bisher hatte sie stolz auf ihn sein können und ihn in Gedanken auch ein wenig vergöttern dürfen, ihren großen, starken Vater, auf dessen Knien sie als Kind geritten war.

Nun musste sie ihr Bild, das sie ihr ganzes bisheriges Leben von ihm gehabt hatte, und das ihr so wertvoll und wichtig gewesen war, revidieren und an dessen Stelle ein anderes setzen. Diese Erkenntnis schmerzte sie zusätzlich und es war, als hätte sie ihren Vater noch einmal verloren. Kaum hatte Rhea die Wahrheit über den Tod ihres Vaters verkraftet, erkannte sie einen anderen Zusammenhang und sprudelte hervor, noch bevor sie darüber nachdenken konnte, was dies für Eliah für Konsequenzen haben würde: „Eliah ist gestern Vormittag von dem grausamen Khyroi beobachtet worden!“

Sämtliche Blicke schnellten zu Eliah. Dieser war offensichtlich völlig überrumpelt und wusste im ersten Moment gar nicht, was Rhea meinte. Doch dann dämmerte es ihm. „Natürlich, gestern im Wald! Als ich beim Sirrthafeld war und mich im Wildschweingebüsch versteckt hatte. Da hatte ich so ein komisches Gefühl, dass mich aus dem Wald hinter mir irgendetwas beobachtet. Mir war richtig gruselig zumute. Und ich habe auch etwas herumschleichen hören. Das war bestimmt der grausame Khyroi!“ Gleich darauf zuckte er vor Schreck zusammen und sah schuldbewusst drein: Gerade hatte er gestanden, dass er unerlaubt am Sirrthafeld gewesen war.

Das Donnerwetter folgte prompt. „Wie kannst du es wagen! Was hast du dir nur dabei gedacht?“, polterte Fine, die sich halb von ihrem Stuhl erhoben hatte, und starrte Eliah erbost an, während die Wörter wie Hagelkörner auf ihn einprasselten. Eliah duckte sich. „Du hast eines unserer wichtigsten Verbote missachtet!“, wetterte sie aufgebracht. „Hätte nur noch gefehlt, dass du auch noch von den Sirrtha gegessen hättest!“

Bei diesem Vorwurf sah Rhea, wie Eliahs Miene sich verfinsterte und starr wurde. Sie wusste, was ihr Bruder dachte: Er würde doch niemals von den Sirrtha probieren, so dumm war er nicht. Dennoch murmelte er zerknirscht: „Ja, ich weiß. Es tut mir ja auch schrecklich leid. Entschuldigt, es wird nicht wieder vorkommen.“

„Na, das will ich hoffen, junger Mann!“, schnaubte Fine, während sie sich wieder auf ihren Stuhl setzte.

„Du kannst von Glück sagen, dass nichts Schlimmeres passiert ist“, brummte der Ratsälteste. „Aber lass dir das eine Lehre sein und halte dich gefälligst künftig an unsere Regeln!“

Eliah nickte betreten. Kleinlaut sagte er: „Rhea ist auch von dem Khyroi beobachtet worden.“

„Nein, nein, nicht am Sirrthafeld!“, beeilte sich Rhea zu sagen, als gerade alle wieder anfangen wollten, zu schimpfen. „Ich hatte gestern einen Krankenbesuch bei Balem für Fine zu erledigen. Und als ich wieder heimging, hat mich ganz bestimmt jemand beobachtet, das habe ich genau gespürt. Das muss ebenfalls der Khyroi gewesen sein, bevor er dann zum Sirrthafeld geschlichen ist."

Fine sog scharf die Luft ein. „Zur Feuerkröte! Von nun an sind Krankenbesuche und selbstständige Streifzüge durch den Wald bis auf Weiteres für euch tabu, hört ihr!" Die Zwillinge nickten betreten.

Als sich alle wieder einigermaßen beruhigt hatten, nahm Gork den Faden wieder auf: „Nun wissen wir also, dank Eliah", mehrere finsterere Seitenblicke trafen ihn, „dass sich der Khyroi schon eine Weile am Sirrthafeld herumgetrieben hat. Jetzt müssen wir nur noch herausfinden, was es dort zu suchen hatte." Gork räusperte sich. „Fine, ich danke dir, dass du den Khyroi aufgenommen hast. Ich weiß, was ich dir damit zumute. Ich kann verstehen, dass dir die Vorstellung, einen von Narons Mördern in deinem Wurzelwerk beherbergen zu müssen, zuwider ist. Aber ich bitte dich darum, alles in deiner Macht Stehende zu unternehmen, um den Khyroi zu retten, damit wir herausfinden können, was er will."

Fines erste Reaktion war Abwehr, doch dann nickte sie widerwillig. Man sah ihr an, dass sie über diese Entscheidung nicht glücklich war.

„Auch müssen wir abwarten, ob dieser Khyroi mit seiner Dummheit nicht noch Schlimmeres angerichtet hat, aber das ..." Gork brach ab.

„Aber was?", fragte Eliah.

„Ach, nichts Eliah, ich habe nur eben laut gedacht."

Rhea horchte auf. Was wollte Gork noch sagen? Warum hatte er mitten im Satz abgebrochen? Was konnte der grausame Khyroi denn noch Schlimmes angerichtet haben? Sie wollte gerade nachfragen, doch der Ratsälteste redete schon weiter.

„Heli, Manou, ich denke, es ist Zeit für uns, aufzubrechen. Vielleicht finden wir doch noch ein wenig Schlaf in dieser Nacht." Mit diesen Worten erhob sich Gork. Sie hatten sich schon alle zum Gehen umgewandt, als Gork noch einmal innehielt. Völlig überraschend fragte er: „Eliah, jetzt ist es ja nicht mehr lange bis zu eurem Geburtstag, richtig? So etwa drei Wochen noch?"

„Knapp zwei", korrigierte ihn dieser.

„Knapp zwei", wiederholte Gork. Dann nickte er und verließ mit Heli und Manou die Kammer.

Zurück blieben ein ratloser Eliah, eine ernüchterte Rhea und eine unglückliche Fine. Diese stand energisch auf. „Ich werfe noch einen kurzen Blick auf den Kranken, dann werde ich mich auch etwas hinlegen und versuchen, Schlaf zu finden. Euch beiden rate ich dasselbe. Gute Nacht, ihr zwei." Mit diesen Worten drehte sie sich um und ging.

Die Geschwister sahen sich an. „Hast du es gewusst?", fragte Rhea.

„Was?"

„Das mit Naron, unserem Vater?"

„Nein", antwortete er.

„Und was denkst du, wollte Gork sagen, als er mitten im Satz abgebrochen hat?"

„Ja, das fand ich auch komisch. Was kann dieser grausame Khyroi denn noch angestellt haben?" Nachdenklich zog ihr Bruder mit dem Finger die Holzmaserung auf der Tischplatte nach. „Und warum hat sich Gork nach unserem Geburtstag erkundigt? Ob das auch mit diesem Khyroi zusammenhängt? Ich frage mich nur, was dieser Fiesling hier sucht."

Seine Schwester nickte. „Doch genug geredet für heute. Ich kann schon nicht mehr klar denken, und müde bin ich auch."

Gemeinsam gingen sie in ihre Kammer und schlüpften unter die Decken. Das Bett war eisig kalt und Rhea kugelte sich fröstelnd zusammen, während sie die Bettdecke dicht um ihren Körper zog. Sie war überzeugt davon, viel zu aufgeregt zu sein, um schlafen zu können. Doch gerade als es anfing, warm zu werden und Rhea sich wohlig entspannte, war sie auch schon eingeschlafen.

Entscheidung

Am nächsten Morgen galt Rheas erster Gedanke dem Khyroi. Sie hüpfte aus dem Bett und klopfte zaghaft an Fines Kammer. Diese öffnete und bedeutete ihr, hereinzukommen. „Guten Morgen, meine Kleine. Konntest du wenigstens noch ein bisschen schlafen nach der ganzen Aufregung gestern?“

Rhea nickte und fragte: „Wie geht es dem Kranken?“

„Ich weiß nicht so recht. Heute Nacht, als ich das letzte Mal nach ihm sah, hatte ich den Eindruck, es gehe ihm besser. Ich konnte sehen, wie sich seine Tentakeln leicht bewegt haben. Jetzt bin ich mir nicht mehr so sicher, er hat immer noch kalten Schweiß auf der Stirn und atmet sehr schwer.“ Mit besorgter Miene ließ sich die Heilerin auf ihr Bett sinken. „Und seine Tentakeln sind ganz ruhig, er war bis jetzt noch nicht bei Bewusstsein. Ich sitze schon seit drei Stunden an seinem Bett und halte Wache. Gork will, dass ich ihm gleich Bescheid gebe, wenn er aufwacht.“

„Hast du schon gefrühstückt?“, fragte Rhea. „Wenn du willst, setze ich mich jetzt zu ihm und halte Wache, dann kannst du etwas essen.“

„Oh ja, das ist eine gute Idee. Ich danke dir.“ Fine strich Rhea leicht über die Wange, erhob sich schwer und ging in Richtung Küche.

Rhea blieb allein zurück. Erst jetzt fiel ihr ein, dass sie selbst ja auch noch nicht gefrühstückt hatte, doch das konnte warten. Zögernd schlich sie auf Narons Kammer zu und schielte um die Ecke. Ja, der Kranke lag noch genauso da wie gestern. Mutiger geworden, trat Rhea ein und setzte sich auf den Stuhl neben dem Bett. Wieder einmal betrachtete sie den sonderbaren Fremden. Doch heute mit einem anderen Wissen als gestern. Heute blickte sie auf einen aus dem Volk, das ihren Vater ermordet hatte.

***

Die nächsten drei Tage vergingen ereignislos zwischen Krankenwache, Mahlzeiten und der Erledigung der restlichen Pflichten wie frisches Wasser oder Feuerholz holen und Beeren sammeln oder kochen. Rhea,

Fine und Eliah wechselten sich ab, sodass sich immer einer schlafen legen konnte. Fine hatte dem Kranken immer wieder von der Flüssigkeit aus dem Totenkopf-Flacon eingeflößt, doch er war bisher noch nicht wieder aufgewacht. Der vierte Tag war anders.

Einmal mehr saß Rhea auf dem Schemel in Narons Kammer, den Blick auf den Kranken gerichtet. Oh, wie hatte sie diese Krankenwachen inzwischen satt, die sie zur Bewegungslosigkeit verdammten und ihr die Freiheit raubten. Tag für Tag in dieser öden Kammer zu sitzen und Stunde um Stunde für einen völlig Fremden zu opfern, war in ihren Augen Verschwendung. Wie gerne wäre sie jetzt mit Wolke im Wald unterwegs! Fast konnte sie den Wald riechen, den Wind in den Haaren spüren, die Vögel pfeifen hören. Da, ein zitronengelber Schmetterling, der vor ihr her flatterte. Freiheit, Unabhängigkeit. In Gedanken hüpfte Rhea dem Schmetterling hinterher, folgte seinem Zickzackflug mit den Augen, diesem leuchtenden zitronengelben Schmetterling, der plötzlich in der Luft stehen blieb, aufhörte, sich zu bewegen, und Augen bekam, die Rhea anstarrten.

Der Schock stieß sie zurück in die Wirklichkeit – der Kranke hatte die Augen geöffnet! Sein Blick umschlang sie so gnadenlos und sie zuckte so heftig zurück, dass sie beinahe samt Stuhl nach hinten gekippt wäre. Diese Augen waren farblos, fast weiß. Nur ein Hauch – fast nur ein Gedanke – an Wasserblau färbte sie gerade so weit, dass sie nicht ganz weiß waren. Und sie hatten keine Pupillen.

Rhea verließ jegliche Energie und sie sank in sich zusammen. Sie konnte diesen Blick, der so furchtbar, seltsam, unheimlich und unendlich tief war, kaum länger ertragen, doch sie musste hineinblicken in diese Tiefe, die sie festhielt, als ob sich tausend feiner Angelhaken in ihre Augäpfel versenkten und langsam anfingen, an den Angelschnüren zu ziehen, während die kostbaren Sekunden, die sie gebraucht hätte, um zu kämpfen, nutzlos zerrannen. Rhea verlor jegliches Zeitgefühl. Der Blick brannte sich ihren Sehnerv entlang bis hinauf zu ihrem Gehirn und sie wusste, wenn sie noch länger hineinstarren würde, würde es irgendwo in ihrem Inneren leise *klick* machen und Rheas Verstand wäre nicht mehr derselbe, der er jetzt war.

Da hörte sie, wie Fine draußen laut nach Eliah rief, um ihn für die nächste Krankenwache zu holen. Rhea schluckte, schnappte wie eine Ertrinkende nach Luft und konnte sich endlich aus dem Blick des grausamen Khyrois befreien. Dabei bemerkte sie, dass der Kranke sehr wohl

Pupillen hatte, sie waren nur so winzig, dass man sie nicht sah, wenn man nicht bewusst nach ihnen suchte.

Endlich fand sie die Energie, aufzustehen und aus der Kammer zu fliehen. Rhea wollte Fine holen und ihr sagen, was passiert war. Und sie wollte der Gegenwart des Khyrois entkommen. Im Hinausgehen fragte sie sich schaudernd, wie lange der Khyroi sie wohl schon unbemerkt beobachtet hatte und wer oder was aus ihr geworden wäre, wenn sie noch länger in diese Augen gestarrt hätte. Mit klopfendem Herzen lief sie durch den Tunnel.

In der Küche traf sie auf Eliah, der sie ablösen sollte. „Er ist wach“, sagte sie tonlos.

In diesem Moment kam Fine herein. „Da bist du ja, Eliah. Ich habe dich schon überall gesucht. Du bist an der Reihe mit Krankenwache.“

Rhea drehte sich zu ihrer Mutter um. „Er ist wach“, wiederholte sie.

Fine setzte sich auf den nächstbesten Schemel. „Gut. Oder auch nicht. Eliah, geh und sieh nach ihm. Rhea, du gehst zu Gork.“

***

Fine und Gork waren immer noch in Narons Kammer und verhörten den Khyroi, während Eliah und Rhea das Abendbrot richteten. Gerade als sie feststellten, dass sie vor lauter Krankenwache nicht daran gedacht hatten, frisches Brot zu backen und sich schon mit ein paar Nüssen, einer Handvoll Beeren und verschrumpelte Äpfel zufriedengeben wollten, kam Heli herein. Mit ihr schwappte ein verheißungsvoller Duft nach frisch gebackenem Brot in die Küche. Rhea schnupperte.

„Hallo, ihr zwei. Wo ist denn Fine?“

„Sie ist immer noch mit Gork bei dem Kranken. Er ist heute zum ersten Mal aufgewacht und sie fragen ihm wahrscheinlich gerade Löcher in den Bauch“, antwortete Eliah.

„Ah, das ist gut, denn so langsam halte ich diese Ungewissheit nicht mehr so gut aus, wisst ihr.“ Dann schlug sie das Tuch in ihrem Korb zurück und holte einen frisch gebackenen Laib Brot heraus. „Hier, das habe ich für euch gebacken. Ihr habt bestimmt momentan anderes im Kopf, als ans Brotbacken zu denken.“

Rhea hätte vor Freude beinahe in die Hände geklatscht. „Oh, das ist gut, vielen Dank, Heli. Wir haben tatsächlich nichts mehr zu essen im Haus bis auf ein paar Reste.“

„Dachte ich es mir doch. Na, dann will ich nicht länger stören. Lasst es euch schmecken und richtet Fine schöne Grüße von mir aus."

„Ja, das machen wir. Auf Wiedersehen, Heli, und nochmals vielen Dank."

Kaum war Heli gegangen, hörten die Zwillinge, wie Gork sich draußen im Flur von Fine verabschiedete, die gleich darauf in die Küche kam. Rhea wurde nervös. Was hatte der grausame Khyroi erzählt? Was wollte er hier und warum hatte er von den Sirrtha gegessen?

„Oh, frisches Brot! Habt ihr gebacken?", fragte Fine die Zwillinge mit einem ungläubigen Lächeln.

„Nein, das hat Heli vorbeigebracht", sagte Rhea, die sich zusammenreißen musste, um Fine nicht sofort mit Fragen zu löchern.

„Ach, das ist nett von ihr. Gut, dass wenigstens irgendjemand mitdenkt. Das riecht echt lecker. Dann lasst uns schnell essen, ich habe einen Riesenhunger."

Als endlich alle drei eifrig kauend am Tisch saßen, sah Rhea Fine gespannt an. Diese legte ihre dick mit Butter bestrichene Scheibe Brot auf dem Teller ab, lehnte sich zurück und wischte sich die Brösel vom Schoß. Schließlich hatte Fine den Mund so weit leer gegessen, dass sie ihn gefahrlos öffnen konnte, um endlich von dem Khyroi zu erzählen. „Also, dem Kranken geht es schon viel besser, wenn er auch noch weit davon entfernt ist, richtig gesund zu sein. Aber immerhin ist er bei Bewusstsein."

„Und was hat er gesagt?" Rhea hatte ihren Mund noch nicht ganz leer gegessen und verteilte großzügig ein paar feine Brotbrocken auf der Tischplatte. Sie schluckte hastig, bevor sie fortfuhr. „Was will er hier und warum hat er von den Sirrtha gegessen, weiß er denn nicht, dass sie töten können?"

„Langsam, langsam. Nicht so viele Fragen auf einmal. Da wird man ja ganz wirr im Kopf", sagte Fine und wedelte dabei mit der Hand in der Luft herum, als ob sie einen Schwarm lästiger Mücken verscheuchen wollte. „Nein, gesagt hat er nichts, so viel Gork auch auf ihn eingeredet hat, er hat keinen Ton von sich gegeben."

„Aber sicher versteht er uns doch?"

„Ja, verstehen tut er uns immerhin, das konnte man an der Reaktion seiner Tentakeln auf Gorks Fragen sehen. Doch trotzdem hat er uns nicht geantwortet. Er hat uns immer nur mit diesen furchtbaren, blassen Augen fixiert. Habt ihr sie bemerkt, diese Augen? Richtig gruselig, ich hatte ständig ein mulmiges Gefühl. Und das Blinzeln scheint er ganz zu vergessen."

„Ja, mir ging es genauso, als ich ihn angesehen habe. Er hat einfach furchtbare Augen", sagte Rhea. Dass sie fast das Gefühl gehabt hatte, sich selbst zu verlieren, ließ sie lieber unerwähnt.

„Und was macht er jetzt?", fragte Eliah mit vollem Mund.

„Er schläft. Ich habe ihm ein wenig Schlafmohn gegeben."

„Schade, ich hatte mir eigentlich mehr erhofft", sagte Rhea.

„Ja, ich auch. Aber vielleicht kriegen wir morgen mehr aus ihm heraus", erwiderte Fine. „So, mir reicht es für heute, ich bin ziemlich müde und gehe jetzt zu Bett. Ich glaube, ihr zwei solltet dasselbe tun, ihr seid schon ganz blass um die Nasenspitze."

***

Am nächsten Morgen bat Fine ihre Tochter, dem Khyroi eine Schüssel Haferbrei zum Frühstück zu bringen. Rhea selbst hatte bereits gefrühstückt. Nun stand sie in der Küche und füllte Haferbrei in eine Holzschüssel. Der Brei war heiß und der Dampf schlug ihr ins Gesicht. Sie hätte gern noch eine Schüssel gegessen, doch der Kupferkessel war fast leer und der verbleibende Rest war für den Khyroi bestimmt. Seufzend kratzte Rhea die letzten Reste des Breis vom Kesselboden. Dann machte sie sich auf den Weg zu Narons Kammer.

Wieder einmal lugte sie vorsichtig um die Ecke und fand den grausamen Khyroi schlafend. Leise trat sie an die Pritsche und stellte die Schüssel auf den Stuhl neben dem Bett, bevor sie sich wieder umdrehte, um zu gehen. Genau in dem Moment, als sie dem Fremden den Rücken zukehrte, hörte sie ein komisches Schnarren.

„Kattra."

Erschrocken wirbelte sie herum und sah den Khyroi an. Dabei hätte sie fast die Breischüssel vom Stuhl gefegt. Sie wusste nicht, ob sie sich verhört oder sich das seltsame Geräusch nur eingebildet hatte.

Doch der Kranke war wach und fixierte sie mit diesen eisblauen, unheimlichen Augen, seine Tentakel waren in leichter Bewegung. Rhea wurde nervös. Sie konnte sich nicht helfen: Jedes Mal, wenn sie dem Fremden in diese Augen sehen musste, sträubte sich alles in ihr und sie wäre am liebsten kopflos aus dem Raum gestürzt.

„Kattra."

Der grausame Khyroi hatte tatsächlich geredet! Jetzt hatte es Rhea genau gesehen. Nur wusste sie mit diesem seltsamen Wort nichts anzufangen. Das Wort klang hart und abgehackt und unvertraut.

„Wie bitte? Ich verstehe dich nicht."

„Mein Name ist Kattra. Ich habe Hunger." Seine Stimme schnarrte und ratterte wie eine wild gewordene Klapperschlange. Sie klang ganz fremd in Rheas Ohren, die sich anstrengen musste, um die Vokale herauszuhören. Sie deutete auf die Breischüssel und sagte: „Ich habe dir etwas zu essen gebracht. Und wenn du möchtest, bringe ich dir auch gleich einen Becher Wasser." Sie wartete die Reaktion des Khyrois gar nicht erst ab, sondern flüchtete, froh darüber, einen Grund gefunden zu haben, den Khyroi allein zu lassen. Sie stürmte in die Küche, wo Fine endlich einmal wieder mit Brotbacken beschäftigt war.

Routiniert knetete sie den Teig auf dem Küchentisch, wobei ganze Teigklumpen zwischen ihren mehligen Fingern klebten. Ein säuerlicher Geruch lag in der Luft.

„Er heißt Kattra."

„Wer?", fragte Fine abwesend und ganz auf ihren Teig konzentriert.

„Na, der Khyroi. Und er hat Hunger. Und Durst bekommt er bestimmt auch gleich. Ich muss ihm einen Becher Wasser bringen."

Entgeistert ließ Fine ihre Hände in den Teig sinken. „Er hat gesprochen? Wirklich? Und Kattra ist sein Name? Seltsamer Name. Hat er sonst noch irgendetwas gesagt?"

Rhea schüttelte den Kopf. „Soll ich Gork holen?", fragte sie.

„Nein, lass mal. Ich schicke Eliah, du kannst dem Khyroi das Wasser bringen. Eliah schleicht mir in letzter Zeit zu sehr herum. Er muss mal an seine Pflichten erinnert werden. Ich kann hier jetzt nicht weg, ich muss den Teig fertig kneten."

„Soll ich so lange bei Kattra Wache halten, bis Gork kommt?"

„Nein, ich denke, das wird nicht nötig sein. Er ist ja noch ziemlich schwach und wird nicht gleich die Flucht ergreifen."

„Gut, dann bringe ich ihm nur noch schnell seinen Becher Wasser."

Widerwillig betrat sie zum zweiten Mal an diesem Tag Narons Kammer und stellte den Becher mit Wasser auf dem Stuhl ab. Der Khyroi hatte sich etwas aufgesetzt und aß aus der Breischüssel, die er in der Hand hielt. Offensichtlich hatte er ziemlich Hunger, denn er schaufelte sich den Brei löffelweise in den Mund, kaum dass er geschluckt hatte. „Schmeckt gut", schnarrte er irgendwie tonlos.

Rhea nickte zustimmend. Ja, sie wusste, wie gut der Brei schmeckte. Sie vermied es jedoch, den grausamen Khyroi direkt anzusehen, und stand nun etwas ratlos da, während sie verlegen die Hände ineinanderschob, denn sie wusste nicht, was sie mit diesem komischen Wesen sprechen sollte. So wandte sie sich schließlich um und verließ wortlos die Kammer.

Plötzlich hatte sie das Bedürfnis nach frischer Luft. Sie hatte das Gefühl, als wäre ihr alles zu eng hier drin, als bräuchte sie Raum um sich. Fast fluchtartig schoss sie aus dem Wurzelwerk und atmete tief die reine, frische Frühlingsluft ein. Erleichtert setzte sie sich auf den alten Baumstamm vor dem Eingang und streckte der Sonne das Gesicht entgegen. Es dauerte nicht lange, da kam Wolke angesaust und machte Männchen. Ihre Pfötchen fuhren aufgeregt durch die Luft, so sehr freute sie sich, Rhea endlich wiederzusehen.

„Ist ja gut, du kleine Ratte“, sagte Rhea und beugte sich nieder, froh über die Ablenkung. Darauf hatte Wolke schon gewartet: Blitzschnell drehte sie sich um, legte sich auf den Rücken und streckte Rhea den Bauch entgegen. Kaum hatte Rhea angefangen, Wolke an ihrem weichen Bauch zu kraulen, fing die kleine Wollratte prompt wohlig zu pfeifen an.

Da kam Eliah mit Gork zurück. Mit angespanntem Gesichtsausdruck nickte er Rhea knapp zu, bevor er hinter Eliah im Wurzelwerk verschwand.

Rheas Magen knurrte. Sie hätte sich doch noch etwas von Kattras Frühstücksbrei stibitzen sollen. War Fine nicht vorher beim Brotbacken gewesen? Vielleicht sollte Rhea mal nachsehen, ob es schon fertig war? Sie wollte gerade aufstehen und in die Küche gehen, da schoss Eliah wie von der Tarantel gestochen aus dem Wurzelwerk, die drei Eingangsstufen auf einmal nehmend und feuerrot im Gesicht vor Zorn.

„Wer hat den Kristall gestohlen?“, polterte er los. „Hast du meinen Kristall gestohlen? Gib ihn mir sofort wieder zurück, das ist unfair!“

Rhea wusste sofort, von welchem Kristall er sprach, aber sie war völlig überrumpelt von dem Gedanken, dass er sie verdächtigte. „Geht es dir noch gut? Warum sollte ausgerechnet ich deinen Kristall stehlen?“

„Weil du neidisch bist!“ Ihr Bruder hatte sich wütend vor ihr aufgebaut, die Zornesröte im Gesicht und die Hände in die Hüften gestemmt. So aufgebracht hatte Rhea ihren Bruder bisher nur selten erlebt.

Empört über diese ungerechte Anschuldigung erwiderte sie: „Warum sollte ich denn, ich kann ihn mir doch jederzeit ansehen. Das ist doch unlogisch. Wenn ich ihn geklaut hätte, müsste ich doch ständig Angst haben, dass du ihn irgendwann bei mir findest. Da leihe ich ihn mir lieber aus. Ich brauche ihn nicht zu stehlen."

Eliah schnaubte. „Auf jeden Fall hatte ich ihm einen Ehrenplatz in meinem Regal gegeben. Direkt in der Mitte von allen anderen Steinen. Und vorhin, als ich in unsere Kammer ging, war er weg! Einfach verschwunden!"

„Bist du sicher? Vielleicht ist er nur heruntergefallen?"

„Wie denn, er hat ja keine Füße! Und gestürmt hat es in unserer Kammer auch nicht. Nein, außerdem habe ich schon alles abgesucht. Er ist nicht mehr da." Enttäuscht ließ ihr Bruder die Arme hängen und setzte sich neben sie. „Entschuldige, dass ich dich eben verdächtigt habe, das war nicht fair. Ich weiß ja, dass du so etwas nie machen würdest. Aber ich weiß mir keinen Rat."

Rhea war einigermaßen besänftigt. „Meinst du, dass der grausame Khyroi ihn genommen hat?"

Eliah dachte eine Weile darüber nach, schüttelte dann aber den Kopf. „Das glaube ich nicht, der ist doch noch viel zu schwach, er kann ja noch nicht einmal aufstehen." Eliah stöhnte. „Ich habe doch noch nie einen meiner Steine verloren. Es hat sich auch noch keiner in Luft aufgelöst."

Ihr Zwillingsbruder tat Rhea leid und sie war froh, dass sie nicht ernsthaft gestritten hatten. Tröstend legte sie den Arm um ihn. „Komm, wir suchen noch einmal zusammen. Vielleicht hast du ihn ja einfach nur übersehen." Gemeinsam gingen sie in ihre Kammer, während Wolke sich beleidigt aus dem Staub machte.

Rheas Blick wanderte zu der Lücke in Eliahs Steinregal, die hässlich leer zu ihr herübergrinste. Die Zwillinge suchten noch eine ganze Zeit lang die Kammer ab, doch der Kristall blieb verschwunden.

„Tja, da kann man nichts machen. Tut mir leid, Eliah", sagte Rhea, die nun endlich zu Mittag essen wollte, verschwundener Kristall hin oder her. „Ich habe Hunger. Kommst du mit in die Küche? Fine hat Brot gebacken."

„Nein, ich bleibe lieber noch hier. Vielleicht suche ich noch ein bisschen."

„Na gut, wie du willst."

Als Rhea in die Küche kam, stellte sie enttäuscht fest, dass das Brot immer noch im Ofen war. Nach einem kurzen Blick in die fast leeren Vorratskörbe beschloss Rhea, mit Wolke einen Spaziergang zu machen, um Pilze zu suchen. Sie wollte den Kopf freibekommen, der momentan voll von irren Khyrois mit furchtbaren Augen war, ganz abgesehen von mysteriös verschwundenen Kristallen. So schnappte sie sich das Weidenkörbchen und marschierte aus dem Wurzelwerk.

Ein leiser Pfiff und Wolke kam angeschossen, als ob sie insgeheim darauf gewartet hätte. Wahrscheinlich hatte sie das auch, sie war ja nicht nachtragend. Rasant bremste sie vor Rhea, wobei sie wieder einmal fast vornüber gekippt wäre. Fröhlich springend umkreiste sie Rhea voller Erwartung auf den bevorstehenden Spaziergang.

„Na, Wolke, wenigstens bist du guter Stimmung. Wollen wir den Elkinnen einen Besuch abstatten? Vielleicht lenken mich deren Flüge ein wenig ab."

Rhea marschierte los. Es war immer noch der schönste Sonnenschein und Rhea sah nach oben in das leuchtend grüne Blätterwerk. Ab und zu konnte sie ein Stückchen Himmel durchschimmern sehen. Tief sog sie den Geruch des Frühlings ein und atmete erleichtert aus. Keine Krankenwache, kein Kattra, keine öde Kammer, kein tötender Blick ... Trotzdem hatte sie ständig ein unangenehmes Gefühl, eine Vorahnung, als ob bald etwas Schreckliches geschehen würde. Doch nun wollte sie sich ganz auf ihre Umgebung konzentrieren und keinen weiteren Gedanken an Kattra verschwenden, das war diese Kreatur nicht wert.

Rhea konzentrierte sich auf das sich überschlagende Trällern eines Buchfinks, während etwas weiter entfernt eine Ammer wehmütig ihr Klagelied sang. Einzelne Spinnwebfäden schwebten unsichtbar in der Luft, die erst sichtbar wurden, wenn die Sonne sie zum Glänzen brachte. Rhea musste aufpassen, dass sie die Spinnwebfäden nicht ständig ins Gesicht bekam. Sie bog vom Weg ab und ging ein Stückchen tiefer in den verwilderten Wald hinein. Dort war der Boden überzogen mit Moos und jeder ihrer Schritte federte leicht auf dem weichen Untergrund. Vereinzelt ragten bemooste Äste aus dem Boden hervor und Rhea konzentrierte sich ganz auf ihre Schritte, um nicht ständig zu stolpern. Ihre Aufmerksamkeit galt nun dem Wald und der Nahrungssuche, alles andere verbannte sie weit aus ihren Gedanken.

Suchend glitt ihr Blick über den Boden und tatsächlich, da war eine ganze Kolonie von Pilzen. Rasch bückte sich Rhea, drehte vorsichtig einen nach dem anderen aus dem Erdreich heraus, wobei sie darauf achtete, die wertvollen Wurzeln unter der Erde nicht zu zerstören, und legte Pilz für Pilz in ihr Körbchen. Sofort war sie von einem klaren, frischen, intensiven Pilzgeruch eingehüllt. Fine würde begeistert sein über ihre Ausbeute.

Ein paar Schritte weiter fand sie ein Blaubeerbeet, das sie rasch aberntete, wobei sie sich ab und zu eine der Beeren in den Mund steckte. Wenn sie darauf biss, knackte es leicht und kurz darauf schmeckte sie den säuerlichen, leicht mehlig-tauben Saft der Beere.

Rhea wollte diesen Ausflug genießen, wollte so gerne mit der Natur um sich herum verschmelzen wie sonst auch. Aber heute wollte sich das befreiende Gefühl einfach nicht einstellen, obwohl Wolke sie fröhlich umkreiste und übermütig herumtollte, sodass ihre Ohren flappend herumflogen. Normalerweise brachte dieser Anblick Rhea stets zum Lachen, doch heute hatte selbst die kleine Wollratte keine Chance bei ihr.

„Na, Wolke, wenigstens dir macht es heute Spaß, wieder mit mir draußen zu sein, oder? War bestimmt auch langweilig für dich, immer alleine durch die Gegend zu streifen. Aber ich hoffe, diese Zeit ist nun vorbei und wir haben unsere Freiheit zurück." Sie wollte sich gerade bücken, um Wolke über den Kopf zu streicheln, als die Ruhe des Waldes

plötzlich durch lauten Radau zerschnitten wurde. Rhea lauschte. Was war das? Es hörte sich an, als ob viele Stimmen durcheinander riefen. Wo kam der Lärm her? Rhea sah in die Richtung der Elkinnen-Siedlung. „Komm Wolke, lass uns nachsehen, was dort los ist."

Als Rhea kurz darauf die Siedlung erreichte, blickte sie erstaunt nach oben, wo ein heilloses Durcheinander unter den Baumkronen herrschte. Das rege Geschwirr der schlanken Elkinne ließ sie ganz schwindlig werden. Sie konnte kaum einzelne Gestalten in dem bunten Farbkarussel ausmachen, das die kräftigen Farben der Kittel verursachte, die die Elkinne trugen, gemischt mit dem zarten Schillern der irisierenden Flügel. Es waren so viele! Sie schienen alle gleichzeitig unterwegs zu sein, und alle wirbelten wild durcheinander. Erstaunlich, dass nicht alle Daumen lang einer von ihnen in den Hängebrücken hängen blieb oder, schlimmer noch, sie sich gegenseitig die Köpfe einschlugen.

Keiner von ihnen bemerkte die beiden Gestalten am Boden, alles schnatterte und polterte aufgeregt durcheinander, sodass die Luft von einem lauten Summen erfüllt war. Irgendetwas musste sie furchtbar erschreckt oder aufgebracht haben. Dies war eine völlig neue Situation, die Rhea noch nie zuvor in der sonst so beschaulichen Siedlung erlebt hatte, was sie ziemlich beängstigend fand. Wolke fand diese Situation wohl genauso unheimlich, denn sie schmiegte sich Schutz suchend an Rheas Bein.

Rhea versuchte, zu verstehen, was die Elkinne riefen. Sie fing immer nur ein Wort auf. Trommler oder so ähnlich. Dieses Wort hörte sie immer und immer wieder, doch was bedeutete es? Rhea konnte sich keinen Reim darauf machen und blickte unentschlossen umher.

Da entdeckte sie Balem, der sich aus einer Gruppe Elkinne löste und auf die Erde zusteuerte. Zufällig flog er geradewegs auf sie zu, wobei er sie gar nicht bemerkte. Er schien in Gedanken ganz weit weg zu sein. Schnell ging Rhea ihm entgegen, als er knapp über dem Boden zur Landung ansetzte. Er zuckte zusammen, als sie so unvermittelt neben ihm auftauchte, und taumelte kurz erschrocken zurück. Dann sah er sie grimmig an und schnappte: „Vermaledeite Erdlochkröte! Musst du mich denn so erschrecken? Da bleibt einem ja fast das Herz stehen!" Ärgerlich zog er die Stirn in Falten.

„Entschuldigung, ich wollte dich nicht erschrecken. Doch du warst so in Gedanken, dass du mich einfach übersehen hast. Gut, dass ich kein Baumstamm bin, sonst wärst du mit Sicherheit dagegen gedonnert und jetzt noch viel grantiger." Oje, schon wieder. Warum schaffte es Rhea nicht, einfach öfter mal den Mund zu halten?

Balem schnappte hörbar nach Luft, wobei seine Haare prompt anfingen, sich gefährlich zu verfärben. „Ja so eine freche Rotzgöre! Jetzt weiß ich wieder, wer du bist! Du hast mir diese Medizin gebracht, die mir kein bisschen geholfen hat! Tagelang habe ich mir die Seele aus dem Leib gehustet! Du kannst von Glück sagen, dass ich euren Giftsud überhaupt überlebt habe! Eine Schande ist das!", zeterte er. „Aber jetzt lass mich durch, ich hab Wichtigeres zu tun, als mich immer nur über kleine unbedeutende Gören zu ärgern. Ich hab's eilig. Du hast ja keine Ahnung, was hier los ist! Schrecklich, furchtbar." Bei diesen Worten änderte sich seine Miene und Rhea wurde mulmig zumute. Unsanft stieß Balem sie zur Seite und stapfte vor sich hin brummelnd in den Wald. Wolke wich ihm erschrocken aus, während Rhea ihm bestürzt nachsah.

Da musste wirklich etwas Schreckliches geschehen sein! Normalerweise geriet Balem zwar schnell in Rage und konnte richtig laut schimpfen, doch grob oder gar handgreiflich wurde er dabei nie. Jetzt erst wurde Rhea bewusst, was Balems veränderter Gesichtsausdruck bedeutet hatte: Angst. In seiner Miene hatte die nackte Angst gestanden. Sie sah immer noch auf den Fleck im Wald, an dem Balem im dichten Gestrüpp verschwunden war, während über ihr aufgeregt die Elkinne schwirrten. Was war nur passiert? Warum waren sie dermaßen in Aufregung? Und wo wollte Balem hin?

Rhea versuchte, angestrengt zu lauschen, um doch noch herauszubekommen, was passiert war. Doch außer diesem seltsamen Wort Trommler konnte sie nichts verstehen, es war einfach ein zu großes Durcheinander. Da beschloss sie, umzukehren, denn inzwischen hatten sich dicke Wolken vor die Sonne geschoben. Rhea folgte dem Pfad zurück in einem halb grauen, verwaschenen Licht.

***

Zu Hause angekommen, stellte sie den mit Pilzen und Beeren gefüllten Weidenkorb in der Küche ab, bevor sie sich aufmachte, den Rest der Familie zu suchen.

Sie fand alle in Narons Kammer versammelt, die somit brechend voll war. Gork war auch da. Gerade als sie eintreten wollte, stürmten ihr die anderen alle entgegen und sie wurde heute schon zum zweiten Mal unsanft zur Seite gestoßen. Sie schickte den Davonziehenden einen ärgerlichen Blick hinterher, der sein Ziel aber leider verfehlte. Dann wandte sie sich um und betrachtete den Kranken.

Der Khyroi lag unbeweglich mit geöffneten Augen auf der Pritsche und beobachtete sie. Seine Tentakeln waren ganz ruhig. Rhea fröstelte. Dann doch lieber die Gesellschaft der anderen. Also folgte sie ihnen schnell in die Küche. Mit diesem Kattra allein zu sein, war das Letzte, was sie wollte.

In der Küche setzten sich alle wie auf Kommando gleichzeitig hin. Die Luft war kühl und irgendwie klamm, als ob in der Kammer schon lange kein Feuer mehr gebrannt hatte. Rhea blickte in die Runde und sah in ernste und entschlossene Gesichter. Zaghaft wagte sie, zu fragen: „Was ist los? Ist etwas passiert?"

Da kam es von Gork wie aus der Pistole geschossen: „Er lügt. Sobald er nur den Mund aufmacht, lügt er!" Der Ratsälteste donnerte vor Wut mit der Faust auf den Tisch, worauf alle erschrocken zusammenzuckten. „Er erzählt uns Märchen, dass er sich mit seinem Nachbarn gestritten hätte und ihn daraufhin das ganze Khyroiheer aus ihrem Hügel verbannt hätte. Dass er nun obdachlos sei und nicht wüsste, wohin er solle."

Ärgerlich schüttelte Manou den Kopf. „Aber das passt nicht. Das passt einfach nicht! Warum hat er dann von den Sirrtha gegessen? Und warum hat er das nicht gleich beim ersten Mal erzählt, als wir ihn befragt hatten? Und warum hat er sich dann so lange im Gebüsch versteckt, wenn er doch angeblich Obdach gesucht hat?"

Gork fuhr sich mit beiden Händen durch seine kurzen, schon leicht ergrauten Haare, während er die anderen ansah, auf der Suche nach Antworten, die ihm keiner geben konnte.

„Wir werden nicht mehr aus ihm herausbekommen, wenn er das nicht will", sagte Fine leise. „Wir haben keine Möglichkeit, auf diesem Weg die Wahrheit von ihm zu erfahren." Dann sah sie unglücklich drein und sprach aus, was nun offensichtlich war: „Jetzt bleibt uns keine andere Wahl mehr. Wir müssen zur Eule der Verdammnis."

Die Eule der Verdammnis

Daraufhin trat eine so plötzliche und umfassende Stille ein, dass Rhea meinte, auf der Stelle taub geworden zu sein. Eine Sekunde später dröhnte ihr die Stille in den Ohren wie ein verrückt gewordener Bienenschwarm, denn sie wollte nicht wahrhaben, was Fine gerade gesagt hatte.

Jeder kannte den Weg zur Eule der Verdammnis, aber nur wenige gingen ihn. Das Wesen, das halb Eule und halb Maroughifrau war, gab seine weisen Ratschläge nicht umsonst, es verlangte Bezahlung für seine Dienste, und die Opfer waren groß, manchmal zu groß. Auch war nicht immer garantiert, dass man die Eule der Verdammnis schlauer verließ, als man vorher war, denn sie sprach gerne in Orakeln und man konnte nicht immer mit Sicherheit sagen, wie sie zu deuten waren. So manch einer verstrickte sich im Gespinst der Halbwahrheiten des zweigeteilten Eulenwesens und wurde seines Lebens nicht mehr froh.

„Kann die Eule der Verdammnis uns denn wirklich helfen?", fragte Rhea.

„Nun, das müssen wir abwarten", antwortete Gork. „Die Eule der Verdammnis ist der letzte Ausweg für Verzweifelte. Und wir sind verzweifelt."

„Gibt es denn gar keine andere Möglichkeit?", stöhnte Eliah.

„Glaube mir, Eliah, wenn es die gäbe, würde ich nicht einen ganzen Tagesmarsch auf mich nehmen zu einem Wesen, das uns ebenso schaden wie helfen kann. Aber wir müssen unbedingt herausfinden, was der grausame Khyroi im Schilde führt, und vor allem muss ich wissen, ob ..." Gork brach ab.

„Was?", fragte Rhea. „Was musst du wissen?"

Doch Gork blieb ihr eine Antwort schuldig. „Morgen brechen wir auf. Du, Fine, bleibst da und behältst den Khyroi im Auge. Heli und Manou, ihr unterstützt Fine bei Kattras Betreuung. Eliah und Rhea, ihr kommt mit mir zur Eule der Verdammnis."

Keiner wagte es, zu widersprechen.

***

Nach dem Abendessen, das aus in Butter gebratenen Pilzen und einer dick mit Kräuterbutter bestrichenen frischen Scheibe Brot bestand, lagen die Zwillinge mit wohlig gefüllten Bäuchen in ihren Betten. Die kühle Nachtluft wehte durch die kleinen Öffnungen unterhalb der Zimmerdecke und strich Rhea geheimnisvoll über das Gesicht.

„Sag mal Eliah, was treibst du eigentlich den ganzen Tag? Immer wenn ich dich fragen will, ob du mich irgendwohin begleitest, bist du wie vom Erdboden verschluckt. Was tust du?"

„Ach, ich kümmere mich nur ein wenig um unseren lieben Gast. Ich habe versucht, ihn zu beobachten, ich will endlich wissen, was er wirklich im Schilde führt. Und ob er nicht doch den Kristall geklaut hat."

„Und, hast du was erfahren?", fragte Rhea, während sie sich auf den Rücken drehte und in die Schwärze der Kammer starrte.

„Nein, bis jetzt leider noch nicht. Ich hatte gehofft, dass ich ihn wenigstens dabei ertappe, wie er meinen Kristall betrachtet oder wenigstens irgendwas versteckt, das mein Kristall hätte sein können, aber offensichtlich hat er ihn wirklich nicht. Allerdings ist es auch ziemlich schwer, jemanden zu beschatten, der sich in Narons Kammer aufhält. Ich kann mich ja schlecht dauernd in Fines Kammer herumtreiben, das wäre zu auffällig. Einmal hätte Fine mich sogar fast erwischt. Da bin ich draußen rumgeschlichen, um vielleicht durch eine der oberen Öffnungen hereingucken zu können, aber durch die doofen Wurzeln konnte ich nicht nahe genug heran. Aber ich sage dir, dass er irgendetwas im Schilde führt. Und das ist bestimmt nichts Gutes, davon bin ich überzeugt."

Rhea wurde es mulmig zumute. „Was kann er denn wollen?" Da fielen ihr die Elkinne ein. „Übrigens habe ich heute auch etwas sehr Seltsames erlebt."

„Was denn?"

„Ich war mit Wolke Pilze sammeln, als wir laute Stimmen hörten, die alle durcheinander riefen. Ich bin dann zur Elkinnen-Siedlung gegangen und stell dir vor ..."

„Na, was denn? Sag schon?"

„Alle Elkinne sausten wie von der Tarantel gestochen durch die Luft, dass sie nicht ständig zusammenstießen und sich gegenseitig umgebracht haben, war ein Wunder. Dabei riefen sie immer nur ein Wort. Trommler oder so. Was für ein komisches Wort. Kannst du damit was anfangen?"

„Nein, Schwesterlein, noch nie gehört."

„Dann hat mich Balem beim Landen fast umgerannt, weil er mich nicht gesehen hat. Er hat mächtig geschimpft und ist davongestapft."

„War das alles?"

„Ja, ich bin dann heimgegangen."

„Komisch ist das schon", sagte Eliah. „Ob das auch mit dem grausamen Khyroi zusammenhängt?"

„Ich hoffe nicht", seufzte Rhea. Bei dem Gedanken an Kattra fiel ihr wieder die Eule der Verdammnis ein, wobei ihr auffiel, dass sie in ihrem Gespräch die Eule der Verdammnis mit keinem Wort erwähnt hatten. Das war auch gut so, denn keiner der beiden wollte gern daran erinnert werden, was morgen auf sie zukommen würde. Da fiel ihr noch etwas ein, das durch die ganze Aufregung der letzten Tage völlig in den Hintergrund getreten war: ihr Geburtstag! Rasch drehte sie sich in Eliahs Richtung: „Eliah?"

Unwillig kam es aus der Ecke: „Was denn jetzt noch, ich will endlich schlafen."

„Bald ist unsere Wandelung!"

***

Am nächsten Morgen wollten sie zeitig zur Eule der Verdammnis aufbrechen, doch nach den vielen Sonnentagen regnete es. Dicke, graue Wolken verschluckten den Himmel und der Wald versank im Dämmerlicht. Der Regen rauschte wie eine graue Wand herunter, stetig, aber sanft. Nun waren sie gezwungen, die Wanderung zur Eule der Verdammnis zu verschieben und abzuwarten, bis das Wetter sich besserte.

So saßen sie die nächsten Tage tatenlos in der Küche herum. Auch Kattra saß bei ihnen. Er war noch nicht ganz gesund und zu schwach, um sich auf seinen Heimweg oder auf irgendeinen Weg zu machen, doch Narons Kammer war zu kühl, um sich dort den ganzen Tag aufzuhalten.

Rhea war es gar nicht recht, dass Kattra nun ständig bei ihnen in der Küche saß. In seiner Gegenwart beschlich sie stets ein unangenehmes Gefühl. Er sprach wenig, saß meistens nur auf seinem Stuhl und beobachtete alles und jeden mit seinen unheimlichen Augen. Er beteiligte sich nicht an Gesprächen und half auch nicht im Haushalt. Rhea merkte, dass auch Fine und Eliah sich in der Gegenwart des Khyrois anders verhielten, zögerlicher. Sie unterhielten sich nur oberflächlich, keiner vertraute ihm so weit, dass man in seiner Gegenwart über wichtige Themen gesprochen hätte. Selbst der Geburtstag der Zwillinge, der immer näher rückte, wurde nicht erwähnt, denn dann hätten sie auch über die Wahl der Sirrtha geredet.

Am nächsten Tag regnete es immer noch und Rhea war enttäuscht. Seufzend betrat sie die Küche – und stutzte. Mitten im Raum stand Kattra, den Rücken ihr zugewandt. Als er sie hörte, fuhr er erschrocken herum und ließ blitzschnell etwas aus seiner Hand in den Falten seines Moosmantels verschwinden. Seine Tentakeln auf dem Kopf wanden sich hin und her. „Was willst du?“ Seine Stimme schnarrte unangenehm leblos, sein misstrauischer Blick klebte in Rheas Gesicht.

„Nichts, ich suche nur Eliah“, antwortete Rhea. „Aber hier ist er auch nicht.“ Sie wandte sich, so schnell sie konnte, wieder um und schloss die Tür zwischen sich und Kattra. Vor der Tür blieb sie mit zitternden Knien stehen, während sie eisern den Türgriff festhielt, als ob Kattra jeden Moment aus der Kammer hervorschießen könnte.

Kattras Blick hatte etwas so Verschlagenes und Lauerndes gehabt, dass Rhea instinktiv zu der Lüge mit der Suche nach Eliah gegriffen hatte. Jetzt war sie nur noch froh, der Gegenwart Kattras entkommen zu sein. Sie hatte sich nicht anmerken lassen, dass sie sehr wohl gesehen hatte, dass er etwas versteckt hatte. Warum hatte er so heftig reagiert? Was verheimlichte er? Plante er etwas gegen die Maroughi? So langsam fragte sich Rhea, ob es nicht Zeit wurde, trotz des schlechten Wetters zur Eule der Verdammnis aufzubrechen.

Am nächsten Morgen wachte Rhea auf und sah schon am Licht, das in die Kammer fiel, dass der Regen endlich aufgehört hatte. Auch das unermüdliche Rauschen der letzten Tage war nicht mehr zu hören. Voller Tatendrang sprang sie aus dem Bett und wollte ihren Bruder wecken. Doch der war gar nicht mehr da. Rhea fand ihn zusammen mit Kattra und Fine in der Küche, wo Eliah und Fine bereits die ersten Reisevorbereitungen trafen, während Kattra wiederum auf seinem Stuhl saß und das Geschehen beobachtete.

„Habe ich verschlafen?“, fragte sie schuldbewusst.

„Ja, ein wenig“, antwortete Fine und strich ihrer Tochter lächelnd eine Locke hinters Ohr. „Aber wir haben dich schlafen lassen. Die Vorbereitungen schaffen wir auch ganz gut alleine. Gork kommt nachher vorbei und holt euch ab.“ Fine hütete sich, vor Kattra zu erwähnen, wohin die Reise ging. Dieser hatte das Gespräch stumm und unbeteiligt verfolgt. Wie eine Statue saß er auf seinem Stuhl und zeigte keine Regung.

Bei dem Gedanken, Fine allein mit Kattra zurückzulassen, wurde es Rhea mulmig. Hoffentlich kam sie mit dem unheimlichen Khyroi zurecht. Was, wenn sie Hilfe benötigte, und keiner von ihnen da war, um zu helfen? Je länger Rhea darüber nachdachte, desto mehr malte sie sich aus, was alles passieren konnte. Gerade wollte sie lautstark protestieren, doch Fine ließ sie gar nicht erst zu Wort kommen.

„Heli wird rüberkommen und solange bei mir wohnen. Und Manou kommt am Abend vorbei und guckt nach uns." Sie versuchte ein beruhigendes Lächeln. „Und morgen Abend seid ihr eh schon wieder da. Mach dir keine Sorgen, es wird alles gut gehen. Pass lieber auf, dass euch nichts passiert."

Nun war Rhea beruhigt. Zu gern hätte sie gewusst, ob Kattra merkte, wie misstrauisch alle waren, und ob ihm das etwas ausmachte. Ob er wusste, dass er trotz allem nicht ganz freiwillig bei ihnen blieb? Gork würde ihn nicht eher ziehen lassen, bevor er nicht alles über ihn wusste, was es zu wissen gab, und noch ein bisschen mehr.

***

Sie hatten Proviant für zwei Tage eingepackt: einen frisch gebackenen Laib Brot, etwas gesalzene Butter, einen kleinen Kessel mit vorgekochtem Haferbrei, getrocknete Pilze, ein paar verschrumpelte Äpfel, eine Handvoll Nüsse und Beeren. Ihren Durst konnten sie unterwegs an dem kleinen Bach stillen, der Weg führte größtenteils direkt an ihm entlang. Vielleicht konnten sie auch ein paar Fische fangen.

Kurz darauf kam Gork vorbei und drängte zum Aufbruch. Für die Zwillinge wurde es nun Zeit, sich von ihrer Mutter zu verabschieden.

„Passt auf euch auf und kommt gesund wieder", murmelte Fine in Rheas Haare, während sie ihre Tochter in die Arme nahm und fest an sich drückte. Rhea konnte Fine schlucken hören. Auch Rhea musste schlucken. Der Kloß in ihrem Hals wollte die Worte nicht durchlassen, die sie hätte sagen wollen. So nickte sie nur schnell und drückte Fine kurz.

Dann war Eliah an der Reihe. Verstohlen schielte Rhea zu ihrem Bruder. Fiel ihm der Abschied leichter als ihr? Es kam selten vor, dass die Zwillinge von Fine getrennt waren. Rhea fragte sich, warum sie nicht gesund wiederkommen sollten. Hatte Fine Zweifel daran? War die Dringlichkeit, Wahrheiten zu erfahren, für die Maroughi so groß, dass Fine für das Wohl der Gemeinschaft selbst ihre Zwillinge opfern würde? Nein, das würde Fine doch nie tun, oder? Rhea versuchte, sich zu beruhigen, indem sie sich sagte, dass Fine sie nie hätte gehen lassen, wenn sie auch nur den Hauch eines Zweifels gehabt hätte, dass diese Reise wirklich gefährlich für sie sei. Und außerdem waren sie ja nicht alleine: Gork war bei ihnen. Und Wolke.

Dann brachen sie auf. Sie hatten ihre Umhänge übergeworfen und jeder trug einen Leinenrucksack mit Proviant auf dem Rücken. Als sie aus dem Tunnel traten, schlug ihnen feuchte, dampfige Luft entgegen. Durch die Wärme der Sonne löste sich das Nass des Regens in Dunst auf und feine Sprühtröpfchen ließen sich auf ihren Umhängen nieder wie Millionen kleinster Lebewesen.

Gerade als sie losmarschieren wollten, traf Heli ein. Rhea war erleichtert, nun konnte sie beruhigt losziehen. Sie grüßten, doch Gork hielt Heli am Arm zurück. Rhea hörte, wie er fragte: „Und, ist irgendetwas Ungewöhnliches passiert – oder Schlimmes?"

Heli schüttelte den Kopf.

„Puh, was bin ich erleichtert", hörte Rhea Gork sagen. „Ich hoffe so sehr, dass ich mich täusche. Vielleicht wird doch noch alles gut." Rhea strengte sich an, Helis Antwort zu verstehen, aber sie sprach zu leise, und Rhea wollte nicht den Anschein erwecken, dass sie lauschte, auch wenn sie es tat. Dann verschwand Heli im Erdtunnel.

Was meinte Gork damit? Was sollte passieren? Und was, wenn nicht alles gut würde? Hatte es mit Kattra zu tun? Was konnte denn noch schlimmer sein als dieser fiese Khyroi? Rhea sah zu ihrem Zwillingsbruder, aber Eliah hatte offensichtlich nichts von dem Gespräch mitbekommen.

Den ersten Teil des Weges legten sie schweigend zurück. Der Ratsälteste ging an der Spitze, Rhea in der Mitte und Eliah am Schluss. Auch Wolke war inzwischen mit dabei. Kaum dass sie sich in Bewegung gesetzt hatten, war sie unter dem Gestrüpp hervorgeschossen und hatte sich ihnen angeschlossen, worüber Rhea mehr als froh war.

Der Weg führte zunächst tiefer in den Wald hinein. Die Vögel zwitscherten in den unterschiedlichsten Tonarten und Bienen und Fliegen summten und surrten an ihnen vorbei. Rhea sah vom Weg auf, der federnd ihre Schritte dämpfte, und ihr Blick wanderte umher. Wie schön das Sonnenlicht auf dem Moosboden spielte und flirrende Muster zauberte.

Rhea liebte den Wald, seine Farben, seinen Geruch, seine Vielfalt. Der Geruch von feuchter Erde stieg ihr in die Nase, krautiger und würziger als sonst durch den Regen der vergangenen Tage. Der heiligen Feuerkröte sei Dank hatte der Boden den Regen aufgesogen wie einen Schwamm, sodass sie nicht im knöcheltiefen Matsch waten mussten.

Wolke sprang wild umher, einmal weit voraus, dann wieder dicht an Rheas Beine geschmiegt. Ab und zu verschwand sie auch ganz außer Sichtweite und blieb längere Zeit verschwunden. Rhea vermutete, dass sich die kleine Wollratte dann ihr Mittagessen erjagte. Bei einer Mischung zwischen Katze, Hund und Maus überwog der Jagdtrieb und Wolke war keine überzeugte Vegetarierin.

Nachdem sie eine Weile gewandert waren, lichtete sich der Wald und das grünliche Dämmerlicht wandelte sich in ein frisches, leuchtendes Hellgrün. Dann verließen sie den Wald und Rhea sah sich neugierig um. Diesen Waldabschnitt hatte sie noch nie betreten. Sie sah saftig grüne, mit Gänseblümchen übersäte Wiesen, die der Waldrand in einer entfernten, endlosen Linie auf beiden Seiten eingrenzte. Der Bach schob sich hier an den Weg heran und sprudelte nun munter an ihrer Seite dahin. Seine Funkenblitze glitzerten im Sonnenlicht und blendeten Rhea in den Augen.

Die drei Wanderer schritten schneller aus. Nach einer Weile fing Rhea unter ihrem schweren Umhang an zu schwitzen, da die Sonnenstrahlen ungehindert auf sie herabbrannten, seit sie den Wald verlassen hatten. Die Riemen des Rucksacks schnitten unangenehm in ihre Schultern und sie hatte Durst, doch noch hielt Gork nicht an, um sie verschnaufen zu lassen.

Endlich, als Rhea schon dachte, sie würden durchmarschieren, gab Gork das Zeichen zur Rast und deutete auf eine ausladende Ulme, in deren Schatten die drei sich niederließen. Erleichtert ließ Rhea den schweren Rucksack von ihren Schultern gleiten. „Oh das tut gut. Ich dachte schon, wir würden gar keine Rast mehr machen."

Gork sah sie schmunzelnd an. „Dabei haben wir noch gut die Hälfte des Weges vor uns, du hast es noch nicht geschafft."

„Na, dann will ich mich mal präparieren, damit ich nicht mitten auf dem Weg vor Schwäche zusammenbreche." Sie kramte einen Becher aus dem Rucksack hervor, um mit dem kühlen Bachwasser ihren Durst zu löschen, bevor sie den Becher an Eliah weitergab. Nachdem alle ihren Durst gestillt hatten, holte Gork das Brot mit ein wenig Butter und eine Handvoll Beeren aus seinem leinenen Rucksack hervor und verteilte es an die Geschwister.

In der Zwischenzeit hatten sich ein paar Wolken vor die brennende Sonne geschoben, getrieben von einem leichten Wind, der zaghaft mit Rheas langen Locken spielte. Dankbar reckte sie ihr verschwitztes Gesicht dem kühlenden Hauch entgegen, während sie eifrig auf dem Brot herumkaute.

„Gork, kann ich dich was fragen?"

„Mmh?"

„Wie sieht die Eule der Verdammnis eigentlich genau aus, dieses zweigeteilte Wesen in Maroughigestalt? Was ist sie mehr? Ist sie eher eine Eule oder eine Maroughi?"

Gork brummelte: „Warte es ab, du wirst es erleben."

„Und warum heißt sie Eule der Verdammnis, wenn sie doch weissagt? Müsste sie dann nicht eher Eule des Orakels oder Eule der weissagenden Zukunft oder so heißen?"

„Ihr Name bezieht sich nicht auf das, was sie tut, sondern auf das, was sie ist."

Rhea schluckte. Eine Maroughi-Eule, die verdammt war? Was hatte sie Schlimmes getan? „Wieso wurde sie verdammt?"

„Diese Geschichte werde ich dir später erzählen."

„Und wie macht sie ihre Weissagungen?"

„Warte es ab."

Rhea gab resigniert auf und sah Wolke zu, die begeistert in den Bach marschiert war und nun versuchte, einen der vielen kleinen, silbern schimmernden Fischchen zu fangen. Dabei platschte sie unbeholfen mit ihren Pfötchen auf das Wasser, womit sie die Fische erfolgreich vertrieb. Doch offensichtlich machte es ihr nichts aus, denn mit ungebrochener Begeisterung versuchte sie es immer und immer wieder. Rhea musste lachen, als die kleine Wollratte einmal ganz verblüfft innehielt und ins Wasser starrte, weil sie meinte, wider Erwarten endlich einen Fisch erwischt zu haben. Doch es war wieder nur eine Pfote voll Wasser, schließlich gab Wolke auf. Sie kam ans Ufer, wo sie prompt anfing, sich das Wasser aus dem Fell zu schütteln und alle drei mit feinen Wassertröpfchen zu besprühen. Die Tropfen glitzerten im Sonnenlicht wie Tausende kleine Kristalle. Unwillkürlich musste Rhea an die funkelnden Lichtblitze des wunderschönen, geheimnisvollen Kristalls denken, den Eliah gefunden hatte. Wer ihn wohl gestohlen hatte? Und warum? Konnte ihnen die Eule der Verdammnis vielleicht auch hier helfen? Aber würde der Ratschlag einer Verdammten überhaupt helfen können? Oder würden sie sich im Gespinst der Halbwahrheiten der Eule verstricken wie so manch einer vor ihnen? Rheas eben noch so friedliche Stimmung schlug in Unbehagen um. Was hatte die Maroughi-Eule so Schreckliches getan, dass sie dafür verdammt worden war? Wer hatte sie verdammt? Und wozu war sie verdammt?

Wolke kam auf Rhea zu, drehte sich dreimal um sich selbst, plumpste auf die Erde und legte den Kopf auf die Pfoten. Nach einem wohligen Seufzer schloss sie die Augen und begann zu dösen, zufrieden mit sich und dem Rest der Welt.

Kurz darauf mahnte Gork bereits wieder zum Aufbruch. Sie mussten sich beeilen, wollten sie nicht in die einbrechende Dunkelheit geraten. Also packten sie ihre Sachen zusammen, verstauten die Umhänge in den Rucksäcken und machten sich erneut auf den Weg.

Der Pfad schlängelte sich weiter am Bach entlang, die Sonne zog langsam über den Horizont und Stunde um Stunde verging im eintönigen Einerlei. Der Rucksack, der Rhea nach der Rast erfreulich leicht erschienen war, hing nun wieder zentnerschwer auf ihrem Rücken. Langsam hatte Rhea diese Marschiererei satt und wünschte sich, endlich ans Ziel zu gelangen.

Die Luft wurde immer drückender, immer schwüler, die Sonne war inzwischen ganz und gar von einer Wolkenwand verschluckt worden und als Rhea einmal aufblickte, sah sie, wie sich im Westen dicke, Unheil verkündende Wolkentürme aufbauschten. „Gork", rief sie, während sie rasch zu ihm aufschloss. „Sieh mal, da vorn."

„Mhm, das sieht nicht gut aus." Der Ratsälteste runzelte die Stirn. „Sieht nach Gewitter aus. Und es kommt ziemlich rasch auf uns zu. Wir sollten uns einen Unterschlupf suchen, und zwar schnell."

Rhea sah sich um, wo sollten sie hier denn einen Unterschlupf finden? Außer Wiesen und Wasser gab es weit und breit nichts anderes.

„Da vorne, die Eiche!", rief Eliah kurz darauf. Tatsächlich, nicht weit vor ihnen tauchte eine Baumspitze auf, die hinter einer Anhöhe in einer Senke lag.

„Rasch, beeilt euch", rief Gork den Zwillingen zu. Inzwischen hatte sich der leichte Wind zu einem heftigen Sturm entwickelt und in der Ferne konnte man bereits dumpfes Donnergrollen hören. Hoffentlich erreichten sie die Eiche noch rechtzeitig.

Sie liefen die sanfte Steigung hinauf und rannten auf die mächtige Eiche mit ihren ausladenden Zweigen zu. Keine Sekunde zu spät, denn schon fielen die ersten Regentropfen und erste Blitze zuckten. Außer Atem ließen sie sich mit dem Rücken am Baumstamm nieder und Rhea versuchte erschöpft, wieder Luft in ihre Lungen zu bekommen, während Wolke an Rheas Seite schlüpfte und sich Schutz suchend an sie presste.

Einen Moment lang war Rhea beunruhigt. Sie wusste, dass man bei Gewitter nicht unter einem hohen Baum Schutz suchen durfte. Die Gefahr, dass ein Blitz einschlug, war einfach zu groß. Doch als sie sich umsah, stellte sie erleichtert fest, dass ihr Baum noch zu den kleineren in der Umgebung gehörte und viele Baumspitzen der riesenhaften Bäume um sie herum ihren bei Weitem überragten. Das war gut, so würde der Blitz nicht unbedingt gleich in ihren Baum einschlagen.

Kurz darauf brach auch schon das erste Frühlingsgewitter in diesem Jahr mit aller Macht los. Der Sturm wurde zu einem tobenden Etwas und peitschte alles nieder, was ihm im Weg stand. Die Eichenblätter über ihren Köpfen rauschten und die Äste bogen sich ächzend unter der entfesselten Macht. Bleischwere Sturmwolken jagten gehetzt über den Himmel und sogen das Tageslicht in sich auf. Graues Dämmerlicht übergoss die Szenerie und gleich darauf erhellte ein flammender Blitz die Düsternis. Kaum war er verloschen, brach auch schon der Donner berstend und knallend und rumpelnd herein. Einmal hörte er sich an, als ob langsam ein Stück Holz entzweibrach, dann wiederum klang er, als ob jemand die Peitsche knallen ließ, und endlich hörte man ein Holzfass rumpeln, das ungebremst im Rumpf eines Schiffes bei schwerem Seegang über den Boden rollte. Der Regen stürzte nun sintflutartig herab, Blitz und Donner gönnten sich keine Pause mehr. Dicht auf dicht und Schlag auf Schlag jagten sie sich gegenseitig, überschlugen sich und rollten tosend über das Land.

Rhea sah besorgt zum Blätterdach über ihnen, doch zum Glück war es so ausladend und so dicht verzweigt, dass es den Regen nahezu völlig abhielt. Nur ganz selten bekam Rhea einen kalten Tropfen ab. Für sie barg diese rohe entfesselte Gewalt des Gewitters an ihrem schützenden Platz unter dem Baum keinen Schrecken. Gleich nach dem Wald mochte sie das Gewitter am liebsten. Sie kannte nichts in ihrer Welt, das mächtiger gewesen wäre und mehr Kraft freigesetzt hätte als Blitz und Donner. Da krachte es so laut und umfassend, dass Rhea erschrocken zusammenzuckte und sich reflexartig die Ohren zuhielt. Gleich darauf stieß sie erleichtert die Luft aus und lachte. Genau das war es, was sie so liebte. Die Mischung aus Angst, einer Ahnung von Urgewalt und Kraft, die sie verspürte.

Als Kind hatte sie sogar einmal ein Gedicht über das Gewitter geschrieben, hatte es aber nie jemandem aufgesagt, weil sie meinte, es wäre nicht gut genug. Bei dem Gedanken an ihre Kindheit fiel ihr unvermittelt Fine ein und sie fragte sich, ob zu Hause in ihrem Wurzelwerk auch wirklich noch alles in Ordnung war.

So schnell das Gewitter kam, so schnell zog es auch wieder ab und die Sonne brach sich erneut ihren Weg durch die Wolken. Die Luft war frisch und rein und aus dem Boden ringsherum stieg dampfend die Feuchtigkeit auf.

Trocken und ein wenig ausgeruhter als zuvor machten sich die drei wieder auf den Weg, der nun ziemlich matschig war. Rhea musste aufpassen, nicht dauernd auszurutschen. Das Vorwärtskommen war durch den Matsch beschwerlicher und anstrengender, der Rucksack auf ihrem Rücken schwerer denn je.

Als die Dämmerung hereinbrach, waren sie erneut im Wald angekommen und es ging nun wieder zügiger voran. Kurz darauf war es dann endlich geschafft: Sie hatten ihr Ziel erreicht. Vor ihnen ragte der Baum der Eule der Verdammnis in die Höhe.

Auf den ersten Blick war es ein ganz gewöhnlicher Baum, unauffällig, gerade gewachsen mit einer dichten Baumkrone, wie alle Bäume, die Rhea kannte. Beim Näherkommen stellte sie jedoch fest, dass er keinerlei Äste hatte, die sich vom Stamm aus verzweigten. Einzig die Baumkrone machte ihrem Namen alle Ehre.

Rhea fragte sich, wo im Baum diese Eule denn wohl leben mochte. Sie sah weder einen Eingang zu einem Wurzelwerk noch ein Baumhaus. Sie tauschte einen Blick mit ihrem Bruder, der sich ebenso suchend umsah wie seine Schwester. Da entdeckte Rhea in Augenhöhe am Stamm ein seltsames Zeichen. Es sah aus wie eine Blume oder ein Stern oder auch wie eine Schneeflocke mit vielen Zacken.

Als Gork den Stamm mit dem Zeichen erreicht hatte, sagte er zu den Zwillingen: „Bleibt jetzt dicht bei mir, egal was passiert. Habt ihr verstanden!“ Erst als die Zwillinge nickten, drehte Gork sich um und presste das Zeichen fest in die Baumrinde.

Im ersten Moment geschah gar nichts, dann – ganz langsam – erschien eine Ritze in der Baumrinde, die die Form eines großen Ovals bildete. Gleich darauf schwang das Baumrinden-Oval zur Seite und verschwand im Inneren, wodurch eine Öffnung entstand, gerade so groß, dass ein Maroughi bequem hindurchgehen konnte.

Gork betrat das Innere des Baums, dicht gefolgt von Eliah und Rhea, die Wolke vorsichtshalber auf den Arm genommen hatte. Sie tauschten das Dämmerlicht des Waldes gegen ein sanftes Licht im hohlen Inneren des Baums. Eine schmale, hölzerne Wendeltreppe führte in engen Windungen nach oben.

Leise knarzend schloss sich das Oval hinter ihnen und es gab kein Zurück mehr, nur noch ein ungewisses Vorwärts. Rhea spürte, wie sich ihr die Haare im Nacken aufstellten und sie eine Gänsehaut bekam. Ihr erster Impuls war Flucht, doch sie konnte nicht mehr zurück, sie musste dem, was da oben auf sie lauerte, gegenübertreten. Trost suchend drückte sie Wolke an sich und folgte zögernd Eliah und Gork, die bereits die Treppe in Angriff genommen hatten.

Sie blickte nach oben, doch ihr Blick brach sich an der winzig engen Windung. Rhea konnte gerade mal die ersten fünf Stufen sehen. Mit mulmigem Gefühl folgte sie Eliah und Gork, wobei sie Wolke immer fester an sich presste. Nun ging es stetig im Kreis herum, Stufe um Stufe, immer höher. Kein Guckloch nach draußen, geschweige denn ein Astloch oder irgendeine Unebenheit lenkte Rheas Blick von den endlosen Windungen ab und gab ihr ein wenig Halt. Wie hoch waren sie schon gestiegen? Rhea hatte das Gefühl, als ob sie auf der Stelle treten würde, kein Vorwärtskommen, kein Rückwärtsgehen. Sie war auf der Stelle festgefroren und würde bis an ihr Lebensende sinnlose Stufen erklettern, die sie nicht weiterbrachten. Wolkes Fell klebte unangenehm an Rheas feuchten Handflächen und sie betete stumm, dass sie bald das Ende der Stiege erreichten.

Endlich wurde das Licht etwas heller und Rhea erreichte die oberste Stufe der Wendeltreppe. Sie stolperte in einen Raum, der sich leicht um sie zu drehen schien, doch da bemerkte sie, dass sich nicht der Raum drehte, sondern sie selbst einen leichten Drehwurm hatte. Wolke in ihrem Arm schien ihr einziger fester Halt zu sein, als sie wartete, dass sich ihr Blick wieder stabilisierte. Kaum nahm sie wahr, dass neben ihr Gork und Eliah standen. Als sie das Gefühl hatte, wieder klar sehen zu können, hob sie den Kopf – und ihr gesamtes bekanntes Weltbild zerbrach in tausend Scherben. Sie schrak so heftig zurück, dass sie fast rückwärts in das Treppenloch gefallen wäre.

Vor ihr stand eine Maroughifrau, zumindest die Gestalt einer Maroughifrau, in einem gelben, leicht irisierenden Gewand. Doch das Gesicht dieses Wesens bestand aus zwei Teilen. Die untere Hälfte war Maroughi, doch über dem Mund hörte alles Maroughihafte auf und die Eule nahm überhand. Die Augen waren die einer Eule: gelb, groß und starr mit riesigen Pupillen. Eine Nase existierte nicht, nur ein gelber Eulenschnabel mit zwei feinen Löchern links und rechts. Das Eulenwesen hatte sowohl einen Schnabel als auch einen Mund. Ohren waren keine zu sehen, nur ein dichter dunkelbrauner Federkranz, der den Rest des Kopfes umschloss. Unter dem Federkranz quoll blondes, leicht gewelltes Haar hervor, das der Eulen-Maroughi über die Schultern fiel. Die Gestalt stand reglos da und man konnte ihr nicht ansehen, ob sie überhaupt lebte.

Rhea konnte den Anblick kaum noch ertragen und sah sich stattdessen im Raum um. Überall in den Astlöchern der Innenwände standen kleine Feuerschalen mit Brennkraut, die das Bauminnere erhellten. Auch auf dem Boden waren größere und kleinere Feuerschalen verteilt. Sonst war der Raum fast leer, bis auf eine Truhe, die hinten an der Baumwand stand. Auf dem Boden lagen Felle, Tierfelle, die den gesamten Boden bedeckten. Als Rhea genauer hinsah, entdeckte sie Felle von Eichhörnchen, Dachsen, Waschbären, Wölfen, einem Fuchs, sogar einem Bären und noch allerlei Undefinierbarem. Noch bevor Rhea darüber nachdenken musste, wie all diese armen Tiere ihr Leben gelassen hatten – ganz abgesehen von dem Warum – räusperte sich Gork. „Eule der Verdammnis, wir erbitten deine Hilfe."

Einen Moment lang herrschte atemlose Stille, dann sprach die Eulenfrau und Rheas Entsetzen nahm kein Ende. „Was wollt ihr? Warum stört ihr meine Ruhe?"

Dieses Eulenwesen sprach aus beiden Mündern mit zwei unterschiedlichen Stimmen! Eine klang hoch und hell wie eine Maroughi-Frauenstimme, die andere dagegen war tief und dunkel wie eine Maroughi-Männerstimme. Beide Stimmen überlagerten sich und es dröhnte unheimlich zwischen den Wänden wider. Rhea wurde von einem unkontrollierten Schaudern gepackt.

Ruhig antwortete der Ratsälteste: „Wir müssen wissen, was der Khyroi im Schilde führt."

„Wisst ihr es denn nicht?" Der Kopf des Eulenwesens schnellte ruckartig vor und zurück.

„Nein, wir haben versucht, ihn zu befragen, aber er weicht uns aus."

„Sucht in seinen Augen."

Was meinte sie damit? Und wie sollte das gehen? Rhea würde bestimmt nicht länger als ein paar Sekunden in diese grässlichen Augen blicken. Es sei denn, sie würde dazu gezwungen werden.

„Wir kennen seine Augen und doch blieb uns die Erkenntnis verborgen", erwiderte Gork neben ihr.

„Was gebt ihr mir für meine Prophezeiung?" Starre Eulenaugen hielten sie gefangen.

Gork trat von einem Bein auf das andere und wischte sich den Schweiß von der Stirn. Rhea sah die Angst in seinen Augen aufflackern. Offensichtlich war dies eine gefährliche Situation für sie alle. Rhea hoffte, dass Gork wusste, was zu tun war. Umständlich ließ er den Rucksack auf den Boden gleiten und kramte darin herum. Zuerst holte er eine Holzschüssel heraus, die mit wunderschönen Schnitzereien verziert war. Die Schnitzereien waren mit goldener Farbe nachgezeichnet und Rhea erkannte in den verschlungenen Linien das Zeichen am Baum, das ihnen das Oval geöffnet hatte. Zitternd hielt Gork die Schale der Eulen-Maroughi entgegen.

„Was soll das! Das brauche ich nicht", herrschte sie, wobei sie die Schale mit einer einzigen Bewegung aus Gorks Hand schlug, sodass sie auf den weichen Tierfellen auf dem Boden landete, ohne einen Ton von sich zu geben.

Gork scharrte unruhig mit dem Fuß, dann bückte er sich erneut nach dem Rucksack. Diesmal holte er einen Eisenbecher hervor, der mit vielen kleinen Eulen verziert war. Rhea hielt den Atem an, so wunderschön war der Becher.

„Wollt ihr mich beleidigen?" Der Becher folgte dem Schicksal der Schüssel.

Gork sackte in sich zusammen. „Mehr habe ich nicht."

Nun fiel der unheimliche Blick aus den starren, leblosen Eulenaugen auf Rhea – und die Kreatur streckte erneut die Hand aus. „Gebt mir das Tier." Ihre Stimmen klangen drohend, unheilvoll und gefährlich.

„Nein", entfuhr es Rhea und sie drückte Wolke fester an sich.

Da dröhnte es in doppelter Lautstärke: „GEBT MIR DAS TIER." Die Hand des Eulenwesens öffnete sich fordernd.

Der Ratsälteste warf Rhea einen nervösen Blick zu und fuhr sich mit der Zunge über die Lippen. Leise raunte er ihr zu: „Gib ihr Wolke, sonst kann ich für nichts garantieren."

Rhea verlor den Boden unter den Füßen. Wie konnte Gork nur so ein Opfer von ihr verlangen! Wusste er nicht, wie wichtig ihr Wolke war? Sie schwankte. „Nein, niemals!" Ihre Stimme klang mutiger, als sie sich fühlte. Doch sie würde Wolke nicht kampflos opfern, Wolke würde kein weiteres lebloses Fell auf dem Boden zu Füßen dieser grässlichen Gestalt werden, zu Tode gekommen als Bezahlung für fragwürdige Orakel.

Das Eulenwesen trat unwillig einen Schritt auf Rhea zu, die Hand immer noch fordernd nach Wolke ausgestreckt. Die zwei Stimmen erhoben sich und rauschten drohend durch den Raum. „Ich verhandle nicht. Gib mir, was mein Begehr ist, oder ich nehme es mir."

Da gewann Rheas Gerechtigkeitssinn die Oberhand. Sie musste sich gegen dieses grässliche, ungerechte Wesen zur Wehr setzen, und bevor sie noch darüber nachdenken konnte, ob dies klug war, sprudelte es aus ihr hervor: „Aber ... wir ... haben ... doch ... noch ... gar ... nichts ... erfahren." Dass ihre Stimme vor Angst stotterte, konnte sie ebenso wenig verhindern.

Die Maroughi-Eule wurde ruhig, was Rhea genauso erstaunt wie erleichtert registrierte. Fast hatte sie den Eindruck, als ob dieses Wesen irgendwie lächelte, doch das konnte gar nicht sein.

„Nun gut, Friedenskind."

Friedenskind? Wer war Friedenskind? Warum sprach die Eule Rhea mit diesem Namen an?

„Ich bewundere deinen Mut, der belohnt werden soll. So will ich eine Ausnahme machen und meine Bezahlung später einfordern."

Rheas verkrampfte Hand in Wolkes Fell lockerte sich ein wenig.

„Alles, was ihr wissen müsst, liegt in dir, Friedenskind. Die Wandelung wird es zeigen. Hütet euch vor den bunten Lichtern."

Nun war Rhea vollends ratlos. Welche Lichter?

Der Ratsälteste wagte noch einen Versuch. „Aber warum ist der Khyroi zu uns gekommen? Was hat er vor?" Gork stockte, offensichtlich fiel ihm die nächste Frage schwer: „Und hat er bereits mehr angerichtet, als wir alle ahnen? Etwas, das nicht wiedergutzumachen ist und großes Leid auslösen wird?"

Rhea horchte auf. Da war sie wieder, Gorks Angst. Was war es nur, was wusste Gork? Und was hatte der grausame Khyroi damit zu tun?

„Du kannst es nicht verhindern, Ratsältester, diese Macht hast du nicht. Deine Tragödie ist die geringere, nur Friedenskind kann helfen." Langsam hob die Eule der Verdammnis die Arme, als ob sie die Maroughi darin einfangen wollte. „Hütet euch vor den bunten Lichtern! Lasst sie nicht ausbrechen, sonst ist es zu spät! Eine Vereinigung der bunten Lichter gibt dem Khyroi die Macht, die er sucht, und bedeutet euer aller Untergang! Nur der brennende Blutstrom kann euch dann noch retten. NUN GEBT MIR, WAS MIR GEHÖRT."

Rheas Verzweiflung wuchs. Die Prophezeiung war ihr egal, sie wollte nicht von einem brennenden Blutstrom gerettet werden, sie musste sich selbst und vor allem Wolke retten. Jetzt. Um nichts in der Welt konnte sie Wolke dieser Kreatur überlassen. Ihre Gedanken rasten, ihr musste etwas einfallen, schnell, sonst war Wolke verloren. Da entschloss sie sich, alles auf eine Karte zu setzen, und sie wurde leichtsinnig. „Ich gebe Wolke niemals her. Eher würde ich mich opfern, als meine Gefährtin zu verraten."

Die Maroughi-Eule senkte die Arme und wurde noch ruhiger, fast leblos und ihre beiden Stimmen klangen irgendwie hohl. „Du agierst wiederum sehr mutig, Friedenskind. Es ehrt dich und zeigt die Wahrheit über dich. Dein Mut soll belohnt werden, so lasse ich dir deine Gefährtin, doch ich verlange dafür etwas anderes von dir. Höre! Ich verlange etwas, das diese drei Eigenschaften in sich vereinen muss: Es muss etwas sein, das mächtig ist, mächtiger als ich. Es muss etwas sein, das unvergänglich ist, nie darf es zu Ende gehen. Und es muss etwas sein, das nur du mir geben kannst, kein anderer auf dieser Welt. Wenn du dies schaffst, Friedenskind, gebe ich dich und deine Gefährten frei. Schaffst du es aber nicht, meine Forderung zu erfüllen, gehört ihr alle mir und das Ende der bekannten Tage wird kommen." Unheilvoll flirrten die beiden Stimmen um die Maroughi herum und spannen ein furchtbares Schicksal. Die starren Eulenaugen blickten vollkommen leblos. Rhea wurde schlecht. Jetzt stand nicht mehr nur Wolkes Leben auf dem Spiel, jetzt waren sie alle verloren, wenn sie keinen Ausweg finden würde. Rhea wollte nun endgültig hier raus. Jede einzelne Zelle ihres Körpers zog sie zum Ausgang, doch sie konnte nicht einfach flüchten und Eliah und Gork im Stich lassen, sie musste dies alles hier durchstehen. Zitternd und um Fassung ringend krampfte sie ihre Hände in Wolkes Fell, die sich fest an Rhea presste. Fieberhaft suchte Rhea nach einem Ausweg, ihre Gedanken überschlugen sich in rasender Geschwindigkeit, wirbelten haltlos umher, immer schneller und schneller. Doch mit jedem Augenblick, der verstrich, kam sie der Katastrophe näher und sie wusste es. Die Verzweiflung drohte ihr den Atem zu rauben. Bald würde es kein Entkommen mehr geben.

Doch plötzlich hatte sie eine Idee. Reflexartig griff sie sich mit einer Hand in ihre langen, lockigen Haare. Konnte das die Lösung sein? Konnte Rhea statt eines Tierfelles ihre eigenen Haare der Eule der Verdammnis als Opfer anbieten? Nur Rhea konnte sie ihr geben und sie waren gewiss auch schön, aber mächtig waren sie nicht. Und unvergänglich schon gar nicht. Mutlos ließ Rhea die Hand wieder sinken.

Das Eulenwesen machte einen weiteren Schritt auf sie zu und streckte siegessicher die Hände nach Wolke aus, wodurch Rhea instinktiv zurückwich und Wolke noch fester an sich drückte. Es konnte nicht sein, es durfte nicht sein! Da durchzuckte es Rhea wie ein Blitz: das Gedicht! Das Gedicht über das Gewitter, das sie als Kind gedichtet hatte. Konnte das die Lösung sein? Sie konnte es kaum glauben. Rasend schnell überschlug sie die Forderungen der Eule der Verdammnis: Das Gedicht bestand aus Worten und die waren mächtig – nichts war mächtiger als das Wort, ganze Kriege wurden wegen Worten begonnen und ausgefochten. Es war unvergänglich: Worte verloren niemals an Wert oder an Macht. Und nur Rhea konnte das Gedicht aufsagen, niemand sonst kannte es und sie allein hatte es verfasst. Ihr Herz setzte einen Moment lang aus. Es musste die Rettung sein! Rhea musste es versuchen, es war alles, was sie anzubieten hatte. Keinen Augenblick wollte sie darüber nachdenken, was passieren würde, wenn die Maroughi-Eule mehr wollte als das. Sie atmete tief ein und machte einen Schritt auf die Eule zu. Diese wich leicht zurück, dann blieb sie erwartungsvoll stehen.

Rhea schloss die Augen und beschwor in Gedanken die Gewitterstimmung des vergangenen Unwetters herauf, das Gefühl, das sie dabei empfunden hatte: Stolz, Freiheit. Mit geschlossenen Augen fing sie an zu rezitieren:

Ich liebe Gewitter,
Die Luft, die riecht bitter.
Mal blitzt es hier und da und dort,
Doch gleich ist er wieder fort.

Der helle Schein
In die Nacht hinein.
Dann folgt der Donner – laut und krachend.
Und ich stehe da – lachend.

Der Blitz ist leise, schleichend, gefährlich.
Der Donner gutmütig, befreiend und ehrlich.
Er hört sich an wie berstendes Holz.
Und ich freue mich, bin stolz.

Ich fühle mich froh und frei
Bei der Natur Schauspielerei.
Sie sind so verschieden,
Doch müssen sie sich lieben.

Denn beide können sie nicht leben,
Ohne dem anderen das Seine zu geben.

Stille.

Oje, das war ja noch kindischer, als sie es in Erinnerung hatte, vor allem, wenn man es laut aussprach. Reglos stand sie da, Wolke immer noch an sich gepresst, die Augen immer noch geschlossen, und wäre am liebsten vor Scham im Boden versunken. Sie hatte ihr Innerstes preisgegeben. Nun lag ihr aller Schicksal nicht mehr in ihren Händen.

Langsam öffnete sie die Augen und begegnete den fassungslosen Blicken von Eliah und Gork. Die Seherin stand reglos vor ihr und ließ die Sekunden wie klebrigen Honig in die Unendlichkeit tropfen. Rhea senkte den Kopf. Vorbei, es war vorbei, sie hatte alles verspielt.

Da erhoben sich die beiden Eulenstimmen und rauschten durch die Kammer. „Du bist deines Namens würdig, Friedenskind. Du hast mir mehr gegeben, als ich gefordert habe. Ich bin erstaunt über deine Wahl, aber du hast klug gewählt, besser als ich es je für möglich gehalten hätte."

Nun war sich Rhea sicher, dass die Eule der Verdammnis gelächelt hatte. Gorks und Eliahs erleichterte Seufzer kamen prompt – zusammen mit Rheas. Am liebsten hätte sie gejubelt und einen Freudentanz mit Wolke auf dem Arm aufgeführt. Stattdessen drehte sie sich leicht um, bereit, die Wendeltreppe hinunterzustürzen, um hier endlich rauszukommen, lebend. Doch Gork hielt sie am Arm fest und schüttelte den Kopf. Die Eulen-Maroughi war noch nicht fertig mit ihnen.

„Du hast alle meine Prüfungen bestanden. Ich habe die Richtige gewählt und du wirst dein Schicksal erfüllen. Nun bin ich am Zug. Nimm als Zeichen eurer Freiheit dies von mir an."

Sie wandte sich um und schritt auf die Truhe zu, die an der Wand stand. Langsam öffnete sie den Deckel, der knarzend nach hinten klappte, und sofort strömte ein modriger Geruch durch den Raum. Die Eule bückte sich über die Truhe und kramte suchend eine Weile darin herum, bis sie gefunden hatte, was immer sie suchte, und wandte sich um. In der Hand hielt sie ein schmales Lederband, an dem ein kleiner, roter, ovaler Stein befestigt war. Unter seiner Oberfläche schimmerten feine Äderchen, die einen zarten Stern bildeten. Gebieterisch schritt die Eule auf Rhea zu, um rasch das Band um deren Hals zu befestigen, wobei Rhea bei der Berührung ihrer eiskalten Hände leicht zusammenzuckte. Einen Augenblick lang war sie überzeugt, das Eulenwesen würde das Band doch noch zuziehen und Rhea würde elendig ersticken.

Die Eule der Verdammnis trat einen Schritt zurück, die Kälte aber blieb und durchdrang Rheas Körper. Der Stein um ihren Hals war genauso kalt wie die Hände, die ihn zuvor befestigt hatten. Rhea hatte das Gefühl, als ob der Stein ihre gesamte Körperwärme aufsaugen würde bis tief in sein Innerstes, wo er sie gut verschloss. Ihr war kalt, viel zu kalt, um zu leben. Zitternd drückte sie die warme Wolke an ihre Brust.

„Ich bereue zutiefst, was ich tun werde, doch selbst ich bin gebunden und nicht frei in meinen Entscheidungen und muss meinen Weg gehen, auch wenn er noch so verworren und grausam erscheint. Hüte diesen Sternsaphir! Hüte ihn gut, er wird Befreiung bedeuten, wenn die Gefahr am größten ist. Nun geh, Friedenskind, es ist genug."

Einen Wimpernschlag lang meinte Rhea, die immer noch fröstelte, einen Anflug von Bedauern in den riesigen gelben Eulenaugen zu sehen, doch dann blickten sie wieder starr und leblos. Konnten Eulenaugen Bedauern ausdrücken, konnten sie überhaupt irgendetwas ausdrücken?

Kaum hatte das Eulenwesen diese Worte gesprochen, stürzte Eliah als erster die Wendeltreppe hinunter. Rhea tat es ihm nach, sie wollte keine Sekunde länger bleiben. Einzig Gork stieg die Treppe bedächtig hinab.

Unten angekommen, stand das Oval bereits offen und sie stolperten fast gleichzeitig hindurch. Frei! Sie waren entkommen und in Freiheit. Erleichtert fingen sie an, zu lachen, während Rhea Wolke auf dem Boden absetzte. Diese schüttelte sich und sprang zwischen ihnen umher, offensichtlich genauso froh darüber, noch am Leben zu sein. Rumpelnd schloss sich das Oval hinter ihnen.

Die Legende

Nach einem Marsch, der viel zu kurz war, um den Eulenbaum weit genug hinter sich zu lassen, kamen sie auf eine kleine Lichtung. Es war bereits stockdunkle Nacht und sie mussten sich dringend einen Lagerplatz zum Schlafen suchen. Gork nahm seinen Rucksack ab und kramte darin herum, bis er eine Fackel, Brennsteine und Brennkraut zutage beförderte. Mit geübten Bewegungen entfachte er erst das Brennkraut, dann die Fackel. Die Dunkelheit zog sich beleidigt zurück vor der heimeligen Lichtinsel, die die Fackel um sie herum schuf. Gork schwenkte die Fackel im Kreis, die mit einem empörten Fauchen darauf reagierte. „Dieser Platz wird wohl genügen müssen. Lasst uns ein Feuer machen und uns für die Nacht einrichten."

Rhea und Eliah fingen an, ein paar herumliegende Äste aufzuklauben, während Wolke um sie herumtanzte. Die kleine Wollratte war ganz konzentriert auf Rheas seltsames Tun und nach einer Weile tat sie es ihr einfach nach. Vorsichtig nahm sie das nächstbeste Ästchen auf und trabte damit stolz zu Gork, der gerade dabei war, das Feuer zu schüren.

Dank Wolkes Unterstützung dauerte es nicht lange und die ersten zaghaften Flammen kletterten in die Höhe und streckten ihre brennenden Finger der Nacht entgegen.

Erschöpft von der ganzen Sammelei kuschelte sich Wolke an Rhea, die sich bereits am Feuer niedergelassen hatte. Froh um das bisschen Wärme, das Wolke ihr gab, streichelte Rhea der kleinen Wollratte über das flauschige Fell. Sofort streckte ihr Wolke wohlig den Bauch entgegen und fing leise an zu pfeifen.

Rhea sah zu, wie Gork über dem niedrigen Feuer einen behelfsmäßigen Rost aus großen Steinen und dicken Ästen baute, auf den er den Kupferkessel mit dem Haferbrei stellte. Schnell verbreitete sich ein angenehmer Geruch, der Rhea das Wasser im Mund zusammenlaufen ließ. Ihr Magen knurrte, was Wolke zu einem erschrockenen Hopser veranlasste. Als der Brei endlich zu blubbern anfing und sich dicke, träge platzende Blasen bildeten, warf Gork eine Handvoll getrockneter Beeren hinein und rührte nochmals kräftig durch. Während dieser ganzen Zeit hatten sie nicht ein einziges Wort gewechselt.

Auch den Haferbrei aßen sie schweigend, während Rhea den Geräuschen der Nachttiere im Wald lauschte. Ein Käuzchen rief klagend und irgendwo hinter ihnen raschelte es. Plötzlich knackte es laut im Feuer und ein Funkenregen explodierte. Rhea fuhr zusammen. Fast hätte sie vor Schreck die Breischüssel aus den Händen katapultiert. Wolke zog beleidigt davon und kuschelte sich außerhalb des Lichtkreises wieder hin. Dort, wo die kleine Wollratte gelegen hatte, traf die kalte Nachtluft nun empfindlich Rheas Bein.

Nachdem sie den Haferbreitopf bis zum letzten Löffel geleert hatten, verstauten sie die leeren Schüsseln und den Topf wieder in ihren Rucksäcken, immer noch schweigend. Erst nach einer Weile durchbrach Eliah die Stille. „Wie bist du eigentlich auf die Idee mit dem Gedicht gekommen?"

Der Ratsälteste nickte zustimmend. „Genau das frage ich mich auch schon die ganze Zeit. Ohne dieses Gedicht wären wir verloren gewesen."

„Ich habe es vor Jahren selbst gedichtet und es ist mir heute Nachmittag wieder eingefallen, als wir in das Gewitter geraten sind."

„Woher hast du gewusst, dass es die Rettung ist?", fragte Eliah.

Verlegen strich sich Rhea eine Locke hinter das Ohr. „Ich wusste es nicht, doch es war meine einzige Chance. Ich weiß nicht, was passiert wäre, wenn die Eule der Verdammnis nicht zufrieden gewesen wäre." Sie sah auf und in die fassungslosen Augen der beiden anderen. „Doch darüber brauchen wir uns zum Glück keine Gedanken mehr zu machen, es hat ja geklappt", sagte sie fast trotzig. Warum nur hatte sie dabei ein schlechtes Gewissen?

„Ja, der heiligen Feuerkröte sei Dank, Schwesterherz, sonst wären wir nie lebend aus diesem Baum rausgekommen." Eliah klang ein ganz klein wenig sarkastisch.

„Mitsamt der Prophezeiung", ergänzte Gork, während er das Feuer nachschürte.

„Was bedeutet sie?", fragte Rhea, froh darüber, von sich selbst ablenken zu können.

„Wenn ich das wüsste!", seufzte Gork und wiederholte die Prophezeiung nun Wort für Wort. „Hütet euch vor den bunten Lichtern! Lasst sie nicht ausbrechen, sonst ist es zu spät! Eine Vereinigung der bunten Lichter gibt dem Khyroi die Macht, die er sucht, und bedeutet euer aller Untergang! Nur der brennende Blutstrom kann euch dann noch retten.“ Rhea war beeindruckt und gleichzeitig erleichtert, dass Gork die Prophezeiung fehlerlos wiederholen konnte, denn sie selbst hatte vor lauter Panik gar nicht auf die Worte der Eule der Verdammnis geachtet.

„Welche bunten Lichter dürfen sich auf gar keinen Fall vereinigen?“, sinnierte Eliah.

„Und was um alles in der Welt ist der brennende Blutstrom?“, warf Rhea ein. „Wie sollen wir eine Vereinigung von irgendwelchen Lichtern verhindern, wenn wir keine Ahnung haben, was diese Lichter überhaupt sind?“

„Können wir überhaupt sicher sein, dass es tatsächlich Lichter sind? Ihr wisst, die Eule der Verdammnis spricht in Rätseln, es kann auch was ganz anderes dahinterstecken.“ Gorks mutlose Stimme jagte Rhea einen Schauer über den Rücken.

„Wie sollen wir nur den drohenden Untergang abwenden, wenn wir keinen Sinn in den Worten erkennen können? Geschweige denn den richtigen?“ Nun klang ihre Stimme weinerlich. Da tauchte Wolke wieder aus der Dunkelheit auf und kuschelte sich an Rheas Bein, als ob sie sie trösten wollte.

„Vielleicht spielt der Stein, den die Eule der Verdammnis Rhea geschenkt hat, irgendeine Rolle? Der Sternsaphir? Vielleicht ist er irgendwie mächtig? Was hatte die Eule der Verdammnis noch gesagt? Hüte

diesen Sternsaphir! Hüte ihn gut. Er wird Befreiung bedeuten, wenn die Gefahr am größten ist."

Bei Eliahs Worten zuckte Rheas Hand weg von Wolkes warmem Körper hin zu dem Stein an ihrem Hals. Er fühlte sich warm an, viel wärmer als Wolkes Körper gewesen war, und schmiegte sich perfekt in ihre kleine Hand. Sofort besserte sich ihre Stimmung ein wenig. Rhea war überrascht, wie angenehm der Stein sich nun anfühlte. Und wie tröstlich. Und warm. Oder waren es die Flammen, die aufzüngelten und alles in ein rotes Licht tauchten? Rhea betrachtete den Stein etwas genauer und drehte ihn im Feuerschein hin und her. Die feinen Äderchen in ihm, die die Form eines Sterns hatten, änderten ihre Position je nach Lichteinfall der Flammen, als ob sie lebendig wären, eingeschlossen in einem steinernen Gefängnis.

„Der Sternsaphir steht für Wahrheitsliebe und Weisheit. Seine Strahlen symbolisieren Hoffnung, Glaube und Schicksal. Normalerweise sind Saphire blau, ich habe noch nie einen roten gesehen. Er ist sicherlich in irgendeiner Weise mächtig, denn die Eule der Verdammnis macht keine nutzlosen Geschenke. Aber auf welche Art? Was steckt in ihm? Wie werden wir es herausbekommen?", seufzte Gork.

Rhea wurde es mulmig. „Gork?"

„Mmh?"

„Warum nannte sie mich wohl Friedenskind?"

Gork sah auf und Rhea erschrak. Sein Gesicht schien sich im Flackern des Feuers ständig zu wandeln. Gerade eben hatte sie geglaubt, von einer grinsenden Fratze angestarrt zu werden. Sie schauderte.

„Das weiß ich nicht", sagte er schroff. Sein prüfender Blick ließ sie erneut frösteln, obwohl sie sich gerade wieder warm genug gefühlt hatte. Warum wusste er es nicht? Hatte die Eule der Verdammnis nicht gesagt, die Wandelung würde es zeigen? Warum wusste dann der Ratsälteste nichts vom Friedenskind! Wie sollte er dann den richtigen Sirrtha für Rhea finden? Würde er sich ein zweites Mal in seiner Wahl irren? Würde dieser Irrtum dann anders enden als sein erster? Würde er mit Rheas Tod enden? Immer noch spürte sie seinen stechenden Blick, der ihr genauso auf der Haut brannte wie die Angst in ihrem Bauch.

„Die Vereinigung gibt dem Khyroi Macht und ist unser Untergang", sagte Gork nun mehr zu sich selbst. „Nach welcher Macht sucht Kattra denn nur, verdammt." Er klang frustriert. „Es ist äußerst müßig, zu spekulieren, was die Eule meinte. Ich hatte gehofft, sie würde uns Antworten geben, verständliche Antworten, und nicht wieder in Orakeln sprechen."

Eliah rutschte näher an das Feuer. „Gork, was wäre, wenn Kattra hier wäre, um uns auszuspionieren?"

„Das habe ich mir auch schon gedacht, denn warum sonst sollte er so kurz vor eurem Geburtstag hier auftauchen?"

„Wie meint ihr das?", fragte Rhea.

Statt Eliah antwortete Gork. „Kattra wird versuchen, so viel wie möglich über die Zeremonie der Wandelung herauszufinden."

„Aber da wird er doch nicht dabei sein?", rief Rhea fast.

„Nein, auf keinen Fall. Er wird im Wurzelwerk bleiben, ich weiß nur noch nicht, wie wir das machen. Denn einer von uns muss dortbleiben und ihn bewachen. Derjenige verpasst dann eure Wandelung." Gork zog die Stirn in Falten. „Aber wenn er zum Spionieren gekommen ist, warum hat er dann von den Sirrtha gegessen? Das ergibt keinen Sinn."

„Vielleicht sind die Sirrtha für Khyroi genauso unwiderstehlich wie für Maroughi vor ihrer Wandelung?", meinte Rhea und sah zu ihrem Bruder, der mit einem kleinen Ästchen verschlungene Linien in den Staub vor seinen Füßen malte.

„Im Grunde genommen hat uns der Besuch bei der Eule der Verdammnis keinen Schritt weiter gebracht. Im Gegenteil, er hat uns eher verwirrt und noch dazu in höchste Lebensgefahr gebracht."

Keiner sagte mehr ein Wort, vielmehr starrten sie in die lodernden Flammen, als ob sie darin alle Antworten finden könnten auf die Fragen, die sie quälten.

Schließlich fragte Rhea: „Erzählst du uns jetzt, warum die Eulen-Maroughi Eule der Verdammnis heißt?"

„Das ist eine lange Geschichte. Früher einmal war sie eine schöne junge Maroughifrau. Sie hatte das zweite Gesicht und wurde so zur weisen Seherin ihrer Maroughigemeinschaft. Ihre Fähigkeit erlaubte es ihr, Dinge über andere Maroughi herauszufinden und zukünftige Dinge zu sehen. Wie heute bei dir, Friedenskind."

Beim Klang seiner Stimme sah Rhea auf – direkt in Gorks dunkle Augen. Rhea fand diesen Namen noch immer unvertraut, bedeutungslos und verband ihn nicht mit sich selbst. Dass Gork sie so nannte, verwirrte sie. Wusste er doch etwas darüber? Warum hatte er es dann abgestritten? Was lag in Rheas Zukunft, dass sie diesen Namen verdiente? Zu gerne hätte sie noch einmal gefragt, aber nach seiner schroffen

Antwort von vorhin traute sie sich nicht mehr. Sie rutschte näher an ihren Zwillingsbruder heran. Sofort rutschte Wolke nach und schmiegte sich wieder an Rhea.

„Am Anfang war ihre Gemeinschaft froh über diese Fähigkeit und die Maroughi gingen gerne zur Seherin, um sich Rat zu holen, aber auch, um Interessantes über ihre Nachbarn zu erfahren. So erhielt die Seherin ihren Namen. Sie wusste Dinge, die andere nicht wussten, und war so weise und klug wie eine Eule." Gork machte eine kurze Pause, bevor er weitersprach. „Die Eule gab bereitwillig alles preis, was sie wusste, denn so hatte sie den Eindruck, dass sie beliebt und wichtig für ihre Gemeinschaft war und dazugehörte. Gerne nahm sie die Geschenke an, die ihr die Maroughi aus Dankbarkeit gaben. Doch je mehr die Maroughi von der Seherin über ihre Nachbarn und andere Maroughi erfuhren, desto mehr nutzten sie es aus und es gab Zwist und Streitereien." Ein Funkenregen explodierte und erhellte Gorks Gesicht. Rhea schrak zusammen, doch dann beugte sie sich gespannt vor und wartete darauf, dass Gork weitererzählte. Ein kurzer Seitenblick auf ihren Bruder verriet ihr, dass er genauso atemlos lauschte.

„Die Maroughi-Eule wurde zu hochmütig und verlangte nun Bezahlung für ihre Dienste, denn das, was die Maroughi vorher freiwillig gegeben hatten, genügte ihr nicht mehr. Sie verlangte große Opfer, das Liebste, was ein Maroughi besitzen konnte, doch damit meinte sie nicht immer leblose Gegenstände. Sie verlangte die zahmen Tiere des Waldes, die bei den Maroughi lebten und nur allzu oft deren Lieblinge geworden waren, als Ersatz für die Freundschaften untereinander, die durch die ganzen Streitereien kaputtgegangen waren. Die Tiere waren oftmals die einzigen Lebewesen, die einzigen Freunde, die den Maroughi noch geblieben waren."

Rhea kribbelte es im Nacken bei dem Gedanken, welche Verzweiflung die Maroughi wohl dazu gebracht hatte, ihr Liebstes zu opfern. Sie würde Wolke nie opfern. Gleich streichelte sie noch einmal über Wolkes weiches Fell.

„Das brachte die Maroughi gegen die Seherin auf und sie begannen ihr die Schuld für alle Streitereien und Kleinkriege, die sie untereinander ausfochten, zu geben. Sie wollten einen Schuldigen, der dafür bezahlen sollte – und sie hatten ihn gefunden. Da zog sich die Seherin beleidigt zurück und wollte nichts mehr mit den Maroughi zu tun haben." Gork senkte die Stimme. „Doch die Maroughi wollten sie brandmarken für das, was sie ihnen ihrer Meinung nach angetan hatte, und nahmen furchtbar Rache."

Nun beugte sich auch Eliah weiter vor und rutschte noch näher an seine Schwester heran.

„Eines Tages drang der Ältestenrat der Maroughi in den Baum der Seherin ein und zwang sie, eine Maske aufzusetzen, die sie angefertigt hatten. Sie zeigte ein Eulengesicht, die Eule stand für die Weisheit, die Maske war das Zeichen des zweiten Gesichts." Gorks Stimme wurde zu einem Flüstern. „Die Seherin weigerte sich, die Maske zu tragen, doch die Maroughi zwangen sie ihr unerbittlich auf. Sie hatten warmes Baumharz ins Innere der Maske gestrichen und so bekam die Seherin die Maske nie wieder vom Gesicht. Nun trug sie auch nach außen hin sichtbar das zweite Gesicht und war gebrandmarkt ihr Leben lang. Fortan war sie dazu verdammt, halb Eule und halb Maroughifrau zu sein."

„Aber die beiden unterschiedlichen Stimmen?", hauchte Rhea.

„Über die Jahrhunderte hinweg wandelte sich die Maske und wurde ein Teil des Selbst der Eule. Niemand weiß, warum oder wie das vor sich ging und woher die zweite Stimme der Maroughi-Eule kam. Seitdem muss sie als zweigeteiltes Wesen existieren." Der Ratsälteste verstummte, er hatte seine Geschichte erzählt.

„Aber warum lebt die Seherin immer noch und schon so lange? Viele Jahrhunderte lang? Warum stirbt sie nicht wie wir alle?", fragte Rhea.

Der Ratsälteste nickte. „Wenn jemand die Fähigkeit des zweiten Gesichts hat, ist er dazu verdammt, so lange zu leben, bis jemand anderes heranwächst, der nach der Wandelung die neue Seherin oder der neue Seher wird", erklärte er mit sachlicher Stimme. „Bis dahin kann die Seherin nicht zur Ruhe kommen. Erst wenn der Nachfolger geboren wurde, ist die alte Seherin erlöst und kann sterben. Und auch erst dann fängt sie an, zu altern. Eigentlich hatte ich erwartet, dass ... aber lassen wir das." Wieder traf Gorks intensiver Blick Rhea, doch diesmal bemerkte sie ihn nicht.

Sie dachte gerade daran, wie jung die untere Gesichtshälfte der Eule der Verdammnis gewesen war: glatt, rein und faltenfrei, mit vollen Lippen und ohne feine Linien. „Aber die Eule der Verdammnis ist noch jung, also ist noch kein Nachfolger geboren worden", folgerte Rhea.

Gorks Blick wurde trüb. „Ja, offensichtlich. Normalerweise wächst immer irgendwann ein neuer Seher heran, doch bis heute ist wohl noch kein Nachfolger geboren worden. Und so muss die Maroughi-Eule doppelt büßen." Nun verstummte Gork endgültig, er hatte alles gesagt, was es zu sagen gab.

Trotz ihrer Bedrohlichkeit tat die Eule Rhea nun ein wenig leid. Sie hatte ein hartes Schicksal und konnte dem nicht entrinnen. Rhea war erleichtert, dass sie nicht als Seherin geboren worden war.

Eine Weile saßen sie noch um das wärmende Feuer herum, dann wickelten sie sich fest in ihre Umhänge und legten sich schlafen. Kurz bevor Rhea einschlief, sah sie plötzlich ein Paar stechend wasserblaue Augen vor sich, die sie bis in ihre finsteren Träume verfolgten.

***

Am nächsten Morgen marschierten die drei früh los, nachdem sie sich zum Frühstück das restliche Brot und die letzten Nüsse geteilt hatten. Die Luft war so kühl, dass beim Ausatmen kleine Atemwölkchen vor ihren Mündern erschienen, die sogleich ins Nichts vergingen wie Gedanken im Traum. Die Wiesen waren mit Tau überzogen und überall glitzerten und schimmerten feine Spinnennetze zwischen den Büschen, wenn sich die Strahlen der Morgensonne in ihnen verfingen. Dicht an dicht waren die feinen Rädchen der Netze mit Tautropfen besetzt und sahen aus wie schimmernde Diamantnetze. Bei ihrem Anblick fiel Rhea ein, dass sie gehofft hatte, die Eule der Verdammnis auch nach dem Verschwinden von Eliahs Kristall zu befragen. Jetzt war sie froh, dass sie es nicht getan hatte. Wer weiß, welches Opfer die Seherin dafür verlangt hätte. Rhea rieselte ein Schauer den Rücken hinunter, was bestimmt nicht nur an der kühlen Morgenluft lag.

Die drei Maroughi marschierten stetig dahin und kamen gut voran, Wolke trabte hinterher. Wie tags zuvor schien die Sonne wieder warm und hell vom Himmel. Nach einer kurzen Rast zur Mittagszeit, bei der sie sich die letzten Äpfel teilten, zogen sie rasch weiter. Sie wollten nun endlich nach Hause, um zu sehen, ob bei Fine alles in Ordnung war.

Gerade sog die Dämmerung langsam die Konturen ein, als endlich das Wurzelwerk in Sicht kam. Rhea atmete erleichtert aus und verabschiedete Wolke, die sogleich lossauste und im Unterholz verschwand, während die drei Heimkehrer den kühlen Wohntunnel betraten.

Sie fanden Fine, Heli und Kattra beim Abendessen in der Küche. Als sie eintraten, blickten alle drei auf und Rhea merkte sofort die Anspannung von Fine und Heli. „Kein Wunder", dachte Rhea. „Wenn man vierundzwanzig Stunden und noch länger ununterbrochen in Kattras Gegenwart verbrachte, müssen sämtliche Nerven bis zum Anschlag und noch ein Stückchen weiter gespannt sein."

Fine freute sich. „Da seid ihr ja wieder, willkommen zu Hause. Ist alles gut gegangen? Seid ihr gesund und unversehrt zurück?"

Ein herrlicher Duft nach gebratenem Fisch mit Thymian lag in der Luft. „Mmmmhhh", entfuhr es Rhea. „Jetzt habe ich aber Hunger." Gork und Eliah nickten zustimmend.

„Na, dann setzt euch erst einmal", sagte Fine. Sie stand auf und holte noch drei Holzteller aus dem Regal. „Manou war heute fischen und hat uns mit Wildlachs versorgt. Lasst es euch gut schmecken." Schnell verteilte sie den Fisch auf den Tellern.

Erschöpft und gleichzeitig erleichtert setzten sich die drei Heimkehrer zu den drei Daheimgebliebenen an den Tisch. Rheas Magen knurrte so heftig, dass sie sich nicht beherrschen konnte und hastig den ersten Bissen in sich hineinschaufelte, wobei sie sich prompt die Zunge verbrannte. Den nächsten Bissen nahm sie vorsichtiger. Dabei bemerkte sie, wie Fine Gork unauffällig einen fragenden Blick zuwarf, um dann genauso unauffällig mit den Augen auf Kattra zu deuten. „Können wir vor ihm sprechen?"

Gork schüttelte den Kopf und Fine als auch Rhea verstanden.

Nach dem Essen erhob sich der Ratsälteste. „Ich danke dir für das hervorragende Essen, Fine. Das wird ein gutes Jahr, dieses Jahr, wenn der Fisch so vorzüglich und schmackhaft ist. Nun, ich werde jetzt aufbrechen. Begleitest du mich ein Stück? Und du, Heli, kannst uns gern Gesellschaft leisten. Du willst sicherlich auch nach Hause." Zu dritt verließen sie die Küche.

Rhea und Eliah blieben allein mit Kattra zurück. Eine unangenehme Stille breitete sich aus, die mit jeder Sekunde wuchs. Rhea hatte ihren Fisch gegessen und wartete nun auf ihren Zwillingsbruder, der bereits den zweiten Fisch verschlang.

Während Rhea ihrem Bruder zusah, hörte sie die Sekunden laut in ihrem Kopf ticken. Irgendetwas hatte dieser Kattra an sich, dass sie sich in seiner Gegenwart immer unwohl fühlte, sie konnte nur beim besten Willen nicht sagen, was es war. Sie brauchte ihm ja nicht einmal mehr in die Augen zu sehen, um sich unwohl zu fühlen. Allein die ständige leichte Bewegung seiner Tentakeln, die sie aus den Augenwinkeln wahrnahm, nervte. Nervös fing sie an, ihre Hände im Schoß zu kneten.

Dann zuckte sie zusammen, als Kattra plötzlich mit dieser blechernen, schnarrenden Stimme sprach: „Nun, war eure Wanderung erfolgreich?“

Die Zwillinge wechselten schnell einen Blick. Was wusste Kattra von dem Grund ihrer Wanderung? Wie viel hatte ihm Fine erzählt? Rhea entschied, neutral zu antworten, doch Eliah kam ihr zuvor: „Ja, es war eine schöne Wanderung. Wir hatten gutes Wetter und Gork hat uns viele Blumen und Pflanzen und Kräuter gezeigt, die wir noch nicht kannten.“

Seine Schwester war verwirrt. Was redete er da? Wäre das nicht eher Fines Aufgabe als Heilerin gewesen? Wieso sollten sie von Gork Unterricht in Fauna und Flora bekommen? Hoffentlich wurde Kattra nicht misstrauisch.

Doch dieser schien keinen Verdacht zu schöpfen. Er sah immer nur unverwandt mit diesen furchtbaren Augen von einem zum anderen. Dann: „Habt ihr schöne Steine gefunden?“

Rhea durchzuckte ein eisiger Schreck und sie sah Kattra entgeistert an, darum bemüht, sich nicht anmerken zu lassen, wie sehr seine Frage sie aus der Fassung gebracht hatte. Wusste er von dem Stein der Eule der Verdammnis? Mit Mühe unterdrückte sie den Impuls, ihre Hand schützend um den Sternsaphir an ihrem Hals zu legen. Auf keinen Fall wollte sie Kattras Aufmerksamkeit auf ihren Stein lenken, schon gar nicht auf ihren Hals.

Kattra fing Rheas Blick ein und gab ihn nicht mehr frei. Seine winzigen Pupillen stachen in Rheas Pupillen, hakten sich fest und zogen sie zu sich. Hilflos und wie hypnotisiert versank Rhea in diesen wasserblauen, endlosen Augen und war auf ihrem Sitz wie festgenagelt.

Kattra schnarrte: „Ich habe Eliahs Sammlung gesehen und mir gedacht, dass ihr gewiss auch nach weiteren Steinen Ausschau haltet.“

Erleichterung schwappte über Rhea zusammen, sie löste sich aus diesem fesselnden Blick und das Leben erschien ihr auf einmal wieder leicht und sorglos. Doch da beugte sich Kattra vor, streckte langsam seine dürre, knorrige Klauenhand aus und schob sie langsam auf Rheas Hals zu. Seine Tentakeln wanden sich hin und her. Rhea erstarrte. Hilflos verfolgte sie mit den Augen Kattras Hand, unfähig, sich zu bewegen, als ob sein reiner Blick ausreichte, ihren ganzen Körper willenlos zu machen. Ihr Gesicht gefror zu einer Maske des Entsetzens bei dem Gedanken, dass diese Klaue gleich ihre nackte Haut an ihrem Hals berühren würde, während ihr Herz anfing, gegen die Enge der Rippen zu rebellieren. Doch weder ihr Herz noch Rhea selbst konnten weg von hier. Kattras Finger streckten sich immer mehr und seine Klauenhand kam ihrem Hals näher und näher. Rheas Augen verfolgten wie in Zeitlupe diese Hand, die den Abstand zwischen ihrer Kehle und den Fingern beharrlich verringerte. Igitt! Rhea wollte auf gar keinen Fall und nie und nimmer von diesen blassen, ekligen, dürren Fingern berührt werden. Abscheu und Ekel krochen in ihr hoch und ihr ganzer Körper wurde steif vor Widerwillen. Abwehrend hob sie die Hände, die wie unter Wasser reagierten – zu langsam –, doch als Kattra nur noch einen Wimpernschlag von dem Stein entfernt war – sein Mund schon zu einem siegessicheren Grinsen verzogen – nahm Rhea aus den Augenwinkeln eine rasche Bewegung wahr und etwas schlug blitzschnell die Klaue aus ihrem Gesichtsfeld. Erleichtert stieß sie die angehaltene Luft aus den Lungen und sah Eliah, der sich schon wieder hingesetzt hatte, voller Dankbarkeit an. In diesem Moment liebte sie ihren Bruder noch viel mehr, als sie es je getan hatte.

Doch Eliah schien ihre Erleichterung gar nicht zu bemerken und tat, als ob nichts geschehen wäre. Genüsslich pikste er sich den letzten Rest des Wildlachses auf die Gabel und schob ihn sich langsam in den Mund. Kauend sah er von seiner Schwester zu Kattra, der wieder wie angewurzelt auf seinem Stuhl saß, bewegungslos und harmlos. Doch der Ausdruck seiner Augen war so eiskalt, so vernichtend und so verschlagen, dass es Rhea schier den Atem raubte. Was hatte das zu bedeuten? Warum hatte Kattra nach dem Stein an ihrem Hals gegriffen? Was wollte er? Wusste er etwas über den Saphir? Kannte er seine Macht?

In diesem Moment betrat Fine den Raum und die bedrohliche Situation war vorbei. Erleichtert sprangen die Zwillinge gleichzeitig von ihren Stühlen auf, stürzten zur Tür und sprudelten hastig hervor: „Wir gehen ins Bett, wir sind so müde von der Wanderung, gute Nacht.“ Und schon waren sie zur Tür hinaus.

Der Geburtstag

Die Sonne stach vom Himmel, als ob sie sich für den unaufhörlichen Regen der letzten Tage entschuldigen wollte. Obwohl es erst Vormittag war, war es bereits unerträglich heiß. Rhea und Eliah hatten sich ganz schnell nach dem Frühstück aus dem Staub gemacht, noch bevor Fine sie zu Kattras Krankenwache einteilen konnte. Rhea hatte sowieso den Eindruck, dass Kattras Krankenwache gar nicht mehr nötig war und sich eher in eine nicht weniger anstrengende Bewachung gewandelt hatte.

Im Wald war es zwar schattig, trotzdem holte auch hier die Hitze die Zwillinge ein. Rhea sah sich nach Wolke um, doch diese hatte sich davongemacht, sie wollte lieber jagen gehen. Oder vielleicht lag sie auch nur unter einem schattigen Gebüsch und döste.

„Oje, ist das heiß heute“, stöhnte Eliah. „Mir klebt mein Hemd schon am Rücken vor lauter Schweiß.“

„Ja, es ist kaum auszuhalten. Selbst im Wald ist es heiß wie in Fines Kupferkessel.“

„Komm, lass uns zur Quelle gehen und uns ein wenig abkühlen. Außerdem habe ich ziemlichen Durst.“

„Oh ja, gute Idee. So eine Abkühlung könnte ich jetzt gut gebrauchen. Pech für die treulose Wolke, sie würde bestimmt Spaß an der Wasser-Planscherei haben“, sagte Rhea.

Sie schlugen den Pfad ein, der sie zu der Lichtung mit dem Felsen brachte, aus dem die Quelle entsprang. Als sie die Lichtung erreicht hatten, liefen sie durch die Hitze auf den kleinen Wasserfall zu, der in Schulterhöhe aus dem Felsen hervorsprudelte. Hastig streckten sie ihre Hände aus und tranken gierig das Quellwasser aus der hohlen Hand.

Da traf Rhea plötzlich ein Strahl eiskaltes Wasser im Gesicht. Erschrocken schnappte sie nach Luft, nur um gleich darauf zu quieken, als das kalte Wasser an ihr hinunterlief. Eliah hatte sie völlig nass gespritzt und lachte schadenfroh.

„Na warte, das schreit nach Rache!“, rief Rhea und spritzte zurück. Lachend und quiekend lieferten sie sich eine Wasserschlacht, bis beide völlig durchnässt waren und Rhea atemlos um Gnade bettelte. „Eliah, lass gut sein! Oje, jetzt sind wir beide pitschnass! Guck nur, wie mein Rock tropft!“

„Das macht nichts, wir legen uns einfach ein bisschen in die Sonne und sind im Nu wieder trocken. Komm, wir klettern zu unserem Geheimversteck.“

Vergnügt hüpften sie über das schmale Bachbett und kletterten die niedrige Felswand hinauf, was nicht allzu schwer war, denn es ragten genügend kleine Felsvorsprünge hervor, sodass man bequem von einem zum anderen klettern konnte. So war das obere Ende des Felsens schnell erreicht. Oben angekommen, ließen sich die Zwillinge auf der mit Gras bewachsenen Plattform nieder, von der man einen grandiosen Rundblick über die Lichtung hatte.

Eliah sah seine Schwester an. „Dieser Saphir von der Eule der Verdammnis ist wirklich sehr schön.“

„Findest du?“, fragte Rhea, die nun den Stein in die Hand nahm. „Ja, du hast recht. Die feinen roten Strahlen in dem tief dunklen Rot sehen richtig geheimnisvoll aus.“ Sanft bewegte sie den Stein im Sonnenlicht hin und her. „Die Linien bewegen sich je nach Sonneneinfall mit, es sieht aus, als ob sie lebendig wären. Als ob dort drinnen etwas eingeschlossen wäre, das unruhig unter der Oberfläche hin- und herwandert.“

„Jetzt hör aber auf!“, sagte Eliah und rempelte seine Schwester an.

„Hütet euch vor den bunten Lichtern! Lasst sie nicht ausbrechen, sonst ist es zu spät! Eine Vereinigung der bunten Lichter gibt dem Khyroi die Macht, die er sucht, und bedeutet euer aller Untergang! Nur der brennende Blutstrom kann euch dann noch retten“, rezitierte Rhea, stolz, dass sie die Prophezeiung auf Anhieb auswendig konnte. „Und dann sagte sie noch: Hüte diesen Sternsaphir! Hüte ihn gut, er wird Befreiung bedeuten, wenn die Gefahr am größten ist. Wann werden wir wohl wissen, was diese Worte zu bedeuten haben? Jedenfalls werde ich den Stein nicht ablegen. Nicht auszudenken, was wäre, wenn ich tatsächlich in einer bedrohlichen Situation stecken würde und hätte dann den Stein nicht bei mir!“

„Na, dann war wohl die Bedrohung durch Kattra gestern nicht groß genug für den Einsatz des Steins, denn er hat dich nicht gerettet. Da darfst du dich aber auf was gefasst machen“, witzelte Eliah.

„Ach, hör auf, Eliah. Ich genieße jetzt einfach die Sonne und denke an nichts.“

Die beiden legten sich in das weiche, duftende Gras und streckten sich genüsslich aus. Wohlig seufzend schloss Rhea die Augen. Es war ruhig, außer dem leisen Plätschern des Wasserfalls waren nur noch ein paar brummende Insekten zu hören. Die Luft war erfüllt von zartem Maiglöckchenduft und die Sonne schien auf sie herab. Hier oben strich ein laues Lüftchen, sodass es nicht so heiß wie in der Ebene war. Rhea genoss die Stille und begann, sich in der Wärme der Sonnenstrahlen zu entspannen. Eliah neben ihr atmete gleichmäßig.

Sie war fast eingeschlafen, als sie plötzlich Stimmen hörte.

„Hallo, Manou, wie geht es dir?"

„Hallo, Gork, mir geht es gut, danke der Nachfrage."

Rasch öffnete sie die Augen und setzte sich auf. Eliah neben ihr saß bereits und sah sie warnend an, den Zeigefinger auf die Lippen gepresst. Rhea nickte. Sie mussten sich ruhig verhalten, hier oben konnten sie von unten aus nicht gesehen werden, und vielleicht gingen die, die da unten waren, ganz schnell wieder, ohne sie entdeckt zu haben. Rhea war nicht ganz wohl dabei, denn sie mochte niemanden belauschen.

„Und Heli?"

Trotz des leisen Plätscherns des Wassers konnten die Zwillinge die Stimmen gut verstehen.

„Auch alles bestens, danke. Gut, dass ich dich treffe, Gork, so kann ich mir den Weg zu deinem Wurzelwerk sparen. Ich muss dich dringend sprechen."

Jetzt wäre für die Geschwister noch die Gelegenheit gewesen, vom Felsen herunterzuklettern und sich den beiden dort unten bemerkbar zu machen, doch dann hätten sie ihr Lieblingsversteck verraten. Gleich darauf war der Augenblick vorüber und die Gelegenheit verpasst.

„Was gibt es denn?", fragte Gork.

„Nun ja, es ist eine ernste Sache. Sehr ernst."

Stille.

Rhea fand es wirklich unangenehm, andere zu belauschen, doch ihnen blieb nun keine Wahl mehr.

Gork stöhnte. „Du brauchst gar nicht weiterzureden, Manou. Ich will es gar nicht wissen."

Tatsächlich schwieg Manou.

„Es ist also passiert." Gorks Stimme klang eigenartig tonlos, fast hätte Rhea sie nicht erkannt.

„Ja", war alles, was Manou antwortete. Doch dieses eine Wort ließ die gesamte Stimmung kippen.

Rhea wurde mulmig. Was war passiert? War es das, vor dem Gork die ganze Zeit schon Angst gehabt hatte? Was war es nur?

„Ich hatte es befürchtet. Die ganze Zeit über habe ich damit gerechnet, dass es passieren könnte, aber trotzdem gehofft, dass ich mich irre. Es hat also tatsächlich die Brommler der Elkinne getroffen, von deren Sirrtha Kattra gegessen hatte." Gork machte eine Pause.

Rhea traute sich kaum, zu atmen.

„Sind sie erkrankt oder …?"

Rhea und Eliah sahen sich an, ihre Augen weiteten sich.

„Nein, Gork, leider. Sie sind bereits gestorben. Balem hat es mir erzählt. Er hat damit gewartet, bis du von der Eule der Verdammnis zurückgekommen bist."

„Heilige Feuerkröte! Ich hatte gehofft, dass sie nur krank werden würden, was schon schlimm genug gewesen wäre. Doch ihr Tod macht alles noch viel schlimmer! Viel schlimmer, als wir uns vorstellen können." Gork stöhnte. „Von wie vielen Sirrtha hat Kattra gegessen? Wie viele Brommler hat er damit getötet?"

„Vier."

Rhea wurde ganz schlecht bei diesen Worten. Was hatte das alles zu bedeuten? Eliahs starrer Blick traf den seiner Schwester. Wer war gestorben?

Gork sprach weiter. „So schnell, verdammt. Die armen Elkinne. Und wen wird es von uns treffen?"

„Raven, Benra, Sevi und Kora."

Stille.

Rhea durchfuhr ein eisiger Schreck, das waren alles Namen von Maroughikindern! Was war mit den Kindern? Was würde ihnen Schreckliches widerfahren? Was hatte Kattra damit zu tun? Und wer war gestorben? Rhea umfasste den Saphir an ihrem Hals. Konnte der Stein ihnen Antworten geben? War dies seine Bestimmung?

Doch der Stein blieb stumm. Stattdessen hatte Rhea das Gefühl, alles um sie herum würde in einem roten Nebel versinken, in einem Nebel aus Gefahr.

Der Ratsälteste seufzte gequält auf und stieß hervor: „Oh nein! Und wir können nichts dagegen tun, wir sind vollkommen machtlos! Sind sie schon erkrankt?"

„Nein, bis jetzt noch nicht." Manous Stimme klang niedergeschlagen.

„Der Feuerkröte sei Dank. Das gibt uns ein wenig Aufschub, eine

Galgenfrist." Dann kippte seine Stimme, zornig stieß Gork hervor: „Es wird Zeit, dass wir endlich etwas gegen diese vermaledeiten Khyroi unternehmen! So etwas darf nie wieder passieren! Nie wieder!" Dann sagte er resigniert: „Danke, Manou, dass du es mir gesagt hast. Lass uns zurück ins Dorf gehen. Aber behalte es für dich. Das fürchterliche Entsetzen wird uns noch früh genug treffen. Wenn wir doch nur eine Chance hätten, irgendeine!"

Die Zwillinge hörten, wie sich die Schritte der beiden leise im weichen Gras verloren.

„Was war das denn?", flüsterte Eliah, dem das Entsetzen eine starre Maske aufgesetzt hatte.

„Ich weiß nicht, aber die Namen, die Manou aufgezählt hat, waren alles Maroughikinder." Rheas Miene spiegelte die ihres Bruders wider.

„Ja, das ist mir auch aufgefallen. Und wer ist gestorben? Ich habe es nicht ganz verstehen können, die Quelle hat zu laut geplätschert, aber ich habe Brommler der Elkinne verstanden?"

„Ja, das habe ich auch verstanden. Ich habe noch nie von irgendwelchen Brommler gehört, du etwa?"

Eliah schüttelte den Kopf.

Plötzlich wurde Rhea ganz starr. „Was haben wir da gerade gesagt? Brommler? Jetzt verstehe ich es! Als ich bei den Elkinnen war und sie so aufgeregt durch die Luft geschwirrt sind und mich Balem fast umgerannt hatte, da hatten sie nicht Trommler gerufen, sondern Brommler! Da mussten sie gerade vom Tod der Brommler erfahren haben, deshalb waren sie so durcheinander! Aber wer oder was sind die Brommler der Elkinne? Und warum sind sie gestorben? Weil Kattra von den Sirrtha gegessen hat? Von ihren Sirrtha? Ich denke, die Sirrtha gehören den Maroughi? Und was wird mit den Kindern passieren?" Rhea schwirrte der Kopf. „Was hat das alles zu bedeuten? Wenn wir doch nur irgendwie herausfinden könnten, was passiert ist!"

Eliah sah seine Schwester an. „Sollen wir Fine fragen?"

Nach einer kurzen Pause schüttelte Rhea den Kopf. „Nein. Wenn es so geheim ist und Gork nicht will, dass Manou den anderen davon erzählt, dann behalten wir es ebenfalls für uns. Vorerst."

Sie stand langsam auf. „Komm, lass uns heimgehen, mir ist die Lust am Sonnen vergangen."

Auch Eliah erhob sich, sie waren inzwischen ganz getrocknet. Gemeinsam machten sie sich an den kurzen Abstieg. Die Quelle ignorierten sie, sie hatten keine Lust mehr auf Wasserschlacht und Lachen und Fröhlichkeit.

In gedrückter Stimmung schlichen sie durch den Wald.

***

Am nächsten Morgen war Kattra verschwunden. Es war der letzte Morgen vor ihrem Geburtstag. Aufgeregt stürmten sie in die Küche, wo sie auf Fine trafen, die allein am Küchentisch saß. Sie hatte die Ellbogen auf die Tischplatte gestützt, das Gesicht in die Hände gelegt und sah ganz unglücklich drein.

„Guten Morgen, Fine. Was ist los? Ist was passiert?", fragte Rhea, während sie sich neben Fine setzte und ihr tröstend über den Arm strich.

„Wie man es nimmt. Kattra ist weg."

Der Aufschrei der Geschwister kam gleichzeitig: „Was!?"

Dann ging alles durcheinander. „Warum?", „Seit wann?", „Bist du dir sicher?", „Wo ist er hin?" und „Ist das gut oder schlecht für uns?" Das war die entscheidende Frage. Was bedeutete es für die Maroughi, wenn Kattra entkommen war?

„Ja, er ist weg. Als ich heute Morgen in Narons Kammer sah, lag er noch friedlich schlafend da. Ich bin dann kurz in die Kräuterkammer gegangen, um meine Vorräte durchzusehen, und dann in die Küche, um Frühstück zu machen." Hilflos fuhr ihre Hand über die hölzerne Tischoberfläche. „Da muss er schon weg gewesen sein, denn sonst hätte ich ihn entdeckt, wenn er sich an der Küchentür vorbeigeschlichen hätte. Er muss den Augenblick genutzt haben, als ich in der Kräuterkammer war."

„Wie verschlagen! Und du hast wirklich nicht gesehen, wie er ging?", fragte Rhea.

„Nein." Fine schüttelte den Kopf. „Erst als ich ihn zum Frühstück holen wollte, merkte ich, dass das Bett leer war."

„Hast du ihn gesucht?", fragte Eliah. „Vielleicht war er nur kurz draußen, um frische Luft zu schnappen?"

„Nein, ich habe überall nachgesehen. Er ist weg." Schuldbewusst sah Fine von einem zum anderen. „Dann habe ich es Gork gesagt."

„Kattra hat bestimmt nur so getan, als ob er schläft. Wahrscheinlich war er schon längst wach und hat nur auf eine passende Gelegenheit gewartet, dieser Widerling", sagte Eliah mit zu Schlitzen zusammengezogenen Augen. „Aber warum ist er gegangen? Und warum ausgerechnet heute? Warum nicht gestern oder morgen?"

Rhea zog die Stirn kraus. „Weil morgen unser Geburtstag ist."

„Na und?" Eliah zuckte mit den Schultern. „Was kümmert es den Khyroi, wer wann Geburtstag hat?"

Doch noch während er die Frage stellte, wussten alle drei die Antwort darauf und Rheas Stimme wurde rau, als sie antwortete: „Weil wir morgen unsere Wandelung feiern."

Fine nickte. „Der Meinung ist Gork auch." Dann fügte sie hinzu: „Ein Gutes hat es wenigstens, dass Kattra weg ist. So müssen wir uns keine Gedanken darum machen, wer bei ihm bleibt, wenn wir eure Wandelung feiern."

Wie auf Kommando flog die Tür auf und Heli und Manou polterten herein. „Hallo, ihr drei. Na, was guckt ihr denn so miesepetrig drein? Jetzt wird nicht geschmollt, jetzt wird vorbereitet! Schließlich werden wir morgen die allerschönste Wandelung, die dieser Wald je gesehen hat, feiern!" Die sonst so ruhige Heli klatschte in die Hände und drehte sich vergnügt im Kreis. Manou hinter ihr konnte sich ein Grinsen nicht verkneifen.

Helis gute Laune war der krasse Gegensatz zu der gedrückten Stimmung von gerade eben. Rhea brauchte ein paar Sekunden, um von dem Gedanken, dass Kattra womöglich ihre Wandelung ausspionieren wollte, wegzukommen. Doch dann wollte sie keinen einzigen nutzlosen Gedanken mehr an diesen Fiesling verschwenden, diese Aufmerksamkeit war er gar nicht wert. „Nun kommt, ihr zwei", sagte sie zu Eliah und Fine. „Wir haben genug Probleme gewälzt in letzter Zeit. Jetzt ist es Zeit zu feiern! Wir lassen uns doch nicht die gute Laune von einem entlaufenen Khyroi verderben, wäre ja noch schöner."

„Kattra ist weg?", fragte Manou.

„Ja, und es ist mir ganz egal", erwiderte Eliah. „Morgen wird gefeiert!"

Heli, Fine und Rhea fingen an, zu backen, zu braten, zu dünsten und zu kochen, während Eliah und Manou am Tisch saßen und ihnen zusahen. Jeder von ihnen erzählte reihum Geschichten und kleine Anekdoten von vergangenen Wandelungsfeiern. Manche davon waren lustig, es gab aber auch traurige Momente oder peinliche. Zu den traurigen gehörte auch die Geschichte von Darelin, der den Sirrtha nicht widerstehen konnte und gestorben war, weil er vor seinem Geburtstag von den Sirrtha gegessen hatte.

Als Manou mit dieser Geschichte fertig war, rutschte Rhea, die gerade Beerenteig zu kleinen Plätzchen formte, heraus: „Schade, dass es Kattra besser erging als Darelin."

Nun erzählte Heli, die gerade dabei war, Tannenzapfen zu Mehl zu mahlen, die Geschichte von dem Mädchen, das durch Gorks falsche Sirrthawahl fast gestorben wäre und danach immer ein bisschen verrückt geblieben war. Als Heli fertig war, fragte Rhea: „Hat Gork denn diesem Mädchen nach ihrer Wandelung mit dem falschen Sirrtha den richtigen Sirrtha zugewiesen?"

„Nein", antwortete Heli. „Wenn man die Wandelung mit einem Sirrtha vollzogen hat, muss man bei diesem Sirrtha bleiben, ein Leben lang. Man ist abhängig von ihm, selbst wenn es der falsche Sirrtha ist. Dieses Mädchen hatte nie die Chance, zu erfahren, welcher ihr richtiger Sirrtha gewesen wäre, ebenso wenig wie sie die Chance hatte, die ihrer Eigenschaft entsprechende Fähigkeit ausbilden zu können – bis heute nicht. Sie muss mit Gorks Entscheidung leben."

Helis letzter Satz jagte einen Schauer über Rheas Rücken und sie hielt mitten in der Bewegung inne. Schnell sah sie zu ihrem Bruder. Hatte auch er dessen Bedeutung erkannt? Bisher hatte keiner den Namen des Mädchens genannt – weder Fine noch Heli.

„Wie hieß dieses Mädchen?", fragte Eliah.

Die drei Erwachsenen sahen sich an, doch keiner antwortete.

„Es lebt heute noch, oder?" Rheas Frage klang eher wie eine Feststellung. „Wer ist es?"

Eine kurze Stille folgte, in der sich keiner bewegte, bevor Fine tief Luft holte. „Es ist Susa."

„Die verrückte Susa?", fragte Eliah. „Unsere verrückte Susa, die versucht hat, sich selbst in den Hintern zu treten?"

Nun fand Rhea diesen Versuch gar nicht mehr so komisch.

„Ja", antwortete Manou. „Unsere verrückte Susa ist Gorks Fehler."

„Aber warum ist sie dann im Ältestenrat, der Gorks Sirrthawahl bestätigt? Weiß sie denn, was sie tut?" Rhea konnte es kaum glauben, dass man Susa so eine wichtige Aufgabe überließ.

„Was denkst du, warum sie wohl im Ältestenrat ist?", fragte Fine.

Rhea brauchte nicht lange zu überlegen. „Weil Gork ein schlechtes Gewissen hat?"

„Eben."

Rhea fand die Vorstellung furchtbar, dass Gork nicht nur durch jede

Sirrthawahl ständig aufs Neue an seinen Fehler erinnert wurde, sondern auch noch jedes Mal die Maroughifrau vor Augen hatte, deren Leben er zerstört hatte. Wie konnte er das nur ertragen?

Daraufhin hatte keiner mehr etwas zu erzählen und sie hantierten vor sich hin, jeder auf seine Art beschäftigt. Die Gerüche und Düfte der unterschiedlichen Speisen durchzogen die Küche, doch keiner konnte sie mehr so recht genießen.

Nachdem sie Unmengen an Speisen vorbereitet hatten, machten sie sich daran, die Küche wieder in einen einigermaßen anständigen Zustand zu bringen, tatkräftig unterstützt von Eliah und Manou.

Fine seufzte. „Morgen werdet ihr zwei endgültig die erste Phase eurer Kindheit hinter euch lassen. Ihr werdet eine Schwelle überschreiten und es wird kein Zurück mehr geben."

Mit Beklommenheit registrierte Rhea den wehmütigen Unterton, als Fine fortfuhr. „Eure sorglose Kindheit wird dann Vergangenheit sein und ihr werdet die nächste Stufe auf dem Weg zum Erwachsenwerden erreichen." Nun wurde es Rhea, die die Finger gerade in einer Löwenzahn-Mandelpastete versenkt hatte, um zu naschen, ebenso wehmütig ums Herz bei dem Gedanken, dass nichts mehr so sein würde, wie sie es ihr Leben lang kannte. Sie würde auf eine Art und Weise verändert werden, die sie nie mehr loswerden konnte. Nachdenklich schleckte sie sich den Finger ab.

Nachdem sich Heli und Manou verabschiedet hatten, gingen auch Eliah und Rhea mit einem mulmigen Gefühl zu Bett. Morgen würden sie ihre Wandelung feiern. Einerseits freute sich Rhea unheimlich, denn auf diesen Moment hatte sie ein Maroughileben lang hingefiebert, andererseits hatte die Geschichte über Susa ihre Sorge, Gork könnte den falschen Sirrtha wählen, wieder aufflammen lassen. Doch Gork würde sicherlich dafür sorgen, dass ihm so ein Fehler nie wieder unterlief, oder? Morgen würde sie bestimmt ihren richtigen Sirrtha zugewiesen bekommen, einen, der nur für sie bestimmt war und der nur existierte, weil sie existierte. Wie er wohl aussehen würde? Wie hieß er? Welche Farbe, welches Muster würde er haben? Wie würde er schmecken? Doch die entscheidendste aller Fragen war: Wie würde er sie verändern? Nur noch ein paar Stunden und sie würde es wissen! Mit der Erkenntnis, dass alles, was eine Sonnenseite hatte, auch eine Schattenseite besaß, schlief sie das letzte Mal als Kind ein.

***

Kaum dass Rhea die Augen aufgeschlagen hatte, sprang sie auch schon aus dem Bett. Voller Vorfreude und doch nervös wie selten schlüpfte sie in einen weit schwingenden Rock in Moosgrün, dazu zog sie eine grobe Leinenbluse über, die ein Schatten heller war als der Rock. Begeistert drehte sie sich hin und her und ließ den Rock schwingen. Sie überlegte kurz, ob sie auch eine andere Kette tragen sollte, doch dann entschied sie sich, den Sternsaphir der Eule der Verdammnis nicht abzulegen. Das Gewicht des Steins war ihr inzwischen viel zu vertraut, ohne ihn hätte sie sich irgendwie nackt gefühlt. Außerdem hatte sie das Gefühl, dass der Stein ihr irgendwie Zuversicht einflößte. Jedenfalls fühlte sie sich immer besänftigt und bestärkt, wenn sie ihn berührte.

Als sie angezogen war, ging sie in die Küche, wo Eliah bereits fix und fertig am Frühstückstisch saß. „Na, Schwesterherz, hübsch siehst du aus."

„Danke, Bruderherz. Du bist aber auch nicht zu verachten heute", meinte Rhea. Und das stimmte. Eliah trug eine beigefarbene, wadenlange Leinenhose, dazu ein hellbraunes, weites Hemd, das locker über den Hosenbund fiel. Der Kontrast zu seinen schwarzen Wuschelhaaren sah fast edel aus.

Da kam Fine herein. „Oh meine Kinder! Wie hübsch ihr beide ausseht. Rhea, dein moosgrüner Rock und die hellere Leinenbluse bringen deine grasgrünen Augen richtig schön zum Leuchten. Was habe ich nur für hübsche Kinder. Wenn nur euer Vater Naron euch heute so sehen könnte."

Ein Schatten fiel über ihr Gesicht, als sie sich zu ihren Kindern an den Tisch setzte. Rhea strich ihr sanft über den Arm. „Du bist auch hübsch, Fine. Der dunkelblaue Rock und die helle Bluse sehen aus, als ob sich ein spätes Gewitter am Abendhimmel zusammenbraut", sinnierte Rhea poetisch.

Das brachte wenigstens wieder ein Lächeln auf Fines Gesicht. „Danke, mein Herz. Aber nun lasst uns gemeinsam frühstücken. Genießt diese kurze Ruhe, ihr beiden, denn anschließend werdet ihr heute kaum mehr eine ruhige Minute haben."

Rhea schob sich gerade einen riesigen Bissen ihres Mandel-Ingwer-Grieß-Geburtstagskuchens in den Mund, als ihr Fine verschmitzt lächelnd ein kleines Päckchen über den Tisch zuschob.

Rhea stutzte. „Für mich?"

„Ja, natürlich", antwortete Fine. „Pack es nur gleich aus und sieh nach, was drin ist."

Rhea nahm das Päckchen und löste langsam die großen dunkelgrünen Blätter, in die das Geschenk eingewickelt war, während Eliah sich bereits das dritte Stück Kuchen auf den Teller schob. Sie freute sich über Fines Geschenk und war wirklich gespannt auf dessen Inhalt. Als sie das letzte Blatt aufgerollt hatte, lag darin ein wunderschön hellgrün eingefärbtes Haarband, das wie Seide schimmerte und leicht leuchtete. Rhea stieß einen leisen Schrei der Überraschung aus. Bewundernd strich sie über das Material, das sich kühl und glatt anfühlte. „Es ist wunderschön, danke, Fine! Woraus ist es gemacht?"

Die Heilerin lächelte und beobachtete versonnen Rheas Begeisterung. „Es ist aus Brommlerseide gewebt. Und es passt perfekt zu deiner Bluse."

Bei der Erwähnung der Brommler fröstelte Rhea. Waren das die Brommler der Elkinne? Sofort fiel ihr das Gespräch zwischen Manou und Gork an der Quelle wieder ein, das sie und Eliah unfreiwillig belauscht hatten, und die Namen der Maroughikinder: die Mädchen Kora und Sevi und die Buben Raven und Benra.

„Was sind die Brommler?", fragte sie. Sie spürte Eliahs Blick, als ob er sie berühren würde.

„Das", antwortete Fine, „wirst du noch früh genug erfahren. Aber nicht jetzt." Fines Tonfall ließ keine Widerrede zu.

Und eigentlich wollte sich Rhea auch nicht schon wieder mit irgendwelchen Geheimnissen rumschlagen. Heute nicht, heute feierte sie ihren Geburtstag und ihre Wandelung. Wenigstens heute wollte sie fröhlich und unbeschwert sein. „Bindest du es mir in die Haare? Bitte!" Auffordernd streckte Rhea Fine das Haarband entgegen.

Mit raschen geschickten Bewegungen fing Fine an, einen dicken Zopf aus Rheas lockigen Haaren zu flechten, wobei sie das Haarband gekonnt mitflocht, sodass es grün schimmerte wie ein Haarnetz. Als sie fertig war, schob Rhea ihr Gesicht über die Wasseroberfläche des Holzeimers, der neben dem Herd stand, und betrachtete sich staunend in der spiegelnden Fläche.

„So, nun bist du an der Reihe", sagte Fine und schob auch Eliah ein kleines Päckchen zu. Dieser hatte soeben sein viertes Stück Kuchen erfolgreich vernichtet und konnte nur begeistert nicken, während er hastig die Blätter abwickelte. Zum Vorschein kam ein wunderschöner

Stein, fast so schön wie der, den Eliah verloren hatte. Dieser hier funkelte allerdings nur in Grün, dafür aber in allen erdenklichen Farbschattierungen von blass Hellgrün bis satt Dunkelgrün. Lächelnd legte Fine den Stein in Eliahs geöffnete Hand und sagte: „Der gehörte deinem Vater. Naron fand ihn, kurz nachdem wir uns kennengelernt hatten, als wir unsere erste gemeinsame Wanderung unternahmen." Fine schluckte. „Damals sagte er zu mir: Dieser Stein leuchtet so schön wie deine grünen Augen. Er soll uns immer an diesen Augenblick erinnern. Dann sagte er noch: Ich werde ihn unserem erstgeborenen Kind am Tage seiner Wandelung geben, damit die Schönheit deiner Augen nie vergeht." Fine lächelte wehmütig. „Als wir dann gleich zwei, also euch Zwillinge, bekamen, war er ratlos. Aber dann beschloss er, dir den Stein zu geben, weil du kurz vor Rhea auf die Welt gekommen und somit der Erstgeborene bist. Nach seinem Tod habe ich den Stein aufgehoben, damit ich ihn dir heute an seiner Stelle übergeben kann." Sie versuchte ein tapferes Lächeln, das ihr aber misslang.

Rhea sah das verräterische Glitzern in Fines Augen und nahm sie tröstend in den Arm. Auch Eliah klopfte ihr verlegen den Rücken.

Resolut wischte sich Fine die Augen. „Aber heute ist kein Platz für Traurigkeit, heute ist euer Geburtstag und ich wünsche euch beiden eine wunderschöne Wandelungsfeier!"

Als hätten sie gelauscht und den Augenblick für gut befunden, flog voller Elan die Tür auf und alle stürmten herein: Gork, Manou und Heli, die alte Alma, der Eliah einst die Hustenmedizin gebracht hatte, die verrückte Susa mit ihrem Mann Fenghi und noch viele andere. Bald herrschten ein großes Hallo und ein fürchterliches Gedränge in der Küche. Rhea konnte es nicht lassen, die verrückte Susa heimlich zu beobachten. Bisher hatte sie keinerlei Berührungsängste Susa gegenüber gehabt. Doch das Wissen über die Ursache ihrer Verrücktheit änderte alles. Rhea war froh, als sie und Eliah endlich an den Händen geschnappt und aus der Küche ins Freie gezogen wurden. Jetzt wurde gefeiert!

Der Himmel strahlte blau und die Sonne streckte ihre warmen Finger durch das Blätterdach. Rhea juchzte. So ein wunderschöner Morgen an ihrem Ehrentag! Sie wurde ganz hibbelig und konnte es kaum erwarten, als nun alle eine lange Schlange bildeten mit den Geburtstagskindern am Ende. Gemeinsam singend und tanzend zog die Prozession in den Wald hinein. Wolke schloss sich ihnen an und hopste hinterher.

Unterwegs schlossen sich ihnen immer mehr Maroughi an, sodass die Schlange immer länger und immer lustiger wurde. Jeder versuchte, lauter als sein Vordermann zu singen, was zu einem Höllenlärm führte. Rhea konnte nur noch lachen, als sie so durch den Wald tanzte, mitgerissen von all der Fröhlichkeit.

Endlich kam die lange Schlange an der Versammlungswiese auf der Lichtung mit der Quelle an, an der die Zwillinge vor ein paar Tagen das Gespräch zwischen Gork und Manou belauscht hatten. Rhea staunte nicht schlecht, denn die Lichtung sah heute ganz anders aus als sonst. Viele Holzstümpfe waren als Sitzgelegenheiten aufgebaut worden, rundherum waren Tische aufgestellt, die herrlich festlich dekoriert und über und über mit Speisen und Getränken beladen waren, die jeder aus der Gemeinschaft beigesteuert hatte.

Rhea sah sich aufgeregt um. „Sieh mal, Eliah! Dort drüben!" Neugierig reckte sie sich, um auch ja alle Köstlichkeiten begutachten zu können. Dann gab sie ihrem Bruder einen Rempler in die Rippen. „Sieh nur! Löwenzahnsalat, Sauerampferbrötchen, Kleesuppe, Gänseblümchen in gebackenem Teig und Haselnussbrot, oh wie lecker." Auch die obligatorischen Pilze durften nicht fehlen, diesmal gebacken und frittiert.

„Und Beerenlimonade, Brennnesselkuchen gesüßt mit Honig", jauchzte Eliah. „Blaubeerpfannkuchen, Apfelkompott, Hagebuttentörtchen, mhm. Und da hinten steht noch viel mehr, was ich von hier aus gar nicht erkennen kann. Oh, was für ein toller, toller Geburtstag. Ich brauche noch mindestens drei Bäuche mehr für diese ganzen Köstlichkeiten", stöhnte er. „Hätte ich das gewusst, hätte ich mir heute nur drei statt vier Stück Kuchen zum Frühstück gegönnt. Es wird Zeit, dass hier mal jemand Platz schafft!" Rhea konnte nicht fassen, wie verfressen ihr Bruder doch war.

Als endlich alle Maroughi die Lichtung erreicht hatten, stellte sich Gork, der Ratsälteste, vor das Buffet und hob die Arme, damit Ruhe einkehren konnte. „Meine lieben Maroughi, seid alle herzlich willkommen. Heute feiern wir den Geburtstag von Eliah und Rhea aus Fines Wurzelwerk. Sie werden heute zwölf Jahre alt und um Mitternacht werden wir ihre Wandelung feiern. Aber nun lasst uns zuerst den Geburtstag feiern. Rhea und Eliah, tretet bitte vor. Ihr zwei bekommt heute die Ehrenplätze am Buffet."

Rhea kitzelte es im Bauch, als sie sich auf ihren Ehrenplatz setzte.

Kaum hatte sich auch Eliah gesetzt, breitete Gork erneut die Arme aus. „Hiermit erkläre ich das Geburtstagsbuffet von Eliah und Rhea aus Fines Wurzelwerk für eröffnet.“ Dann trat er schnell zur Seite, um nicht von den anstürmenden Maroughi umgestoßen zu werden. Alle stürzten sich auf die Köstlichkeiten, als ob sie tagelang gehungert hätten, nicht ausgeschlossen, dass dies einige tatsächlich getan hatten. Eliah und Rhea mussten sich fast durchboxen, um an die Leckereien zu kommen. Innerhalb kürzester Zeit verstummte alles Gelächter und es kehrte genüssliche Ruhe ein. Jeder suchte sich einen Sitzplatz, auf dem Schoß einen übervollen Teller, als gäbe es kein Morgen mehr.

Während Rhea gerade einen Blaubeerpfannkuchen vertilgte, von dem sie ab und zu ein paar Brocken für Wolke fallen ließ, sah sie sich verstohlen um und musste lächeln, als sie all die mampfenden und schlemmenden Maroughi beobachtete, denen ab und zu ein lustvolles Stöhnen entkam.

Da entdeckte sie auch die vier Maroughikinder Kora, Benra, Sevi und Raven, die genauso eifrig schmausten wie alle anderen, und ihre gute Stimmung verflog. Warum nur hatte Gork Angst, dass diese Kinder krank werden würden? Waren sie in Gefahr? In welcher? Je länger Rhea den Kindern zusah, die nur so vor Gesundheit und Lebenslust strotzten, desto größer wurden ihre Zweifel, dass Gorks Sorgen berechtigt waren. Was kümmerte es die Maroughikinder, dass irgendwelche Brommler gestorben waren? Und wer waren diese Brommler überhaupt? Vielleicht hatte sich Gork ja auch hier geirrt und den Kindern würde gar nichts passieren? Was war denn schon so dramatisch an einem bisschen krank sein? Rheas Blick wanderte weiter und blieb am Ratsältesten hängen. Sie wurde nervös. Wenn Gork sich bei den Kindern irren konnte, konnte er sich nicht doch bei der Sirrthawahl irren? Wenn sie es doch nur schon hinter sich hätte!

Plötzlich hatte Rhea das Gefühl, keinen Bissen mehr hinunter zu bekommen. Mit Mühe schluckte sie den Rest Blaubeerpfannkuchen. Dann sah sie zu Eliah, der strahlend in sein Hagebuttentörtchen biss. „Wie kannst du nur so eifrig essen?“, fragte sie. „Bist du denn gar nicht aufgeregt wegen unserer Wandelung?“

„Und wie!“, mampfte Eliah. „Ich lasse es mir nur nicht anmerken. Diesen Augenblick möchte ich mir nicht vermiesen. Wer weiß, wann ich das nächste Mal so herrlich schmeckende Hagebuttentörtchen bekomme.“ Und er biss erneut hinein.

Rhea schüttelte nur den Kopf. Manchmal fiel es ihr wirklich schwer, zu glauben, dass sie einen Zwillingsbruder hatte.

„Warum muss es denn noch so lange dauern bis Mitternacht? Kann man die Wandelung nicht einfach vorziehen? Es wäre doch viel besser, wenn man erst den offiziellen Teil hinter sich bringen würde und dann feiert und isst und lacht und singt“, maulte Rhea.

„Aber dann wäre doch die ganze Aufregung nicht so schön“, nuschelte Eliah mit vollem Mund.

„Mir reicht schon die ganze Aufregung der letzten Wochen!“

Eliah grinste. „Abgesehen davon kann eine Wandelung erst um Mitternacht stattfinden, wenn es dunkel ist, das weißt du doch!“

Nachdem sämtliche Speisen und Getränke erfolgreich vernichtet worden waren, bildeten die Maroughi eine Reihe, um den Geburtstagskindern ihre Geschenke zu überreichen. Der erste Gratulant war Manou, der ihnen eine stahlblau glänzende Eichelhäher-Feder überreichte. Als Nächstes schenkte die alte Alma Eliah eine wunderschön gesprenkelte Vogelschale, die verrückte Susa überreichte ihnen eine bizarr geformte knorrige Wurzel und Heli übergab ihnen eine Kette aus kleinen, schwarz-grün gemusterten Schneckenhäusern.

Rhea fiel es schwer, sich auf ihre Gäste und deren Gaben zu konzen-

trieren, ihre Gedanken wollten einfach immer wieder zur bevorstehenden Wandelung wandern. Wie würde der Tag heute enden? Rhea sah in den Himmel, um abzuschätzen, wie lange es noch bis Mitternacht dauerte.

Eliah, der ihren Blick bemerkt hatte, zischte zwischen zusammengebissenen Zähnen hervor: „Will es denn heute gar nicht dunkel werden?“ Offensichtlich war er inzwischen genauso nervös wie seine Schwester.

„Du sprichst mir aus der Seele“, nickte Rhea. „Ich frage mich, ob die Dämmerung nach Jahrmillionen heute das erste Mal im Weltgeschehen nicht hereinbricht.“ Wann würde Gork endlich die Sirrthawahl verkünden?

Sie bekamen noch viele wunderschöne Geschenke und Rhea konnte es kaum fassen, dass die Maroughi sie so reichlich bedacht und sich so viele Mühe dabei gegeben hatten. Ihr wurde ganz warm, als sie auf den Geburtstagstisch sah, wo all die Herrlichkeiten ihren Platz gefunden hatten.

Als der letzte Maroughi sein Geschenk übergeben hatte, stand Gork auf, stellte sich in die Mitte des Platzes und fing an, mit seiner tiefen Stimme ein uraltes Maroughilied zu singen. Alle wurden ganz still und lauschten. Das Lied klang traurig und einsam und irgendwie verlassen. In Rhea stieg ein seltsames Gefühl auf, eine umfassende Traurigkeit, so als ob sie etwas unwiederbringlich verloren hatte, das sie von ganzem Herzen geliebt hatte. Trost suchend griff sie nach dem Sternsaphir, der sich vertraut in ihre Hand schmiegte. Warum sang Gork so ein trauriges Lied? Woran dachte er dabei?

Als die letzten betrübten Klänge über der Lichtung verwehten, kam Manou an die Reihe. Seine Stimme klang hell und das Lied lustig und nach und nach fielen die anderen Maroughi mit ein. Sie sprangen auf, klatschten in die Hände und tanzten in Reigen umeinander herum.

Abgelenkt von den vielen lustigen Gesängen und Tänzen merkte Rhea erst jetzt, dass die Gesetzte der Natur offensichtlich doch noch galten, denn so langsam brach die Dämmerung herein. Ringsherum wurden Fackeln entzündet, die die Lichtung in ein flackerndes Licht tauchten. Endlich. Rhea konnte es kaum glauben. Nun würde es nicht mehr lange dauern. Das Entzünden der Fackeln war gleichzeitig das Signal für die Eltern, ihre Kinder nach Hause und zu Bett zu bringen, denn bei einer Wandelung am Sirrthafeld hatten Maroughikinder nichts verloren. Rhea war stolz, dass sie heute dableiben durfte. Wie oft hatte Fine sie und Eliah bei längst vergangenen Wandelungsfeiern nur unter Androhung sämtlicher Strafen nach Hause bringen können. Voller Stolz sah Rhea den Kindern nach, auch Raven, Benra, Sevi und Kora wurden nach Hause gebracht. Sie maulten genauso herum wie einst Rhea.

Nun war es nicht mehr lange hin bis Mitternacht. Rhea ließ Gork nicht aus den Augen. Da, endlich erhob er sich und mit ihm die vier anderen Ratsmitglieder: Manou, die alte Alma, und Susas Mann Fhengi. Die verrückte Susa selbst bildete das Schlusslicht. Der Ältestenrat bestand immer aus fünf Mitgliedern, nicht mehr und nicht weniger, damit es bei einer Abstimmung nicht zu einem Gleichstand der Stimmen kommen konnte. Wobei diese Abstimmung eigentlich gar keine war, denn Gork war derjenige, der aussuchte und bestimmte, die anderen vier fungierten eher als Zeugen und gaben ihre Zustimmung. Trotzdem fragte sich Rhea, ob Susa jemals Nein gesagt hatte?

Rhea rempelte Eliah an und deutete mit dem Kopf in Richtung der verschwindenden Ratsmitglieder. Ihr Bruder nickte. „Jetzt dauert es zum Glück nicht mehr lange", flüsterte er. „Ich war noch nie in meinem Leben so aufgeregt."

Über die Geburtstagsgesellschaft legte sich eine nervöse Spannung. Die Maroughi saßen in Grüppchen beisammen, unterhielten sich leise und warteten. Ab und zu ertönte laut ein schallendes Gelächter, wenn in einer der Gruppen etwas Lustiges erzählt wurde. Innerlich vibrierend suchte Rheas Hand nach Wolke, doch die hatte sich mal wieder davongestohlen, treuloses Geschöpf! Und das, nachdem Rhea ihr so viele gute Leckereien vom Geburtstagstisch zugesteckt hatte. Nervös griff Rhea nach dem Sternsaphir, der schwer und warm in ihrer Hand lag. Der rote Schein der Fackeln glühte auf und blendete Rhea.

Da tauchte Fine in der Dunkelheit auf und setzte sich neben die Zwillinge. „Na, ihr beiden. Nun habt ihr es bald überstanden. Seid ihr nervös?"

Rhea konnte kaum nicken. Sie ließ die Stelle nicht aus den Augen, an der die Ratsmitglieder verschwunden waren. Warum dauerte das denn so lange? Konnten sie sich nicht einigen? Und genau in dem Moment, als Rhea meinte, keine Sekunde länger mehr in die Düsternis starren zu können, sah sie von Weitem eine Fackel durch den Wald schimmern, die sich hüpfend auf und ab bewegte. Gork und die anderen des Ältestenrats kamen zurück! Die Entscheidung war gefallen!

Plötzlich hatte Rhea tausend Ameisen im Bauch und konnte vor Aufregung nicht schlucken, weil sich ihre gesamte Körperflüssigkeit in ihren Handinnenflächen zu sammeln schien. Rhea ließ den Saphir los und tastete stattdessen nach der Hand ihres Bruders, die sich nicht anders anfühlte als ihre eigene. Stumm beobachteten die beiden das tanzende Fackellicht, das sich in vierfacher Zeitlupe zu bewegen schien. Ging das denn nicht schneller? Konnten sie sich nicht ein bisschen beeilen? Am liebsten hätte Rhea ihnen zugerufen: „Rasch, rasch, ein bisschen schneller, meine Lieben, ihr seid noch nicht so alt, dass ihr kriechen müsst." Sie konnte sich gerade noch beherrschen.

Endlich trat Gork aus dem Wald heraus auf die Lichtung, gefolgt von den restlichen vier Ratsmitgliedern. Nachdem sie sich in einer Reihe vor den wartenden Maroughi aufgestellt hatten, steckten sie die Fackeln vor sich in den Boden und blickten die Gemeinschaft würdevoll schweigend an. Der Feuerschein tanzte auf ihren Gesichtern und trieb seinen Schabernack mit ihnen.

Die beabsichtigte Wirkung trat ein: Die Maroughi wurden ruhig. Gork wartete, bis absolute Stille herrschte. Mit einer einladenden Geste bedeutete er den Geburtstagskindern, sich auf die beiden Baumstümpfe vor den Ältestenrat zu setzen.

Rhea schluckte und erhob sich, während sie ihren Bruder an der Hand mit sich zog. Gemeinsam kamen sie nach vorne und setzten sich. Rheas Nerven waren bis zum Anschlag – und ein bisschen darüber hinaus – gespannt, sie atmete ganz flach und knetete Eliahs Hand.

Dann sprach der Ratsälteste und seine Stimme hallte über die Lichtung: „Die Entscheidung ist gefallen." Ein erlösendes Seufzen aus vielen Mündern erklang, das Rhea beinahe nicht gehört hätte, ihr eigener Seufzer war zu laut gewesen. „Die Sirrthawahl ist getroffen. Die Maroughi-Zwillinge Rhea und Eliah von Fines Wurzelwerk werden heute um Mitternacht auf dem Sirrthafeld zum ersten Mal ihre Sirrtha aufsuchen und diese werden fortan ihr Leben begleiten."

Rhea konnte ein ungeduldiges Räuspern nicht unterdrücken. Gleich würde sie aufspringen und die Worte aus Gork herausziehen, wenn er jetzt nicht sofort schneller machte. Sie musste jetzt und sofort und auf der Stelle wissen, welchen Sirrtha sie bekam. Würde sie es intuitiv spüren, wenn es der falsche Sirrtha war?

„Alle fünf Ratsmitglieder des Ältestenrats haben einstimmig entschieden."

„Jetzt kommt's", dachte sie.

„Eliah aus Fines Wurzelwerk zeichnet sich seit seiner Kindheit durch sein logisches Denken und sein exaktes und genaues Handeln aus. Für ihn ist der Sirrtha der Strategie bestimmt."

Rhea hörte Eliahs erleichterten Seufzer und beneidete ihn glühend darum, dass er schon Gewissheit hatte, während sie noch warten musste.

„Eliah wird somit die Fähigkeit erlangen, durch Berührung dessen, der ihm gegenübersteht, zu erkennen, welche Pläne dieser gegen die Gemeinschaft im Schilde führt. Dank dieses Wissens wird Eliah Gegenmaßnahmen entwickeln können, sobald Eliah das erste Mal von seinem Sirrtha gegessen hat. Der Sirrtha gibt ihm diese Gabe zum Erhalt und zum Schutze unserer Maroughigemeinschaft."

Eliah ließ Rheas schweißnasse Hand los und fuhr sich über das Gesicht. Rhea wusste genau, wie sich ihr Bruder jetzt fühlte.

Nach einer winzigen Pause, in der Rhea vor Ungeduld fast gestorben wäre, sprach Gork erneut: „Rhea aus Fines Wurzelwerk zeichnet sich seit ihrer Kindheit durch ihre Wahrheitsliebe und ihren Gerechtigkeitssinn aus. Für sie ist der Sirrtha des Friedens bestimmt."

Rhea zuckte zusammen.

Gork fuhr fort: „Rhea wird somit die Fähigkeit erlangen, durch Berührung dessen, der ihr gegenübersteht, die Lüge von der Wahrheit zu unterscheiden, sobald sie das erste Mal von ihrem Sirrtha gegessen hat. Der Sirrtha gibt ihr diese Gabe zum Erhalt und zum Schutze unserer Maroughigemeinschaft."

Endlich! Rhea stieß die Luft aus und ihr ganzer Körper sank in sich zusammen, während sich die Ameisen in ihrem Bauch langsam wieder in rote Blutkörperchen verwandelten. Sie fing Eliahs Blick auf und sie lächelten sich erleichtert zu. Der Sirrtha des Friedens war es also, ein schöner Sirrthaname. Kurz fragte sich Rhea, ob dies auch wirklich Gorks eigene Wahl war. Oder hatte sich der Ratsälteste von der Eule der Verdammnis beeinflussen lassen, als sie Rhea Friedenskind genannt hatte? Mit diesem Sirrtha würde Rhea nun also in der Lage sein, immer die Wahrheit von einer Lüge unterscheiden zu können. Das hörte sich spannend an! Eliah würde ihr nie wieder erzählen können, dass sie mit der Hausarbeit dran wäre oder mit dem nächsten Krankenbesuch, wenn eigentlich er an der Reihe war. Sie würde sofort erkennen, dass ihr Bruder schummelte. Wie praktisch!

Und Eliah? Er hatte den Sirrtha der Strategie, auch ein schöner Sirrthaname, der Eliah dazu befähigte, zu erkennen, ob jemand etwas Böses gegen einen Maroughi im Schilde führte. Dann konnte er wirksam etwas dagegen unternehmen.

Nun schritt Gork die vier Mitglieder des Ältestenrats ab und verlangte Zustimmung, sodass jeder Maroughi auf der Lichtung es hören konnte: „Manou, stehst du mit vollem Herzen hinter dieser Entscheidung?"

Manou nickte und antwortete laut mit heller, klarer Stimme: „Ja, ich stehe zu dieser Entscheidung genauso, wie ich wahrhaftig vor dir stehe." Als Nächstes kam die alte Alma. Auch sie antwortete mit ihrer heiseren Altfrauenstimme, ebenso wie Fhengi. Als die verrückte Susa an der Reihe war, hielt Rhea den Atem an, doch auch Susa gab ihre Zustimmung zu Gorks Wahl.

„So hat es der Ältestenrat der Maroughi beschlossen, so soll es sein", sprach Gork. „Ich heiße euch willkommen in der Gemeinschaft der Maroughi, deren Sirrtha ihre ureigensten herausragendsten Charaktereigenschaften in entsprechende Fähigkeiten umwandeln. Nach dem ersten Genuss eurer Sirrtha werdet ihr in der Lage sein, eure neuen Fähigkeiten zum Schutze und zum Wohle der Maroughigemeinschaft einzusetzen." Gork nickte ihnen zu, bevor er sich wieder zu den Maroughi umdrehte. „Es ist so weit, lasst uns gemeinsam zum Sirrthafeld ziehen und die Wandelung vollenden. Löscht die Fackeln."

Schlagartig entwickelten die Maroughi eine geschäftige Betriebsamkeit. Die Fackeln wurden in der Quelle gelöscht, Rauchschwaden zogen geisterhaft über die Lichtung und der Mond stand als große, leuchtende Scheibe am Himmel, die die Lichtung mit silbrigem Schein übergoss.

Wie aus dem Nichts stand plötzlich Fine neben Rhea, die erschrocken zusammenzuckte. „Nun kommt, ihr zwei", flüsterte Fine. „Ihr müsst die Spitze bilden und die Maroughi zum Sirrthafeld führen."

Sofort waren wieder ganze Armeen von Ameisen in Rheas Blut. Zum zweiten Mal am heutigen Tag bildeten die Maroughi eine lange Schlange, diesmal jedoch ohne sich an den Händen zu fassen und ohne zu tanzen und zu singen. Alles lief ruhig ab, doch diese Ruhe war irreführend, denn unter der Oberfläche brodelte eine nervöse Spannung, die sich niemand anmerken lassen wollte. Jeder war darauf bedacht, möglichst gelassen zu wirken, um die anderen nicht mit seiner fieberhaften Erregung anzustecken. Dann marschierten sie los, einer hinter dem anderen. Keiner sprach ein Wort. Es war eine lange Schlange, an deren Spitze Rhea und Eliah gingen. Endlich durften die Zwillinge den längst vertrauten Weg zum Sirrthafeld hoch erhobenen Hauptes gehen statt heimlich mit schlechtem Gewissen.

Die Geschwister tauchten als Erste in den dunklen Wald ein und Rhea hatte das Gefühl, von tiefen Schatten verschluckt zu werden, während ihr die schweigende Gemeinschaft in die Schatten folgte, bis der letzte Maroughi von der Lichtung verschwunden war.

Stumm folgte die lange Schlange der Maroughi den Zwillingen durch den Wald, Rhea hörte nur das leise Rascheln der Gewänder und ab und zu einen keuchenden Atemstoß. Manchmal knackte es, wenn ein Zweig unter den Füßen nachgab. Sonst hörte Rhea nur die Geräusche der nächtlichen Waldbewohner, die herumschlichen. Eine Eule rief und Rhea zuckte zusammen. Fast hätte sie gequiekt vor Schreck. Unheimliche Schatten jagten zwischen den Ästen hindurch. Rhea brauchte ein paar Augenblicke, um zu erkennen, dass es nur harmlose Fledermäuse waren, die unsichtbaren Insekten hinterherjagten. Das Mondlicht schimmerte durch die Bäume und ließ dunkle Schattenflecken auf dem Weg wachsen. Rhea fand, dass sie aussahen, als ob sie tiefe, bodenlose Löcher wären, die einen hoffnungslos verschluckten, und sie vermied es, direkt mit ihrem ganzen Fuß in so ein Schattenloch hineinzutreten. Sicher war sicher.

Nach einer Weile wurde es heller, doch es war nicht das kalte, harte Mondlicht, sondern ein weiches, warmes Licht, dessen Farben ständig wechselte. Rhea wunderte sich, woher dieses Licht kam. Hatten die Maroughi Fackeln rund um das Sirrthafeld entzündet?

Eliah, der als Erstgeborener vorneweg ging, drehte sich kurz zu Rhea um und sie konnte nur mehr erahnen, als dass sie es sah, dass ihr Zwillingsbruder ihr einen fragenden Blick zuwarf.

Auf einmal traten die Bäume in den Hintergrund und die Geschwister erreichten das Sirrthafeld – und waren überwältigt von dessen Anblick. Staunend betrachtete Rhea die Sirrtha, deren Anblick so wunderschön und so unerwartet war, dass Rhea völlig überrumpelt war. Für einen Augenblick hielt sie den Atem an, denn die Sirrtha leuchteten und glitzerten in einer unvorstellbaren Farbvielfalt und Intensität, als ob sie lebendig wären. Sämtliche gelbe, lilafarbene, blaue, grüne, violette, türkisfarbene Pilzkappen gaben fluoreszierendes Licht ab und die gestreiften, gepunkteten, gefleckten Muster auf ihren Kappen glitzerten und schillerten.

Das hatte Rhea nicht gewusst, nicht einmal vermutet. Sie wäre nie auf die Idee gekommen, dass es etwas so Prachtvolles überhaupt geben konnte. Und Fine und alle Maroughi hatten nie davon erzählt!

Immer noch schweigend standen sie am Sirrthafeld und warteten darauf, dass die anderen Maroughi aufschlossen und sich um das Feld gruppierten. Endlich hatte jeder einen Platz gefunden und verharrte stumm, in Erwartung der Dinge, die da kommen mochten. Keiner der anderen Maroughi rührte sich, alle warteten geduldig, nur Rhea wusste nicht, worauf.

Da wurde es auf einen Schlag stockdunkel, alle Farben erloschen. Die Sirrtha verschwanden so vollkommen in der Nacht, als ob Rhea einfach die Augen zugemacht hätte. Die Farben, die eben noch da gewesen waren, tanzten jetzt nur noch auf ihrer Netzhaut. Einen Augenblick später fing es an zwei unterschiedlichen Stellen im Sirrthafeld langsam wieder an zu leuchten. Erst bemerkte es Rhea kaum, so zaghaft war es. Doch mit jeder Sekunde nahm das Schimmern an Intensität zu und wurde stärker und stärker. Es waren zwei Sirrtha, zwei wunderschöne Sirrtha. Einer schimmerte in einem warmen dunklen Violett und hatte viele kleine glitzernde Punkte auf seinem Hut verstreut. Er war etwas kleiner als die anderen Sirrtha um ihn herum und der Stamm war etwas dicker geraten. Er saugte Rheas Blick förmlich an und ihr Verstand brachte immerzu nur noch ein Wort zustande: „Wunderschön, wunderschön."

Der andere Sirrtha zeigte ein intensives Zitronengelb und hatte große silberne, unregelmäßig geformte Flecken auf dem Hut. Er war groß und schlank und gerade gewachsen.

Da stand Gork unvermittelt hinter den Zwillingen, schob seinen Kopf zwischen ihren hindurch und flüsterte leise: „Nun, geht und esst von euren Sirrtha."

Rheas Magen wagte einen kleinen Hüpfer. Das war der Augenblick, auf den sie fast ihr ganzes Leben lang gewartet hatte. Vorsichtig trat sie auf das Sirrthafeld und bahnte sich einen Weg zwischen den anderen erloschenen Sirrtha hindurch.

Ohne zu überlegen, steuerte sie zielstrebig auf den violetten Sirrtha zu. Es gab gar keinen Zweifel, das war ihr Sirrtha, ihr Sirrtha des Friedens, es konnte gar nicht anders sein. Plötzlich wurde sie ganz ruhig. Die Zweifel der letzten Wochen, die Anspannung, ob Gork auch wirklich die richtige Wahl getroffen hatte, alles fiel nun von ihr ab wie eine zu groß gewordene Haut. Aus den Augenwinkeln nahm sie wahr, dass

Eliah sich auf den Weg zu dem zitronengelben Sirrtha gemacht hatte. Und dann stand sie vor ihm: Der Sirrtha reichte ihr bis zur Brust. Ehrfürchtig betrachtete sie ihn und fand ihn noch tausend Mal schöner als zuvor. Zärtlich berührte sie die glitzernde Kappe und streichelte über die Oberfläche, die weich, samtig und trocken war. Spontan beugte sich Rhea vor und sog die Luft ein. Sie wollte wissen, wie ihr Sirrtha roch – doch da war nichts, kein Duft, nicht einmal ein gewöhnlicher Pilzgeruch. Der Sirrtha roch überhaupt nicht. Wie tief sie die Nase auch hineinversenkte, es war, als ob die Nase taub war. Rhea konnte es kaum glauben. Wie konnte so etwas Schönes und Edles keinen Duft haben? Sie fühlte sich betrogen und enttäuscht, als hätte sie etwas verloren, das sie gerade eben erst bekommen hatte. Oder als hätte jemand ein lang gegebenes Versprechen nicht eingelöst.

Sie richtete sich wieder auf und betrachtete den Sirrtha aufs Neue. Ja, er war wunderschön, aber nicht perfekt. Rheas Bedauern verflog und sie freute sich jetzt nur noch darauf, den Sirrtha zu schmecken. Vielleicht war das ja ein Genuss. Vorsichtig brach sie ein Stück aus der Kappe und hielt es sich vor den Mund. Dort, wo der Sirrtha eben noch unversehrt war, klaffte nun eine große, hässliche Lücke und das frische, weiche Pilzfleisch hob sich ekelhaft weiß von den violetten Bruchrändern ab. Rhea betrachtete betroffen das Loch, das sie in die Kappe gerissen hatte. Sie hatte ihn verletzt, ihn kaputtgemacht und die Wunde sah fürchterlich aus. In diesem Moment empfand Rhea eine so umfassende Traurigkeit, dass sie am liebsten das Stück wieder heil gemacht hätte und ganz schnell geflüchtet wäre. Was hatte sie ihrem Sirrtha nur angetan? Dann rief sie sich zur Ordnung. Sie musste ja ein Stück herausbrechen, wenn sie es essen wollte, anders ging es ja gar nicht.

Doch als sie sich den Bissen in den Mund schieben wollte, kam ihr ein anderer Gedanke. Sie zögerte erneut, als ihr bewusst wurde, dass dies der letzte Moment ihrer bisherigen Kindheit war. In einer Sekunde würde sie die nächste Stufe erreichen auf dem Weg zum Erwachsenwerden und dieser Moment wäre vorbei – mit ihm ihr bisheriges vertrautes Leben. Ganz tief in ihrem Bewusstsein flackerte erneut die Sorge auf, was wäre, wenn Gork sich doch geirrt hätte, doch Rhea wollte nicht mehr zurück. Viel zu lange hatte sie auf diesen Moment hin gefiebert und wollte ihn sich jetzt nicht mehr durch ihre Zweifel zerstören lassen. Entschlossen machte sie kurzen Prozess und schob sich das Stück des Friedenssirrtha in den Mund. Langsam fing sie an zu kauen. Doch so wie der Sirrtha roch, so schmeckte er auch – nach gar nichts. Als ihre Zähne durch das Pilzfleisch fuhren, knackte es leicht und Rhea musste an knackige Schleimschnecken denken, igitt. Kauend wartete sie immer noch. Erfolglos. Nun schluckte sie und wartete: immer noch nichts. War das normal?

Rhea hatte gedacht, dass sie vielleicht unsägliche Krämpfe und unerträgliche Schmerzen aushalten müsse, dass sie sich zusammenkrampfen und durchhalten müsse, bis der Schmerz endlich abebben würde, selbst wenn Gork den richtigen Sirrtha gewählt hatte. Doch nichts dergleichen geschah. Sollte sie erleichtert darüber sein? Oder enttäuscht, dass dieser Augenblick so unspektakulär vorüberging? Oder war es doch der falsche Sirrtha? Fast hätte Rhea das Stück wieder ausgewürgt, aber nun war es ohnehin schon zu spät dafür.

Immer noch starrte sie auf den Sirrtha, dessen silbrige Punkte ihr geradezu ins Gesicht sprangen. Sie schienen förmlich aus der Kappe herauszuwachsen und schimmerten unglaublich klar und rein. War dies vorher schon so gewesen? Rhea sah sich um – und keuchte. Ihre Wahrnehmung hatte sich verändert, auf einmal konnte sie alles haargenau erkennen, alles wurde gestochen scharf und jedes Detail, das Rhea betrachtete, trat glasklar in ihren Fokus, als hätte sie ihr bisheriges Leben unter einem grauen Schleier verbracht, den nun jemand von ihrem Bewusstsein gezogen hatte. Staunend betrachtete sie die Bäume, die ihre Äste in die Dunkelheit streckten. Rhea konnte jeden einzelnen Ast, jedes noch so kleine Blättchen, jede Verzweigung und jede Bewegung erkennen. Sie konnte auf einmal in der Dunkelheit schärfer und klarer sehen als je zuvor in ihrem Leben. Und sie hörte besser, sie hörte das leiseste Rascheln, das die Blätter der Bäume ringsherum im leichten Luftzug verursachten, sie hörte die Insekten um sich herum schwirren, sie hörte sogar die ganzen kleinen Käfer und Krabbeltiere, die im Boden herumgruben und arbeiteten. Es war, als ob ihre Sinne endlich aufgewacht waren. Da rauschte es über ihr und Rhea hob den Kopf. Eine Eule segelte mit weit gespreizten Flügeln über sie hinweg und Rhea konnte jedes einzelne Härchen der Federn erkennen, das sich im Flugwind bog. Gleichzeitig hörte sie das Rauschen der Federn im Wind wie einen tosenden Wasserfall. Dann schlug die Eule mit den Flügeln und Rhea zuckte zusammen, als ein Donnerschlag in ihrem Gehörgang explodierte.

Die Eule verschwand und Rhea sah in den endlosen blauen Nachthimmel, der mit Abermillionen funkelnder, schimmernder und blinkender Sterne dicht an dicht übersät war. Sie hingen dort wie unzählige funkelnde Diamanten, die nur für diesen Augenblick geschaffen waren. Rhea war gefangen von dieser unglaublichen Schönheit und konnte sich gar nicht sattsehen daran. Das war es also, eine Veränderung ohne Schmerzen und vollkommen zur Natur hin.

Dann war der zauberhafte Moment Vergangenheit. Ganz langsam kam das Leuchten der anderen Sirrtha zurück. Rhea, die mittendrin stand, drehte sich um ihre eigene Achse. Erstaunt betrachtete sie das Schauspiel, bis sie begriff, dass ihre Wandelung abgeschlossen war. Rhea sah sich um, auf der Suche nach ihrem Bruder. Sie sah ihn, er stand reglos da und starrte nach oben. Wahrscheinlich ging es ihm genauso wie ihr Augenblicke zuvor, denn auch er sog offensichtlich die neuen Empfindungen in sich auf.

Plötzlich überrollte Rhea die Erschöpfung und die Aufregung der letzten Tage. Bleierne Müdigkeit suchte sich ihren Weg durch jede Pore von Rheas Körper und sie war überzeugt, keinen Schritt mehr vorwärtsgehen zu können. Dennoch setzte sie sich langsam in Bewegung und kehrte zu den wartenden Maroughi am Rand des Sirrthafelds zurück.

Eliah folgte seiner Schwester. Mit den Zwillingen abermals an der Spitze marschierte die Schlange ebenso schweigsam wie zuvor durch den Wald zurück auf die Lichtung mit der Quelle und den Weg ins Dorf hinein, wo sie sich langsam auflöste. Die Geburtstagsfeier war vorbei, die Wandelung abgeschlossen. Keiner hatte irgendetwas Ungewöhnliches im Wald bemerkt.

Zu Hause angekommen, fielen die beiden erschöpft in ihre Betten. Rhea war eingeschlafen, noch bevor sie darüber nachdenken konnte, ob sie nach diesem Erlebnis überhaupt einschlafen konnte.

Kattra

Endlich waren die Maroughi an ihm vorbeigezogen – und diese dummen Geschöpfe hatten ihn nicht einmal bemerkt, wie sorglos. Er hatte sich aber auch so still verhalten wie in seinem ganzen Leben noch nicht, er war förmlich zur Steinstatue erstarrt und bewegungslos mit seiner Umgebung verschmolzen. Wenn er nicht entdeckt werden wollte, wurde er auch nicht entdeckt. Nur das Stillhalten seiner Tentakel kostete ihn einiges an Konzentration. Zur Sicherheit wartete er noch eine Weile regungslos im Gebüsch ab, aber alles blieb ruhig, die Maroughi waren weg. Kattra erhob sich, schüttelte leicht seine verkrampften Arme und Beine und bewegte sanft seine Tentakeln. Dann machte er sich auf den langen Weg nach Hause zu seinem Heer. In Gedanken versunken ging er rasch in der Dunkelheit dahin. Er brauchte keine Fackeln, er konnte in der Nacht genauso gut sehen wie am Tag.

Die Maroughi waren ja so ahnungslos! So naiv! Diese Befragungen hätte Gork sich sparen können. Sinn und Zweck seiner Fragen waren so offensichtlich gewesen – und Kattra kamen die Lügen leicht über die Lippen. Alle hatten sich täuschen lassen, diese dummen Maroughi. Einzig dieser Eliah schien misstrauisch geworden zu sein. Kattra hatte ihn des Öfteren beobachtet, ohne dass Eliah dies überhaupt bemerkt hatte. Offensichtlich hatte der Maroughi ihm nachspioniert. Doch da musste so ein Maroughi schon früher aufstehen, um ihn, Kattra, auszuspionieren. Dem Khyroi entkam ein kehliges Lachen. Ja, Kattra war ein Meister der Verstellung! Allerdings war dann diese Rhea mit dem seltsamen Stein an ihrem Hals von der Eule der Verdammnis zurückgekehrt und er konnte nicht mehr länger bleiben. Er spürte die Macht des Steins, auch wenn er sie nicht verstand – noch nicht verstand. Aber er spürte, dass er sofort aufbrechen musste. Doch er wollte nicht gehen, ohne vorher die Wandelung miterlebt zu haben, denn er wollte seinem Fürsten nicht mit leeren Händen gegenübertreten.

Den vergangenen Tag hatte er sich im Wald herumgetrieben, keiner hatte ihn entdeckt, keiner hatte auch nur eine Ahnung, dass er immer noch hier war. Sie dachten alle, er hätte sich aus dem Staub gemacht und wäre bereits über alle Berge. Doch stattdessen hatte er heute Nacht die Geburtstagsgesellschaft ausspioniert und sie keinen Augenblick aus den Augen gelassen, um nur ja alles von der Wandelung am Sirrthafeld mitzubekommen.

Bei dem Gedanken an die Sirrtha fiel ihm wieder sein eigenes Versagen ein. Nun ja, das mit den Sirrtha war dumm gelaufen. Warum hatte er sich auch dazu hinreißen lassen, diese vermaledeiten Dinger überhaupt zu kosten? Er wusste doch, dass sie Gift für ihn waren. Doch die Versuchung war einfach zu groß gewesen und er konnte nicht widerstehen. Dumm, dumm gelaufen. Das war so unfair, warum konnten die Maroughi die Sirrtha essen und er nicht? Doch dank der guten Krankenpflege hatte er es ja überstanden.

Andererseits hatte seine durchlittene Qual auch sein Gutes gehabt, denn sonst hätte er niemals dieses Ding in die Finger bekommen. Dieses Ding, das so mächtig war. Er spürte dessen Macht, er konnte sie fast sehen, so stark war sie, nur verstand er sie genauso wenig wie die des Steins an Rheas Hals.

Kattra wurde plötzlich unruhig und tastete schnell an seinem Moosmantel entlang. Ja, es war noch da, zum Glück. Die leichte Ausbuchtung des Mantels an seiner Hüfte beruhigte Kattra. Er durfte das Ding nur nicht verlieren. Hoffentlich würde der Fürst der grausamen Khyroi zufrieden mit ihm sein, sonst war alles umsonst gewesen und sein eigenes Leben verwirkt.

Die Nacht zog sich zurück und der Tag verdrängte die letzten Schatten. Kattra hatte seinen Grashügel fast erreicht. Er schritt immer noch hurtig aus, als ob er gerade erst losmarschiert wäre. Keinerlei Anzeichen von Müdigkeit oder Schwäche durch die überstandene Krankheit machten sich bemerkbar. Noch einmal musste er sich widerwillig eingestehen, dass Fines Pflege mehr als lebensrettend für ihn gewesen war.

Der Wald lichtete sich und vor ihm lag ein weitläufiges Tal, an dessen Ende sich ein gewaltiger grasbewachsener Erdhügel erhob, der sich an einen felsigen Berghang schmiegte. Die Wiese war übersät mit weißen Gänseblümchen, zwischen denen sich kleine Büschel blauvioletter Gewitterblümchen ausbreiteten, und hier und da leuchtete gelber Löwenzahn. Die Sonne schien von einem wolkenlosen Himmel, während Schmetterlinge taumelnd über das Gras tanzten. Nun war Kattra gleich am Ziel. Er kicherte erneut und schritt noch rascher aus, er wollte endlich seinem Fürsten Bericht erstatten.

***

Der Khyroi betrat den Erdhügel und war sofort von kühler Luft umgeben. Ein intensiver Erdgeruch vermischte sich mit dem Gestank verrottender Pflanzenteile: Kattra war zu Hause.

Der Erdhügel hatte gigantische Ausmaße. Er war durchlöchert von Hunderten von Tunneln und Kammern, die sich durch alle Ebenen des Hügels zogen. Alles war stockdunkel. Das Heer der Khyroi brauchte kein Tageslicht, um sich zurechtzufinden, denn durch ihre Augen sahen sie alles in einem stetigen, hellblauen Licht schimmern.

Geschäftig eilte Kattra durch die endlosen, dunklen Tunnel des Erdhügels: hinauf, geradeaus, linksherum, dann leicht schräg nach oben, dann wieder rechts herum und schließlich ein Stück wieder abwärts. Kattra wusste genau, wo er entlangzugehen hatte.

Endlich landete er vor einer geschlossenen Tür, vor der links und rechts zwei kleine Khyroi Wache hielten, klein und dick und weiß. Einer der Wächter trat ihm in den Weg und fragte: „Was ist dein Begehr?"

Kattra erwiderte leicht ungeduldig: „Ich bin Kattra, der Spion, und ich muss dringend den Fürsten der grausamen Khyroi sprechen."

Ohne Weiteres trat der Wächter zur Seite und nickte ihm zu. Offensichtlich hatte er Anweisung, Kattra sofort einzulassen. Kattra wurde mulmig. Er öffnete die schwere Tür, die knarzend aufschwang, und betrat das Reich des Fürsten der grausamen Khyroi.

Dieser saß am Ende eines langen Saals auf einem Steinthron, der grob aus dem Felsen herausgehauen war. Der Fürst war eine eindrucksvolle Erscheinung. Er überragte selbst im Sitzen Kattra um Haupteslänge. Seine Tentakeln auf dem Kopf waren eineinhalb mal so dick wie die Kattras und viel sehniger. Sie leuchteten knallrot und bewegten sich so geschmeidig umeinander herum, als ob sie einen langsamen Tanz tanzten. Erwartungsvoll sah der Fürst der grausamen Khyroi seinem Spion entgegen.

Dieser ging ehrfürchtig auf den Fürsten zu und sank mit gesenktem Kopf vor ihm auf die Knie. Der Fürst der grausamen Khyroi erhob schnarrend die blecherne Stimme. „Nun, Kattra, du bist zurück. Hast du deinen Auftrag zu meiner Zufriedenheit ausgeführt?"

Vor diesem Moment hatte Kattra Angst gehabt. Er war sich nicht sicher, ob er seine Mission richtig erfüllt hatte. „Wie man es nimmt, Eure Königliche Fürstenheit."

„WAS?", donnerte der Fürst auch prompt los und Kattra zuckte zusammen. „Was soll das heißen? Hast du ihn nun ausgeführt oder nicht?"

Verlegen drehte Kattra seine Hände ineinander, sich immer noch verneigend und auf einem Bein kniend. Er wagte weder, dem Fürsten der grausamen Khyroi in die Augen zu sehen, noch seine Tentakeln auch nur einen Hauch zu bewegen. „Nun ja, mein Herrscher. Ich habe die Prozedur der Sirrthaerwählung ausspioniert."

„UND?" Die Stimme rumpelte durch den Saal. „Hast du das Geheimnis der Sirrtha herausgefunden? Sprich!"

Kattra schluckte, sein Mund war trocken. Das war ein heikler Punkt, vor dem er sich gefürchtet hatte. „Nun, meine Hoheit, dieses Geheimnis konnte ich leider nicht ergründen, weil ..." Weiter kam er nicht.

„WAS! Und du wagst es, mir so unter die Augen zu treten?" Die Stimme des Fürsten schwoll immer mehr an. „Ich werde dich den Schnecken zum Fraß vorwerfen, du Ausgeburt an Unfähigkeit!" Zornig stampfte er mit dem Fuß auf, seine Tentakeln streckten sich nach Kattra.

„Aber, mein Fürst, das ist ja das Dumme. Ich konnte das Geheimnis nicht ergründen, weil Naron recht hatte." Hastig sprudelte Kattra diese Worte hervor, sich dessen bewusst, dass es seine einzige Chance war, sich zu rechtfertigen.

Der Fürst der grausamen Khyroi hielt inne und sah Kattra immer noch zornig an. „Wieso, es gibt kein Geheimnis? Wie kann das sein?"

Schnell ergriff Kattra die Gelegenheit und überschlug sich fast in dem Bemühen, so viel wie möglich ohne Unterbrechung hervorzubringen. „Naron hatte recht, es gibt kein Geheimnis. Es ist wirklich so, dass die Maroughi mit Vollendung ihres zwölften Lebensjahres einfach so in der Lage sind, die Sirrtha schadlos zu essen."

Der Fürst der grausamen Khyroi brauste erneut auf. „Du nichtsnutziger Tölpel, du! Lüge mich nicht an! Das kann nicht sein, nein, das kann nicht sein!" Er brüllte so laut, dass die weißen Wächter vor der Türe zu zittern anfingen. „Jahrelang habe ich gebraucht, um nach Narons Tod ein einigermaßen fähiges Heer heranzuzüchten, damit ich endlich das Geheimnis ergründe und mir die Macht der Sirrtha aneignen kann. Und jetzt, wo es endlich so weit ist, wagst du es, mir ins Gesicht zu sagen, DASS ES KEIN GEHEIMNIS GIBT?!"

So laut hatte Kattra den Fürsten der grausamen Khyroi noch nie brüllen gehört und er musste den Impuls unterdrücken, einfach umzudrehen und zu flüchten.

„Ich habe dich eigens dafür gezüchtet und zum exzellenten Spion ausbilden lassen, damit du mir das Geheimnis präsentierst. Und nun sagst du, es gibt kein Geheimnis! Erkläre mir das, und zwar auf der Stelle, du nutzloser Tölpel!" Kattra ließ sich die Beleidigung nicht anmerken. Doch er wagte kaum, zu antworten. „Ich kann mir das nur so erklären, dass die Maroughi irgendetwas in sich tragen, das sie für das Gift immun macht. Irgendein spezielles Maroughi-Gen oder so."

„Und wie kommst du darauf?", polterte der Herrscher weiter.

„Ich habe eine Weile bei ihnen gelebt, um sie besser ausspionieren zu können." Dass dies nicht so ganz sein ursprünglicher Plan gewesen war und er durch seine eigene Dummheit beinahe selbst gestorben wäre und nicht freiwillig bei den Maroughi geblieben war, verschwieg er vorsichtshalber.

„Aha! Ich habe mich schon gefragt, ob du auf Nimmerwiedersehen verschwunden bist, du lahme Schnecke. Es wurde auch langsam Zeit, dass du zurückgekommen bist", wetterte der Fürst, um kein bisschen besänftigter.

Kattra gab sein Bestes und verneigte sich noch ein wenig tiefer. „Ich habe sie genau beobachtet: Was sie essen, was sie trinken, wie sie einatmen, womit sie sich einreiben oder sonst was. Doch ich konnte beim

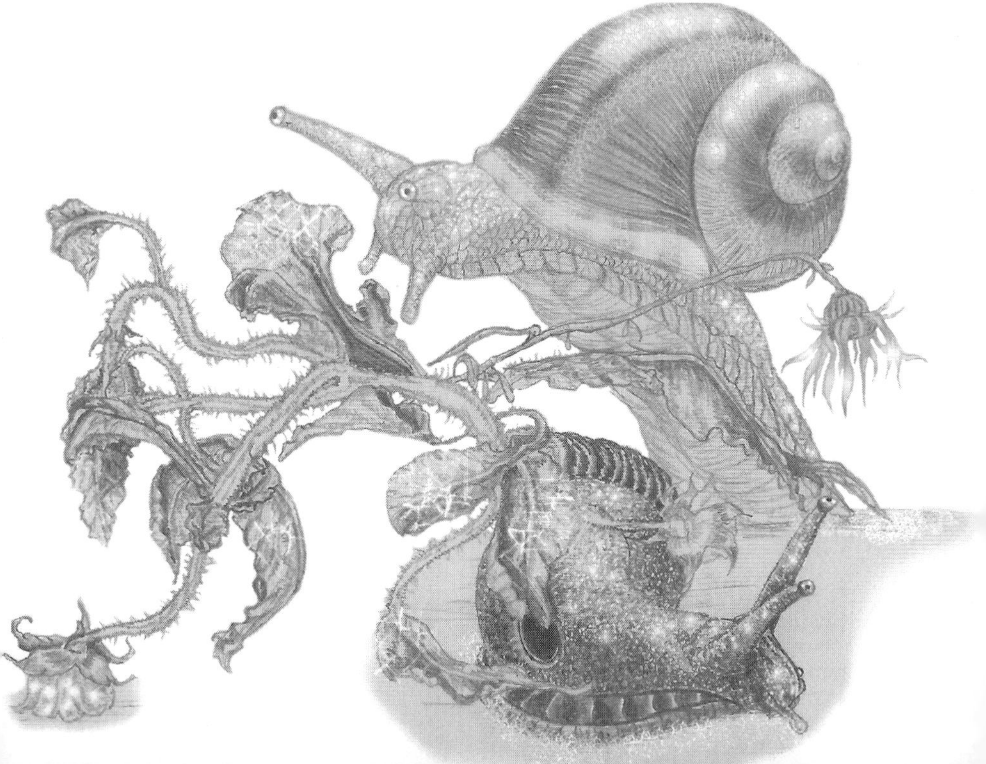

besten Willen nichts finden, kein Ritual, kein Wässerchen, kein Düftchen ..."

„Genug, genug, du Schwätzer!", zeterte der Fürst der grausamen Khyroi.

Kattra, der immer noch kniete, traute sich, dem Fürsten ins Gesicht zu blicken.

„Du Taugenichts, du Verschwendung meiner Zeit! Wofür habe ich dich ausgebildet? Dafür, dass du mir belangloses Geschwätz präsentierst? Alles umsonst, du Ausgeburt an Nichtsnutzigkeit! Schluss mit meiner Gutmütigkeit, ich werde deine Tentakeln in Kräuterbutter braten und dann genüsslich verspeisen!" Er schlug mit der Faust auf die steinerne Armlehne, was ihm nicht im geringsten etwas auszumachen schien.

Kattras Körper fing an, unkontrolliert zu zittern. „Nein, nicht, mein Herrscher und Gebieter! Haltet ein! Vielleicht war ich doch nicht so ganz nutzlos", rief er, als ihm wieder einfiel, was er in seinem Moosmantel versteckt hielt. Vielleicht konnte ihn dieses Ding retten. Rasch schob er seine Hand in die Tasche und zog die geschlossene Faust wieder hervor. Vorsichtig hielt er sie dem Fürsten der grausamen Khyroi entgegen. „Hier, mein Gebieter, ich habe ein Geschenk für Euch." Er schluckte, dann sagte er kleinlaut: „Vielleicht hat es die Macht, die ihr sucht." Wenn dieses Ding den Fürsten der grausamen Khyroi nicht besänftigen konnte, landeten seine Tentakeln in heißem Frittierfett – ohne Körper. Zögernd öffnete er Stück für Stück seine Klauenfinger, jede Bewegung verfolgt von dem gierigen Blick des Fürsten: Eliahs geheimnisvoller Kristall lag funkelnd in Kattras Handfläche und sandte seine leuchtend bunten Strahlen tausendfach in die Dunkelheit hinaus.

Die Brommler der Elkinne

Ein paar Tage nach ihrer Wandelung saßen die Zwillinge in der warmen Nachmittagssonne müßig auf dem Baumstamm vor ihrem Wurzelwerk. Wolke leistete ihnen Gesellschaft und lag sich wohlig rekelnd zu Rheas Füßen.

„Nun haben wir endlich unsere Wandelung hinter uns", seufzte Rhea, „auf die wir unser ganzes Leben gewartet haben. Jetzt sind wir eine Stufe weiter auf dem Weg zum Erwachsenwerden. Fühlst du dich anders?", fragte sie Eliah.

„Irgendwie nicht. Eigentlich hatte ich erwartet, dass man sich endlich groß fühlt, aber ich merke keinen Unterschied."

„Mir geht es genauso", sagte Rhea. „Eigentlich fühle ich mich nicht anders als zuvor. Einzig die verstärkte Wahrnehmung macht mir zu schaffen. Alles sieht so ungewohnt aus, viel plastischer, klarer und schärfer. Wolkes Fell ist noch viel flauschiger als zuvor. Hätte ich nicht gedacht, dass das überhaupt möglich ist."

„Ja, und die eigentlich vertrauten Geräusche klingen völlig anders als bisher. Vielleicht dauert es einfach ein wenig, bis wir uns daran gewöhnt haben." Eliah gähnte. „Vielleicht wird es nach jedem Besuch auf dem Sirrthafeld ein bisschen vertrauter. Apropos Sirrthafeld, bald werden wir unseren Sirrthas wieder einen Besuch abstatten müssen, unseren ersten eigenständigen und endlich nicht mehr verbotenen", grinste Eliah.

„Ich kann es kaum erwarten, meine Fähigkeit einzusetzen", sagte Rhea.

„Oh ja, ich brenne darauf. Ich hoffe, es wird nicht mehr allzu lange dauern. Ich bin so gespannt darauf, was für ein Gefühl es sein wird, wenn ich plötzlich Dinge über einen Fremden weiß, ohne sie laut gehört zu haben. Das ist doch bestimmt irgendwie komisch."

„Und wie erfahren wir sie, ich meine, wie gelangen sie in unser Gehirn?", fragte sich Rhea.

„Vielleicht ist es so, als ob wir lesen oder uns Bilder ansehen würden. Ob es wohl wehtut?"

Darüber musste Rhea erst nachdenken. „Das glaube ich nicht. Fine macht das bei den Kranken doch ständig. Und sie hat noch nie gesagt, dass es wehtut." Stille.

Rheas und Eliahs Blicke kreuzten sich und Rhea wusste, was ihr Zwillingsbruder in diesem Moment dachte. Da sprach er es auch schon aus: „Lass es uns doch einfach gegenseitig ausprobieren."

„Ich wusste, dass du das sagst. Ich habe genau das Gleiche gedacht."

Sie wandten sich einander zu und Eliah strecke seine Hände nach Rheas Armen aus. Seine Schwester tat es ihm gleich. Zaghaft umfasste sie mit beiden Handflächen Eliahs warme Oberarme und wartete. Sie spürte seinen leichten Griff um ihre eigenen Arme und beide sahen sich an, doch nichts geschah. Sie warteten, während die Sekunden verstrichen – ereignislos. Dann ließen sie enttäuscht die Arme sinken und Eliah meinte: „Offenbar funktioniert es nicht, wahrscheinlich stehen wir uns zu nahe. Vielleicht klappt es bei Blutsverwandten nicht."

„Aber wenn wir krank sind und Fine uns berührt, geht es ja auch."

„Stimmt. Vielleicht funktioniert es nur bei Zwillingen nicht?"

„Ich kann dir schon sagen, warum du nichts gemerkt hast, denn ich schmiede keine Rachepläne", sagte Rhea.

„Ach, aber dann kann ich mit Sicherheit sagen, dass es nicht funktioniert, denn du hättest meine ganzen Lügen erfahren. Viel Spaß beim Entwirren meines Lügennetzes." Woraufhin beide in schallendes Gelächter ausbrachen.

„Aber irgendwie ist die Vorstellung schon ein bisschen unheimlich, jemand Fremden zu berühren", sagte Rhea, nachdem sie wieder zu Atem gekommen war. „Es ist bestimmt nicht leicht, jeden berühren zu müssen. Stell dir nur mal vor, du müsstest Kattras spindeldürre, bleiche Arme umfassen. Igitt!" Sie schüttelte sich und Eliah musste erneut grinsen. Da kniff Rhea ihren Bruder in den Arm. „Aua, was soll denn das? Du tust mir weh."

„Entschuldige, das wollte ich nicht. Aber ich hatte eben eine grandiose Idee!"

„So? Welche denn?"

„Wir denken uns einfach etwas aus und probieren es dann erneut. Du denkst dir eine richtig gemeine Lüge über mich aus und ich schmiede einen richtig fiesen Racheplan gegen dich. Dann probieren wir es noch einmal, dann muss es doch funktionieren! Wenn nicht, hat Gork doch die falschen Sirrtha erwischt und wir können uns vielleicht unseren ersten Sirrthafeldbesuch bereits sparen, weil wir den dann nicht mehr erleben werden." Als sie Eliahs erschrockenes Gesicht sah, fügte sie hinzu: „Das war ein Scherz! Natürlich hat Gork die richtigen Sirrtha gewählt, sonst hätten wir es ja schon beim ersten Mal gemerkt."

„Puh, du hast mich ganz schön erschreckt! Aber deine Idee hat was. Also gut, denken wir uns was aus."

Rhea kniff vorsichtshalber die Augen zusammen, so konnte sie besser denken. Trotzdem fiel es ihr schwer, sich etwas Gemeines auszudenken, das die Maroughigemeinschaft in Gefahr brachte, wie unheimlich. Funktionierte es auch, wenn man sich vorstellte, man sei jemand anderes? Etwa Kattra, der alle Sirrtha auf dem Sirrthafeld zertrampeln würde? Aber sie wollte sich nicht vorstellen, dass sie Kattra sei, also wandelte sie die Vorstellung leicht ab, indem sie Kattra befahl, das Sirrthafeld zu zerstören. Diese Vorstellung war genauso gruselig.

„Ich bin fertig", unterbrach Eliah Rheas Gedankengang. „Bist du so weit?" Rhea schluckte und nickte.

Wieder spürte sie seinen leichten Griff um ihre Arme, während sie selbst seine Wärme in ihren Handflächen spürte. Sie sahen sich in die Augen.

„Spürst du was?", flüsterte Eliah.

Rhea schüttelte den Kopf.

„Oder siehst du was?"

„Nö. Du?", fragte Rhea.

Diesmal schüttelte Eliah den Kopf. Enttäuscht ließen sie los.

„Warum funktioniert es denn nicht?", fragte Eliah. „Gibt es einen besonderen Trick dabei?"

„Vielleicht müssen wir die Augen schließen? Oder vielleicht kommt die Fähigkeit erst, wenn man es dreimal erfolglos versucht hat?"

Jetzt kicherte Eliah. „Wie im Märchen."

„Komm, lass es uns noch einmal probieren", sagte Rhea und griff nach Eliahs Armen. Kaum hatte sie sie berührt, wurde Rhea in einen Tunnel gezogen. Vor lauter Schreck ließ sie los und sah Eliah entgeistert an. „Es funktioniert! Es hat funktioniert!"

„Echt jetzt?" Eliah war fassungslos. „Wieso hat es jetzt funktioniert?"

Rhea nagte an ihrer Unterlippe. „Vielleicht, weil nur einer von uns beiden den anderen berührt hat. Vorher haben wir uns immer gleichzeitig gehalten. Vielleicht geht es immer nur in eine Richtung."

„Und wie war es? Was hast du gesehen? Hast du die Lüge gesehen, die ich mir ausgedacht hatte?"

„Nein, dazu habe ich wohl zu früh losgelassen. Ich war so erschrocken."

„Dann lass mich jetzt mal", sagte Eliah und fasste nach Rheas Armen. Sie sah ihrem Bruder ins Gesicht, der die Augen schloss und ganz ruhig dastand. Dann öffnete er die Augen wieder und ließ sie los. Ein zufriedenes Grinsen breitete sich über sein Gesicht aus. „Es funktioniert!"

„Was hast du gesehen?"

Nun wurde Eliahs Miene finster. „Ich habe Kattra gesehen, wie er wie ein wild gewordenes Stinktier über das Sirrthafeld wütet und jeden einzelnen Sirrtha zerhackt." Rhea sah, wie es ihn schüttelte. „Schreckliche Vorstellung."

„Und was wirst du dagegen unternehmen?"

Eliahs Grinsen kehrte zurück. „Ich werde dich alle Elkinnen-Krankenbesuche der nächsten zehn Jahre übernehmen lassen. Dann wird dir so schlecht werden, dass du im Leben nicht mehr daran denkst, deiner Gemeinschaft noch einmal zu schaden."

„Uh, wie eklig. Ich gelobe, mir keine weiteren Unternehmungen mehr auszudenken, die meiner Gemeinschaft schaden. So, nun bin ich an der Reihe! Mal sehen, ob ich auch deine Lüge erkenne."

Gespannt fasste Rhea nach den Armen ihres Bruders und schloss die Augen. Sofort hatte sie wieder das Gefühl, in einen langen, dunklen Tunnel gesogen zu werden. Doch diesmal ließ sie die Arme ihres Bruders nicht los. Stattdessen raste sie auf das Ende des Tunnels zu, dann sah sie Bilder in ihrem Kopf aufblitzen: sich selbst, wie sie sich in ihre gemeinsame Schlafkammer stahl, offensichtlich auf der Hut vor ihrem Bruder. Als Nächstes sah sie, wie sie zu Eliahs Steineregal schlich, sich den schönen, geheimnisvoll funkelnden Kristall schnappte und in ihre Rocktasche steckte. Sie riss die Augen auf und keuchte. „Du glaubst immer noch, dass ich deinen Kristall gestohlen habe?" Rhea merkte, wie die Wut über diese Verdächtigung heiß in ihre Kehle stieg und ihren Hals verklebte.

„Hervorragend! Auch bei dir hat es funktioniert. Und das bestens! Beruhige dich, Schwesterchen, das habe ich mir doch nur ausgedacht! Natürlich weiß ich, dass du den Kristall nicht geklaut hast. Obwohl es mir bis heute ein Rätsel ist, wo er abgeblieben ist."

„Oje, die Bilder waren aber auch zu plastisch. Ich glaube, ich muss aufpassen und immer daran denken, dass ich ja nur Lügen sehe, wenn ich meine Fähigkeit einsetze. Sonst reißen mich die Emotionen um."

„Fein, dass es funktioniert“, sagte Eliah.

In dem Moment kam Heli vorbei. „Hallo, ihr zwei! Na, habt ihr nichts zu tun? Keine Streifzüge durch das Unterholz?“

„Hallo, Heli, schön, dich zu sehen“, antworteten die Zwillinge gleichzeitig.

„Ich bringe Fine einen Korb voll Kräuter, die von der Wandelungsfeier übrig geblieben sind. Sie kann sie sicher besser brauchen als ich“, sagte Heli, wobei sie den Korb schwenkte, den sie in der Hand trug.

Da sprang Rhea vom Baumstumpf auf und hüpfte auf Heli zu. Sie hatte eine Idee. Wolke fand das gar nicht gemütlich und ließ sich mit einem beleidigten Blick auf Rhea neben Eliah nieder.

„Das ist nett von dir, da freut sich Fine ganz bestimmt“, sagte sie strahlend und griff mit beiden Armen nach Heli, als wollte sie sie vor Freude herumwirbeln.

„Na, du bist aber heute gut gelaunt“, lachte diese.

Rhea nahm Helis Arme in die Hände. Sie waren kühl und glatt. Kaum hatte sie sie berührt, wurde Rhea in einen Sog mitgerissen, der sie herumriss und in einen tiefen, dunklen Tunnel holte, bevor sie Bilder in ihrem Kopf sah. Gute Bilder, schöne Bilder, Bilder von Blumengebinden und Tannenzweigen. Keine Lüge trübte das Bild, von Heli ging nichts Schlechtes aus. Im Gegenteil, Rhea fühlte sich ruhig und gelassen, als sie Helis Arme wieder losließ. Es hatte funktioniert! Sie hatte zum zweiten Mal ihre Fähigkeit ausprobiert und es war nicht schlimm oder unangenehm gewesen. Zwar hatte sie nichts herausgefunden, aber bei Heli gab es wohl auch keinerlei Niedertracht.

Heli sah sie mit großen Augen an. „Hast du soeben deine Fähigkeit bei mir ausprobiert?“

Rhea, die sich ertappt fühlte, merkte, wie sie rot wurde. „Ja, habe ich. Aber du brauchst dir keine Sorgen zu machen, bei dir gibt es nichts zu entdecken.“

„Na, nun kann ich ja beruhigt schlafen.“ Heli zwinkerte mit den Augen, dann verschwand sie im Wurzelwerk.

„Du hast tatsächlich deine Fähigkeit bei Heli ausprobiert?“, fragte Eliah. „Wie war es? War es unangenehm? Hast du was gesehen?“

Rhea setzte sich wieder zu ihrem Bruder auf den Baumstumpf. „Erst war da wieder dieser Tunnel. Und am anderen Ende waren lauter Bilder. Es gab nichts Unangenehmes, alles war leicht und unbeschwert.“ Sie kicherte. „Da waren Bilder von Blumen und Tannenzweigen.“

„Dann wissen wir jetzt wenigstens, dass es wirklich funktioniert. Hoffentlich ist der erste richtige Einsatz meiner Fähigkeit auch so angenehm.“

Gerade wollte Rhea ihrem Bruder antworten, da kamen Fine und Heli aus dem Wurzelwerk. Rhea und Eliah verstummten augenblicklich.

„Dann wünsche ich euch zwei noch einen friedvollen Nachmittag“, sagte Heli zu den Zwillingen, bevor sie noch einmal zwinkerte und sich von Fine verabschiedete.

Die Heilerin gesellte sich zu ihren Kindern, das Weidenkörbchen mit den frischen Kräutern am Arm. Sie setzte sich und begann, die Kräuter zu putzen und auszusortieren, was nicht mehr verwendet werden konnte. „Na, ihr zwei? Heute keine Erkundungsgänge in der Umgebung?“

Rhea stützte das Kinn in die Hände und schob mit ihrem Fuß die trockene Erde zu kleinen Häufchen zusammen.

„Kann ich dich mal was fragen, Fine?“

„Aber ja doch, Rhea, nur zu.“ Konzentriert bearbeitete Fine weiter ihre Kräuter und Rhea stieg der intensive Geruch von Oregano in die Nase.

„Warum können wir die Sirrtha an unserem zwölften Geburtstag erst nach Mitternacht essen? Bei dir ist es doch auch egal, wann du gehst, du kannst irgendwann in der Nacht gehen.“

„Weil man dann sicher sein kann, dass der zwölfte Geburtstag auch wirklich vollzogen ist. Vor Mitternacht besteht immer noch ein Restrisiko. Es gibt ja auch Kinder, die noch eine Minute vor Mitternacht geboren wurden.“

Das leuchtete Rhea ein. Sie rutschte von dem Baumstamm und setzte sich auf den Boden. Sofort kam Wolke herbei, drehte sich auf den Rücken, streckte alle viere von sich und fing leise an zu pfeifen, als Rhea ihr den Bauch kraulte.

„Warum müssen wir nachts gehen, warum können wir nicht tagsüber gehen?“, fragte Eliah.

„Weil die Sirrtha dann ihre stärkste Wirkung entfalten.“

„Und wie oft müssen wir von den Sirrtha essen?“

„Wenn sich der Vollmond zum Neumond und wieder zum Vollmond wandelt, müsst ihr einmal bei euren Sirrtha gewesen sein.“

„Und was ist, wenn wir die Sirrtha nicht essen?“, fragte Rhea völlig arglos.

„Dann“, sagte die Heilerin und sah von ihrer Arbeit auf, „wandeln sich eure guten Eigenschaften ins Gegenteil und mit ihnen eure Fähigkeiten.“

„Was? Unsere Fähigkeiten wandeln sich in ihr Gegenteil?“, fragte Rhea geschockt. „Was bedeutet das für uns?“

„Tja“, meinte Fine und holte sich ein frisches Kräuterbündel aus dem Körbchen, diesmal wehte der Duft von Petersilie herüber. „Wenn ich meinen Sirrtha nicht regelmäßig essen würde, würde ich die Leute krank machen, wenn ich sie berühre.“ Fine holte noch ein Bündel heraus. „Ich würde sie töten.“

Rhea zuckte unwillkürlich zurück, ihr Bruder schnaubte entsetzt. Unsicher fragte sie: „Und Eliah und ich?“

An Fines Stelle antwortete Eliah, der die Tragweite einen Wimpernschlag schneller erfasste als Rhea. „Ich könnte die Pläne meines Berührten nicht mehr erkennen und keine sinnvollen Gegenmaßnahmen treffen. Und du, Rhea, könntest die wahren Beweggründe einer Person nicht mehr erkennen und würdest sämtliche Lügen glauben. Du würdest Streit verursachen und Kriege heraufbeschwören ...“

Rhea sah ihn fassungslos an. Atemlos flüsterte Eliah angesichts der wuchtigen Erkenntnis, die auch ihn getroffen hatte: „Meine Fähigkeit umzukehren, hätte kaum Auswirkungen. Du hingegen könntest damit dein Volk vernichten.“ Entsetzt sahen sie einander in die Augen.

Dann sagte Rhea langsam und deutlich, wobei sie jedes einzelne Wort betonte: „Das wird nie geschehen, so weit wird es nie kommen.“ Ganz hinten im hintersten Eckchen ihres Bewusstseins tauchte verschwommen die Frage auf, was passierte, wenn ihnen die Sirrtha weggenommen würden und sie sie nicht mehr essen konnten?

Rhea spürte Fines beobachtenden Blick. Die Zwillinge hatten die Notwendigkeit der Sirrtha erkannt und Fine konnte sicher sein, dass die Geschwister sich der Verantwortung, die sie nun trugen, bewusst waren.

Die Heilerin nahm den Faden wieder auf. „Das ist auch ein Grund, warum uns manch anderer mit Misstrauen begegnet. Balem zum Beispiel, der misstrauische Elkin. Er hat immer Angst, dass wir unserer Verantwortung nicht nachkommen und somit eine Gefahr für das gesamte Waldvolk werden könnten.“

Was musste das für ein Leben sein, in dem man der Willkür und Verantwortung anderer ausgesetzt war? Wenn das eigene Leben davon abhing, wie genau es andere mit ihrer Verantwortung nahmen? Spielte da ein einzelnes Leben für andere überhaupt noch eine Rolle? Jetzt verstand Rhea, warum der Elkin immer so mürrisch und nicht gut auf sie zu sprechen war. Er war misstrauisch, ob die Medizin von Fine auch wirklich zum Heilen gedacht war, denn Fine hätte ja auch ihren Sirrtha vergessen können, dann wäre Balem heute kein Elkin mehr.

Endlich war Fine mit ihren Kräutern fertig. „So, genug geredet. Ich werde nun das Abendessen richten. Ihr könnt ruhig noch ein wenig die Abendsonne genießen." Sie erhob sich, nahm das Weidenkörbchen in die Hand und ging zurück ins Wurzelwerk. Die Zwillinge blieben ernüchtert zurück.

***

Nun war es endlich so weit, der erste selbstständige Besuch am Sirrthafeld stand bevor. Es war dunkel, nur der Mond, der als volle, perfekt gerundete Scheibe am Himmel stand, verstreute verschwenderisch sein geheimnisvolles Licht. Rhea und Eliah waren aufgeregt. Zitternd warfen sie sich die Umhänge über, verabschiedeten sich ein wenig unsicher von Fine, die sie ziemlich erdrückte in ihrer Umarmung, und machten sich auf den Weg zum Sirrthafeld, gefolgt von Wolke, die als kleiner heller Fleck hinter ihnen hersauste. Die Geräusche der Nacht klangen laut in Rheas, durch die Wandelung sensibel gewordenen Ohren und die Bäume traten klar aus der Finsternis hervor. Schweigend schlugen die Geschwister den Waldweg zur Lichtung mit der Quelle ein.

Als sie aus dem Wald heraustraten, war die Lichtung übergossen mit schimmerndem Mondlicht, das das Wasser der sprudelnden Quelle wie flüssiges Silber glänzen ließ. Die beiden überquerten die Lichtung und bogen dann in den Waldweg ein, der sie zum Sirrthafeld führte.

Nach einer Weile konnte Rhea den bunten Lichtschimmer ausmachen, der sich wie ein Farbzelt über den Himmel spannte. Aufgeregt und etwas nervös ging sie neben Eliah her. Gleich würden sie ihre Sirrtha wieder sehen!

Kurz fragte sich Rhea, wie sie denn ihren Sirrtha wieder aus all den anderen leuchtenden Sirrtha herausfinden sollte. Doch dann schob sie diesen Gedanken rasch beiseite. Das würde sie klären, wenn sie ihren Sirrtha tatsächlich nicht wiederfinden konnte.

Endlich erreichten sie das Sirrthafeld und standen einmal mehr diesem unglaublich faszinierenden Farbspiel gegenüber, ihre Sehnerven fast erschlagen von der Vielfalt der Farben.

„Lass uns erst einmal stehen bleiben und die Farben genießen, Eliah", flüsterte Rhea. „Sie sind so wunderschön. Ob man sich jemals an diesem wundervollen Anblick sattsehen kann?"

„Wenn du immer hierherkommen musst, kann ich mir schon vorstellen, dass es dich irgendwann mal nervt", antwortete ihr Bruder.

Rhea wollte gerade antworten, als sie plötzlich eine Veränderung im Farbton bemerkte.

„Rhea, siehst du es auch?", flüsterte Eliah prompt.

„Ja, die Farben verändern sich. Sie werden immer – grüner? Was kann das bedeuten? Ändern die Sirrtha ihre Farbe?"

„Nein, das glaube ich nicht. Jedenfalls ändert sich der Sirrtha, den ich die ganze Zeit angestarrt habe, nicht im Geringsten. Auch die anderen Sirrtha ändern sich nicht, wenn du genau hinsiehst."

„Aber was ist es dann?", fragte Rhea.

„Ich glaube, der Schimmer kommt von hinter dem Sirrthafeld", sagte Eliah langsam.

Gerade als Rhea zustimmen wollte, hörten sie etwas absolut Fremdes und Unerwartetes. Rheas Magen zog sich zusammen wie ein Igel, der seine Stacheln der Bedrohung entgegenstreckte. Sie erschrak furchtbar, als sich etwas Weiches, Warmes an ihr Bein presste: Wolke! Der Feuerkröte sei Dank – nur Wolke.

Wie eingefroren standen die Zwillinge da und lauschten dem rhythmischen Schleichen, Kriechen, Rascheln, das an- und wieder abschwoll. Etwas kam schleichend von der anderen Seite auf das Sirrthafeld zu, etwas, das grün fluoreszierte. Was war das? Waren sie in Gefahr?

Angstvoll griff Rhea nach der Hand ihres Bruders. Da fielen ihr blitzartig die Worte der Eule der Verdammnis ein: „Hüte diesen Sternsaphir! Hüte ihn gut, er wird Befreiung bedeuten, wenn die Gefahr am größten ist." War dies der Augenblick, in dem der Stein seine Macht ausspielte? Schnell griff sie mit der anderen Hand nach dem Saphir. Doch der Stein blieb stumm.

„Sollten wir uns nicht lieber irgendwo verstecken?", fragte Rhea, die es nicht länger aushielt, so schutzlos hier herumzustehen.

„Ja, du hast recht. Los, zum Wildschweingebüsch", raunte Eliah. Sie drehten sich um, schlugen einen Haken und stolperten auf das markante Gebüsch zu, krochen hinein und kauerten sich zusammen. Wolke schoss mit wehenden Ohren hinterher, stürzte sich durch die Äste und floh auf Rheas Schoß, die sie schützend in die Arme nahm.

Aus sicherer Entfernung und gut – hoffentlich gut genug – versteckt, lugten die Geschwister nun durch die Äste, während das Geräusch immer noch näher kam.

Und dann sahen sie sie: unförmige, große, grün leuchtende, dicke Ungeheuer. Bei jeder Bewegung zogen sie behäbig ihre weichen Ringe der unförmigen Körper zusammen, formten einen runden Bogen, dessen Kuppel sie weit nach oben reckten, bevor sie dann mit dem Vorderteil über die Erde schlurften und sich wieder entspannten.

„Sind das Raupen?“, fragte Rhea fassungslos. „Riesige Raupen?“

„Ja, dicke, unförmige, behäbige Riesenraupen“, antwortete ihr Bruder nicht weniger fassungslos.

Kriechend kamen die leuchtendgrünen Raupen näher, während die Zwillinge sie immer noch ungläubig anstarrten.

„Was tun diese Viecher hier? Woher kommen die so plötzlich?“, zischte Eliah zwischen zusammengebissenen Zähnen.

„Ich habe nicht die leiseste Ahnung“, presste Rhea aus den Mundwinkeln hervor, die Raupen nicht aus den Augen lassend.

Prompt begannen die Raupen, ungehemmt über die Sirrtha herzufallen, während ihnen die Zwillinge hilflos dabei zusehen mussten.

„Sie fressen unsere Sirrtha auf! Nein, das darf nicht sein!“, rief Rhea fassungslos. Schon wollte sie losstürmen und diese Mistviecher vom Sirrthafeld jagen, wobei sie keinen blassen Schimmer hatte, wie sie sie verscheuchen wollte, als Eliah sie am Arm festhielt.

„Nein, Rhea, warte mal! Guck doch genau hin! Sie knabbern sie nur an.“

Die Sirrtha sahen unheimlich aus in dem grünlichen Licht, das von den Raupen auf sie fiel. Langsam schoben sich diese Ungeheuer durch das Sirrthafeld, sich links und rechts windend und scheinbar wahllos sämtliche Sirrtha anfressend, während sie den Zwillingen immer näher kamen, so nah, dass Rhea die feinen Härchen auf deren Körpern erkennen konnte. Rhea wollte nicht zusehen, wie sich der Mund des riesigen Insekts, das ihr am nächsten war, öffnete und gierig über die Pilzkappe schob. Zurück blieb ein unschöner Biss auf der makellosen Pilzkappe. Rhea krallte ihre Nägel in Eliahs Arm. „Heilige Feuerkröte! Wenn sie nun auch unsere Sirrtha anfressen?“ Dann schüttelte sie sich. Igitt, ein Raupenbiss an ihrem wunderschönen Sirrtha, wie eklig!

Währenddessen fraßen die Raupen unbeirrt weiter und arbeiteten sich stetig voran. Als sie das Ende des Sirrthafeldes erreicht hatten, wälzten sie ihre dicken, unförmigen Körper langsam und behäbig wieder herum und machten sich auf den Rückweg. Scheinbar satt und zufrieden, denn nun schoben sie sich – sehr vorsichtig – nur noch zwischen den beschädigten Sirrtha hindurch, ohne nochmals von ihnen abzubeißen. Dann waren sie verschwunden und mit ihnen der grünliche Schimmer, der ihr Kommen angekündigt hatte. Die Lichtung lag wieder ruhig und verlassen da.

„Puh, was war das denn? Haben die die ganzen Sirrtha gefressen?" Rheas große Augen starrten in das ebenso fassungslose Gesicht ihres Bruders.

„Ich weiß nicht, doch ich hoffe nicht! Das wäre katastrophal! Komm, lass uns nachsehen." Schnell krochen die Zwillinge aus dem Wildschweingebüsch und hasteten auf das Sirrthafeld, Wolke beeilte sich, hinterherzukommen.

Die Sirrtha standen noch, aber nicht mehr unversehrt. Langsam gingen die Zwillinge von einem Sirrtha zum anderen, um zu sehen, was die Raupen für Schäden angerichtet hatten. Rhea betrachtete gerade völlig entgeistert eine hässliche Bisswunde, als Eliah plötzlich rief: „Sieh nur, sie haben gar nicht jeden Sirrtha angebissen, nur ein paar Sirrtha sind beschädigt. Die meisten sind noch unversehrt."

„Ja, du hast recht! Jetzt sehe ich es auch, welch ein Glück. Hoffentlich sind unsere Sirrtha unversehrt davongekommen. Warum haben die Raupen das nur getan?"

„Ich frage mich, warum sie nicht alle Sirrtha angebissen haben", flüsterte Eliah mehr zu sich selbst. „Und warum haben sie sie nur angeknabbert und nicht ganz gefressen? Was waren das überhaupt für Viecher? Wo kommen sie her?"

„Komm, wir sollten jetzt schnell von unseren eigenen Sirrtha essen und dann heim zu Fine gehen und ihr erzählen, was hier passiert ist." Eliah nickte, dann machten sie sich auf die Suche nach ihren Sirrtha.

Wider Erwarten sah Rhea ihren Sirrtha schon von Weitem und ein warmes Gefühl durchrieselte sie. Wie wunderschön er doch war! Dieses Violett und dieses Glitzern! Hoffentlich war er unversehrt geblieben! Schnell trat sie an ihn heran und strich ihm behutsam über die Kappe. Sie untersuchte den Sirrtha, wobei sie feststellte, dass er nur eine einzige Bissstelle hatte, nämlich die von ihrer eigenen Wandelung. Rhea wollte schon erleichtert aufatmen, als sie stutzte. Aber dann müsste die Bruchstelle doch schon alt und eingetrocknet sein und die Form der Wunde müsste nach einem herausgebrochenen Stück aussehen, nicht nach einem Bissabdruck. Rhea betrachtete die Wunde genauer und ihr wurde übel vor Ekel und Entsetzten, als sie erkannte, dass ihr Sirrtha doch von den Raupen angebissen worden war. Igittigittigitt. Doch wo war dann ihre alte Wunde von der Wandelung?

Fieberhaft suchte sie nach dieser, konnte aber nichts anderes finden als die neugeschlagene Bissstelle der Raupe. Das konnte doch nicht sein! Hastig drehte sich Rhea im Kreis und prüfte die anderen Sirrtha. In diesem Moment ging ihr auf, dass kein einziger der beschädigten Sirrtha mehr als diese eine Wunde hatte, die ihnen die Raupen heute zugefügt hatten.

Aber die Maroughi kamen doch ständig auf das Sirrthafeld, wie konnten die Sirrtha dann so unversehrt dastehen?

Plötzlich hatte sie es eilig, wieder zu Eliah zu kommen, und so brach sie sich rasch ein Stück aus ihrem Sirrtha heraus, so weit wie möglich vom Raupenbiss entfernt, und schlug ihrem Sirrtha die zweite Wunde in dieser Nacht. Wieder kam kurz Bedauern in ihr auf, dass sie so etwas Perfektes verletzen musste, aber damit musste sie nun künftig leben.

Auch Eliahs Sirrtha war angebissen worden. Sie beeilten sich, nach Hause zu kommen, doch es war mitten in der Nacht und Fine schlief bereits. So verabschiedeten sie sich von Wolke, bevor sie in ihre Kammer gingen. Es dauerte eine ganze Weile, bis sie der Schlaf endlich erlöste.

***

Als Rhea am nächsten Morgen aufwachte, hatte sie sofort das Bild der grünen Ungeheuer vor Augen. Sie drehte sich zu Eliah um, doch der lag schon nicht mehr in seinem Bett. Schnell sprang Rhea auf, zog sich rasch an und ging in die Küche.

Das Feuer verbreitete eine wohlige Wärme, während es in dem Kupferkessel, der darüber hing, verheißungsvoll blubberte. Frühstückshaferbrei! Fine und Eliah saßen bereits am Küchentisch, wo sie aus dampfenden Schüsseln aßen. Auf dem Tisch stand ein Becher Honig, dem Rhea einen sehnsuchtsvollen Blick zuwarf. „Guten Morgen. Mmh das riecht aber lecker, und heute gibt es Hoooonig, mmh."

Ihr Bruder nickte, murmelte mit vollem Mund ein unverständliches: „Morgen“, und kaute weiter.

„Na, meine Große, hast du gut geschlafen?“, fragte Fine, die über die Vorfreude ihrer Tochter schmunzeln musste.

„Nein, überhaupt nicht. Ich habe das Gefühl, mich die halbe Nacht von einer Seite auf die andere gewälzt zu haben. Und jetzt fühle ich mich, als ob mein Körper noch nicht begriffen hat, dass ich schon wach bin.“

Rhea schöpfte sich Haferbrei aus dem Kessel und setzte sich an den Tisch. „Hast du Fine schon von unserem nächtlichen Erlebnis erzählt, Eliah?“

„Nein, ich bin selbst eben erst aufgestanden und wollte zuerst etwas essen. Mir knurrte der Magen vor Hunger.“

Fine sah von einem zum anderen. „Wieso, was war los?“

Da fing Rhea an zu erzählen und berichtete Fine von den grünen Raupen, die über das Sirrthafeld hergefallen waren. Und noch im

Nachhinein klang ihre Stimme empört über diese Ungeheuerlichkeit. Fines Mine hingegen blieb undurchdringlich und sie unterbrach Rhea nicht. Diese beendete ihren Bericht mit der Frage: „Weißt du, was das zu bedeuten hat?"

Langsam legte Fine ihren Löffel in die Frühstücksschüssel, obwohl noch bestimmt die Hälfte darin war, und lehnte sich zurück. Ihre Erklärung würde offenbar ein Weilchen dauern. Sie nickte, lächelte und holte tief Luft. „Nun, dass ihr es so schnell herausfindet, damit habe ich nicht gerechnet."

Elektrisiert sahen sich die Zwillinge an.

„Das waren keine gewöhnlichen Raupen", fuhr Fine fort.

Die Zwillinge wurden ganz still.

„Das waren die Brommler der Elkinne."

Rhea wechselte einen Blick mit ihrem Bruder. Das also waren die Brommler!

„Sie kommen einmal im Mondwechsel, um von unseren Sirrtha abzubeißen. Normalerweise kommen sie so um Neumond herum, doch in letzter Zeit sind sie offenbar ein wenig durcheinander."

„Wieso beißen die Raupen ... äh Brommler ... der Elkinne unsere Sirrtha an?", fragte Rhea irritiert.

„Sie beißen sie nicht einfach nur an, sondern sie pflegen und bewachen sie."

Rheas und Eliahs Ausrufe kamen gleichzeitig. „Sie pflegen und bewachen sie?"

„Ja, durch die Brommlerbisse schließt sich die Wunde, die ihr den Sirrtha zufügt, innerhalb kürzester Zeit und der Sirrtha ist wieder unversehrt."

„Ja, ich hatte mich gestern Nacht schon gefragt, warum ich nur den Brommlerbiss gesehen habe und nicht mehr meinen Wandelungsbiss", erwiderte Rhea.

„Durch den Brommlerbiss dringt die Brommlermilch in den Sirrtha ein und dieser kann sämtliche Bissspuren wieder schließen, auch die der Brommler. Wenn ihr noch ein wenig gewartet hättet, wären auch die Brommlerbisse wieder verschwunden gewesen."

„Und warum machen sie das nicht bei jedem Sirrtha, sondern verschonen manche Sirrtha?", fragte Eliah.

„Das sind dann die Sirrtha der erwachsenen Maroughi."

Nun waren die Geschwister vollends verwirrt.

„Und wessen Sirrtha sind dann die angebissenen?“

Fine wurde unwillig. „Nun unterbrecht mich doch nicht ständig! Ich erzähle es euch ja gerade. Also, es ist so: Jeder Brommler der Elkinne wacht über einen bestimmten Sirrtha, der für ein Maroughikind bestimmt ist. Bis zum zwölften Geburtstag des Marouhgikindes frisst der Brommler regelmäßig vom Sirrtha und stellt so sicher, dass der Sirrtha gesund und unversehrt heranwächst. Wenn ...“

„Aber ...“

„Scht! Jetzt rede ich! Wenn dann die Wandelung des Maroughikindes stattgefunden hat, kann sich auch die Verwandlung des Brommlers vollziehen. Solange die Wandelung des Maroughikindes jedoch noch nicht stattgefunden hat, kann auch die Verwandlung des Brommlers nicht stattfinden.“

„DIE VERWANDLUNG DES BROMMLERS?“ Jetzt konnte sich Rhea beim besten Willen nicht mehr zurückhalten, genauso wenig wie ihr Bruder. Mit ungläubigen Mienen hingen sie an Fines Lippen und sogen jedes Wort in sich auf. Fine konnte sich ein Grinsen nicht verkneifen angesichts ihrer erstaunten Gesichter.

„Ja, sobald das Maroughikind von seinem Sirrtha abgebissen hat, weiß der Brommler bei seinem nächsten Biss, dass die Wandelung stattgefunden hat. Dann macht er sich auf zu seiner eigenen Verwandlung. Er zieht sich tief in den Wald zurück, sucht sich eine geeignete, ruhige Stelle und verpuppt sich.“ Die Heilerin machte eine Pause und nahm einen Löffel lauwarmen Haferbrei. Langsam fing sie an zu kauen.

Rhea rutschte nervös auf ihrem Stuhl herum. Sie konnte es nicht fassen, dass Fine jetzt einfach weiteraß, mitten in ihren Erklärungen.

Eliah beugte er sich vor und platzte heraus: „Und dann? Sag schon! Was ist aus dem Brommler geworden, wenn er schlüpft?“

Die Heilerin saß da und musste nun doch lachen. Sie genoss es sichtlich, ihre Kinder ein wenig auf die Folter zu spannen. Dann seufzte sie. „Es vergehen an die zwei Wochen, bis die Verwandlung des Brommlers vollendet ist. Dann bricht er seinen Kokon auf und schlüpft.“

„Er schlüpft? ALS WAS?“

„Als Elkin natürlich. Was denn sonst? Schließlich sind es die Brommler der Elkinne.“

Fassungslos starrten die beiden Fine an. Dann brach das Chaos aus, als Rhea und Eliah gleichzeitig mit ihren Fragen heraussprudelten, während Fine sich demonstrativ die Ohren zuhielt. Doch das schien die

Zwillinge in keiner Weise zu beeindrucken. Ihre Fragen purzelten weiter durcheinander und stürmten auf die Heilerin ein wie kalte Regentropfen im Sommersturm.

Als wieder Ruhe eingekehrt war, nahm Fine die Hände von den Ohren und sagte: „So, nun mal langsam, alles der Reihe nach. Rhea, du fängst an. Was willst du wissen?"

In Rheas Kopf ging alles drunter und drüber und sie lechzte nach Antworten, doch plötzlich fiel ihr keine einzige Frage mehr ein! Hilflos sah sie zu ihrem Bruder. Der räusperte sich und sagte: „Ich möchte nun mal alles zusammenfassen, was wir eben erfahren haben, um es verstehen zu können."

Erleichtert nickte Rhea, das war ein guter Plan von Eliah. „Also, du sagst, dass die Sirrtha bis zur Wandelung von den Brommlern bewacht und gepflegt werden, richtig?"

Fine nickte und Eliah fuhr fort. „Und wenn das Maroughikind nach seiner Wandelung zum ersten Mal von seinem Sirrtha gegessen hat, merkt das der Brommler und verpuppt sich?"

„Aber wie merken denn die Brommler von dem Biss der Wandelung?", rief seine Schwester dazwischen.

„Wenn ihr euren Sirrtha das erst Mal berührt und von ihm abbeißt oder ein Stück herausbrecht, geht ihr eine lebenslange Verbindung mit diesem Sirrtha ein, die ihn verändert. Der veränderte Geschmack des Sirrtha zeigt den Brommlern, dass jemand anderes als sie ihn berührt haben."

„Und dann?", fragte Rhea.

„Dann ziehen sich die Brommler zur Verpuppung zurück und schlüpfen als Elkinne."

„Das heißt, zu jedem Maroughikind gehört ein bestimmter Brommler und zu jedem Maroughi ein Elkin?", stellte Eliah fest.

„Ja, so ist es."

„Und wer pflegt dann die Sirrtha, wenn die Brommler sich verwandelt haben? Die Elkinne?"

„Nein, wir Maroughi! Mit unserem Wandelungsbiss nehmen wir die Brommlermilch in uns auf und sind nun anstelle der Brommler dafür verantwortlich und auch in der Lage, unseren eigenen Sirrtha zu beschützen und gesund zu erhalten. Die Brommler sind aus der Verantwortung entlassen und können sich nun weiter entwickeln. Es ist ein ewiges Geben und Nehmen."

Die Heilerin machte eine Pause und nahm sich einen weiteren Löffel Brei. Doch der war inzwischen kalt geworden und Fine schob die Schüssel samt Löffel von sich. „Das ist auch der Grund, warum ausgerechnet unsere Gemeinschaft die Sirrtha verträgt und niemand anderes: die Brommlermilch. Durch diese Milch sind wir in der Lage, das Gift der Sirrtha zu neutralisieren, und der Sirrtha entfaltet nur seine positive Wirkung, die wiederum unsere Fähigkeiten hervorbringt."

Dann wurde sie sehr ernst und beugte sich leicht vor. „Und das ist es nun, das wohl gehütete Geheimnis unseres Volkes, hinter dem der Fürst der grausamen Khyroi her ist! Es muss unbedingt gehütet werden, hört ihr! Stellt euch nur vor, die grausamen Khyroi wüssten um die Wirkung der Brommlermilch und würden diese in die Finger bekommen. Nicht auszudenken, was sie anrichten könnten, wenn sie damit ein neues Khyroiheer heranzüchten würden!"

Eindringlich sah sie von einem zum anderen.

„Ihr dürft zu niemandem außerhalb der Maroughigemeinschaft, darüber sprechen, unbedingt, hört ihr! Ihr setzt sonst das Leben von uns allen aufs Spiel."

Doch Eliah schüttelte den Kopf. „Aber wenn es an der Brommlermilch liegt, warum vertragen dann die Khyroi die Sirrtha trotzdem nicht? Sie würden doch auch die Brommlermilch in sich aufnehmen, wenn sie die Sirrtha essen würden."

„Weil wir seit Generationen schon im Bauch unserer Mütter die Brommlermilch abbekommen und unsere Körper daran gewöhnt sind. Kattra hingegen hatte das erste Mal in seinem Leben mit der Brommlermilch zu tun, als er so dumm war und von den Sirrtha genascht hat."

„Aber wenn wir doch schon im Bauch unserer Mutter an die Brommlermilch gewöhnt sind, warum ist es dann für uns trotzdem so gefährlich, die Sirrtha vor unserem zwölften Geburtstag zu essen?", hakte Eliah nach.

Rhea war beeindruckt von den Gedankengängen ihres Bruders.

„Weil der Körper eines Maroughikindes erst mit zwölf Jahren weit genug gereift ist, um die Menge an Milch zu vertragen. In dem Sirrtha steckt ja viel mehr Milch, als die Maroughi im Bauch der Mutter abbekommen. Und erst dann ist auch der Charakter des Maroughikindes so weit ausgebildet, dass der Ältestenrat sicher sein kann, welcher Sirrtha der richtige ist. Ihr wisst, dass Gork als Ratsältester die Fähigkeit der Bestimmung hat. Seine Aufgabe ist es, jedem Maroughikind den richtigen Sirrtha zuzuweisen. Dies kann er aber erst im richtigen Alter, wenn Körper und Geist bereit dazu sind. Vorher wäre das Risiko einfach zu groß, den falschen Sirrtha zu erwischen und daran zu sterben. Denkt an Darelin, der gestorben ist, weil er vor seiner Wandelung wahllos von einem Sirrtha abgebissen hatte."

„Oder an die verrückte Susa, die bei ihrer Wandelung den falschen Sirrtha bekam."

Stille.

„Das war ein einmaliger Fehler, der sich mit Sicherheit nie wiederholen wird", sagte Fine leise.

Plötzlich kam Rhea ein furchtbarer Verdacht. Sie hob den Kopf und sah Fine direkt in die Augen. „Hat Naron das Geheimnis gekannt?"

Eliah sah Rhea mit fassungslosem Blick an, sich der Tragweite der Antwort, die Fine gleich geben würde offensichtlich genauso bewusst wie Rhea.

Fines Blick wurde trüb. „Natürlich kannte Naron das Geheimnis", erwiderte sie. „Aber er hat es bis zuletzt gehütet. Wenn er den grausamen Khyroi die Wahrheit verraten hätte, hätte er damit zwar kurzzeitig sein eigenes Leben gerettet, doch auf lange Sicht alle anderen ins Verderben gestürzt. Er wusste, was von ihm abhängt, er kannte seine Verantwortung und hat sich für uns, für die Maroughigemeinschaft, für den Stamm der Elkinne und für die Brommler geopfert, damit wir alle überleben können."

Also war ihr Vater doch ein Held. Sie hatte es ja gewusst! „Aber warum habt ihr uns das nicht erzählt, als Gork uns von Narons Entführung durch die grausamen Khyroi erzählt hatte?"

Die Heilerin sah schuldbewusst drein und fuhr sich fahrig mit einer Hand über das Gesicht. „Ihr wart noch zu jung, ihr hattet eure Wandelung noch nicht hinter euch. Wir durften euch die Wahrheit zum Schutz aller noch nicht erzählen."

Rhea nickte – da stockte ihr der Atem, als ihr ein schrecklicher Zusammenhang klar wurde: Wenn die Brommler der Elkinne, von denen Kattra gegessen hatte, gestorben waren, wer pflegte dann die Sirrtha für die Maroughikinder bis zur Wandelung weiter? Wenn die Sirrtha ohne Brommlerpflege nicht bis zur Wandelung durchhalten würden, was würde dann aus den Kindern werden? Wie sollten sie ohne Sirrtha ihre Wandelung feiern? Hatte Gork doch recht mit seiner Besorgnis? Plötzlich war sie wieder da, Rheas furchtbare Angst um die Kinder.

„Was ist mit den Kindern?“, fragte Rhea.

Fine blickte verwirrt drein. „Mit den Kindern? Mit welchen Kindern?“ Wusste Fine wirklich nicht, wovon Rhea redete? Hatte Gork ihr nichts gesagt? Ihr, der Heilerin der Gemeinschaft? War das alles so geheim, dass niemand anderes davon wusste? Wissen durfte?

„Na ja, was ist mit den Kindern, denen die Sirrtha gehören, von denen Kattra gegessen hat?“, fragte sie vage. Die Namen der Kinder zu nennen, wagte sie nicht, obwohl sich diese auf ihre Seele gebrannt hatten, denn dann hätte Rhea verraten, dass sie mehr wusste, als sie durfte.

Fine zuckte mit den Schultern. „Ich weiß nicht. Was soll mit ihnen sein? Kattra hat ja nur von den Sirrtha genascht, er hat sie ja nicht aufgegessen. Das hätte er gewiss nicht überlebt.“

Dafür hatten es die Brommler nicht überlebt. Doch davon wusste Fine offensichtlich auch nichts.

Da platzte Eliah dazwischen: „Wenn die Brommler sich nach der Wandelung verpuppen, dann müssten ja die Brommler von Rheas und meinem Sirrtha bald als Elkinne schlüpfen?“

„Ja, so ist es“, antwortete Fine.

Aufgeregt beugte sich Rhea vor und flüsterte fast: „Können wir dabei sein, wenn unsere Elkinne schlüpfen?“

Rheas Fähigkeit

Tage später saßen die beiden Zwillinge wieder auf dem Baumstamm vor dem Wurzelwerk. „Wie lange wird es wohl noch dauern, bis unsere Elkinne schlüpfen?", fragte Eliah und wippte mit dem Fuß. „Unsere Wandelung ist doch schon eine Weile her."

„Mhm." Rhea zuckte mit den Schultern.

„Ich bin so aufgeregt, ich kann es kaum erwarten. Wie sie wohl aussehen werden? Bist du nicht auch aufgeregt?", fragte Eliah.

„Schon", antwortete Rhea und strich sich eine Locke hinters Ohr. „Aber mir geht ständig etwas anderes im Kopf herum. Glaubst du Fine?"

„Was?"

„Dass sie nichts über die Maroughikinder weiß", antwortete Rhea.

Eliah zuckte mit den Schultern. „Ich weiß es nicht."

„Mir spukt ständig das Gespräch von Gork und Manou an der Quelle im Kopf herum, ich muss herausfinden, was es zu bedeuten hat." Rhea verstummte. Dann nickte sie entschlossen, wobei ihr die widerspenstige Locke erneut ins Gesicht fiel. „Ich glaube, es ist Zeit, sich Gewissheit zu verschaffen. Und das kann ich nur, indem ich meine Fähigkeit einsetze." Noch einmal nickte sie, als ob sie sich selbst Mut zusprechen wollte, wobei ihr die Locke erneut ins Gesicht fiel.

„Wie willst du das denn anstellen?", fragte Eliah. „Was hast du vor?"

„Ich werde zu Gork gehen. Ein Grund dafür wird mir schon noch einfallen. Dann werde ich ihn ganz zufällig an den Armen berühren und abwarten, was passiert. Wenn meine Fähigkeit funktioniert, werde ich hoffentlich endlich das Rätsel über das Schicksal der Maroughikinder lösen können und wieder ruhig schlafen können."

„Oder erst recht nicht", erwiderte Eliah trocken.

„Das wird sich zeigen."

Da kam Fine aus dem Wurzelwerk, in der Hand trug sie ein Weidenkörbchen. „Hallo, ihr zwei, könnt ihr einen Krankenbesuch für mich übernehmen?"

„Wenn es kein Elkinnenbesuch ist, gerne", antwortete Eliah, denn nachdem Rhea den Besuch bei dem grantigen Balem übernommen hatte, war nun er an der Reihe.

„Nein, diesmal ist es kein Elkin. Gork hat wieder ein schlimmes Reißen in seinem Rücken. Wahrscheinlich hat er sich bei eurer Wandelung verkühlt, obwohl ich ihn gewarnt hatte, dass er sich warmhalten soll. Aber man kann einem erwachsenen Maroughi eben keine Vorschriften machen. Das gelingt mir ja bei meinen eigenen Kindern kaum noch, jetzt, da sie ihre Wandelung hinter sich haben", setzte Fine augenzwinkernd hinzu. „Jedenfalls braucht er eine frische Kräuterauflage für seinen schlimmen Rücken."

Elektrisiert sahen sich die Zwillinge an, dann hopste Rhea schnell vom Baumstamm. „Das übernehme ich diesmal." Sie griff nach dem Weidenkörbchen, welches ihr Fine erstaunt entgegenhielt. „Das ging aber schnell. Normalerweise braucht ihr zwei doch eine dreiviertel Ewigkeit, um auszudiskutieren, wer an der Reihe ist. Grandios, wie plötzlich ihr zwei nach eurer Wandelung vernünftig geworden seid. Aber ist nicht Eliah dran mit dem Krankenbesuch? Du warst doch das letzte Mal bei Balem."

„Ja, äh, Eliah hat noch was gut bei mir, ich bin ihm noch was schuldig." Rhea war über sich selbst erstaunt, dass ihr die Lüge so leicht über die Lippen kam. Sie wurde ja nicht einmal rot dabei, und das, obwohl doch sie diejenige war, die für die Entlarvung von Wahrheit und Lüge zuständig war. Na, da hatte Gork ja mal die Richtige gewählt.

Rhea pfiff nach Wolke, die prompt um die Ecke gesaust kam, und warf ihrem Bruder noch einen Blick zu. Eliah zwinkerte ihr zu. „Dann werde ich mal beim Abendessen helfen", sagte er und folgte Fine zurück ins Wurzelwerk.

Nun schritt Rhea zügig aus, sie hatte es plötzlich eilig, zu Gork zu kommen. Keine Sekunde mehr wollte sie den ersten richtigen Einsatz ihrer Fähigkeit aufschieben – oder die Ungewissheit über das Schicksal der Kinder. Das Weidenkörbchen an ihrem Arm baumelte wild hin und her, so beeilte sich Rhea. Einzig Wolke war noch schneller. Vergnügt sauste sie vor und zurück, dann verschwand sie wieder kurz im Unterholz, nur um dann herauszuschießen, wenn Rhea an ihr vorbeikam.

Bei Gorks Wurzelwerk angekommen, klopfte Rhea energisch an die Tür. Nach einer Weile hörte sie Schritte, die sich schlurfend näherten. Im nächsten Moment öffnete sich die Tür einen Spalt und Gorks vertrautes Gesicht erschien.

„Hallo, Gork, ich bin es, Rhea. Fine schickt mich mit der Kräuterauflage für deinen schlimmen Rücken."

Nun öffnete Gork die Tür ganz, während Wolke sich neben dem Eingang zu einem kleinen, weißen Flauscheberg zusammenrollte. „Ah, endlich. Das ist gut, mein Rücken bringt mich noch um." Er trat zur Seite und ließ Rhea ein.

Sofort schlug ihr ein eigentümlicher Geruch entgegen, es roch nach trockenem Pfeffer vermischt mit uralter Erde und unerwarteterweise nach Rosen. Rhea fragte sich irritiert, warum ausgerechnet nach Rosen.

Der Ratsälteste ging voraus und führte Rhea in die Küche. Gorks Wurzelwerk war ähnlich aufgeteilt wie Fines, nur dass es etwas kleiner war. Gork brauchte nicht viel Platz, er hatte nie geheiratet, warum wusste keiner, und lebte hier ganz zufrieden sein beschauliches Leben.

Vorsichtig stellte Rhea das Weidenkörbchen auf den Tisch. „Soll ich dir beim Anlegen der Kräuterauflage helfen?", fragte sie.

Erleichtert nickte Gork. „Ja, gerne, wenn du gerade ein wenig Zeit hast. Allein ist es doch etwas beschwerlich."

Das war die Gelegenheit, auf die Rhea gehofft hatte. Rasch holte sie das eingerollte Stück Stoff aus Fines Weidenkorb und entrollte es vor-

sichtig. Es war dick mit Kräuterpaste bestrichen und sofort war die Luft von einem betörenden Kräuterduft erfüllt, der den Rosenduft überdeckte.

„Du musst dich umdrehen“, sagte Rhea zu Gork. Dieser wandte sich um und zog sich das grobe Leinenhemd über den Kopf. Dann beugte er sich so weit wie möglich vor und stützte die Arme auf seine Knie. Vorsichtig legte Rhea die Kräuterauflage auf Gorks Rücken, drückte sie leicht an und holte dann schnell die drei dicken, weichen Bänder aus Fines Korb, um die Auflage befestigen zu können.

Die ganze Zeit über überlegte sie, wie sie Gork unauffällig berühren konnte. Dieser richtete sich wieder auf und hob seine Arme über den Kopf, damit Rhea die Bänder um ihn herum schlingen konnte. Zu dumm aber auch, nun kam sie erst recht nicht an seine Arme heran. Der Ratsälteste hatte dies vereitelt. Bewusst? Ahnte er, was Rhea vorhatte? Resigniert führte sie die drei Bänder um Gorks Brust und band sie am Rücken über der Kräuterauflage zusammen. Gork ließ die Arme sinken. Da hatte Rhea eine Idee.

„So, Gork, jetzt ist die Auflage fest. Lass mich nur noch schnell überprüfen, ob die Bänder sie auch von vorne richtig halten.“ Sie ging um Gork herum und ehe dieser reagieren konnte, fasste sie schnell nach seinen Armen.

Augenblicklich wurde Rhea von den Füßen gerissen und durch einen endlosen schwarzen Tunnel gezogen, rasend schnell. Etwas Fremdes, Unvertrautes umschlang ihren Geist, zog ihn mit sich, hüllte ihn ein. Am Ende des Tunnels wartete ein fremdes Bewusstsein, in das sie gespuckt wurde, während sie die ganze Zeit vor Gork stand und seine Arme umfasst hielt. Tausende Bilder stürzten auf ihren Geist ein, schrecklich, beängstigend, gewaltig, brutal, entsetzlich, tödlich. Und sie wusste alles. Es war mehr, als sie ertragen konnte. Sie keuchte, ging in die Knie, krümmte sich zusammen und verlor das Bewusstsein.

***

Als Rhea wieder zu sich kam, lag sie auf Gorks Küchenboden, während der Ratsälteste mit besorgter Miene über sie gebeugt war. Er hatte sein Hemd wieder angezogen und tätschelte sanft Rheas Wange.

„Komm wieder zu dir, Rhea!“ Er schüttelte sie leicht an der Schulter, bis Rhea die Augen aufschlug. Eine lange Sekunde verging, bis sich die entsetzliche Wahrheit in ihre Gehirnwindungen einbrannte, und schlagartig war nichts mehr, wie es vorher war. Noch einmal sah sie die schrecklichen Bilder vor sich: Bilder der toten Brommler der Elkinne, die sterben mussten, weil Kattra von ihren Sirrtha gegessen hatte. Bilder von sterbenden Sirrtha, um die sich keine Brommler mehr kümmerten. Bilder von den sterbenden Maroughikindern, die keine Sirrtha mehr hatten. Tod, Tod, Tod.

Nun bekam das belauschte Gespräch zwischen Gork und Manou an der Quelle endlich einen Sinn, der fürchterlich, grausam, unerträglich für Rhea war. Sie hatte das Gefühl, den Boden unter den Füßen zu verlieren, während eine riesige, schwarze Welle sie einholte, über sie hinwegrollte und sie mit sich fortzog – in eine Zukunft, die kaum zu ertragen war. Keuchend blieb sie liegen, krümmte sich zusammen und wimmerte.

Gork sank neben ihr in die Knie. Tonlos sagte er: „Du weißt es. Ich hatte vergessen, dass du jetzt deine Fähigkeit einsetzen kannst, sonst hätte ich besser acht gegeben."

Rhea setzte sich auf und sah Gork an, dann flüsterte sie: „Wie kannst du nur mit diesem Wissen so ruhig leben? Mit dem Wissen, dass die Kinder sterben werden?"

Gork zuckte resigniert mit den Schultern. „Ich weiß es schon länger als du, ich bin der Ratsälteste. Da muss man auch mit kaum erträglichen Wahrheiten zu leben lernen, denn ..." Dann stutzte er. „Aber wie kannst du das überhaupt wissen? Wie kannst du mein Wissen um die Zukunft lesen? Diese Fähigkeit hast du nicht!"

Doch seine Bemerkung hatte den Weg zu ihrem Bewusstsein durch den Schock hindurch nicht geschafft. Stattdessen sah sie ihn immer noch mit großen, entsetzten Augen an.

Gork schüttelte sich leicht. „Ich bitte dich, Rhea, behalte es vorerst für dich. Du kannst es Eliah erzählen, vielleicht wird es eines Tages wichtig sein, dass er die Wahrheit kennt. Aber sonst niemandem. Ich bitte dich eindringlich darum."

Rhea versprach Gork, mit niemandem außer mit ihrem Bruder darüber zu reden. Sie hatte sowieso nicht das Bedürfnis danach, mehr als einmal darüber zu reden.

„Weiß Fine es?", fragte sie.

„Noch nicht, aber ich werde es ihr sagen. Sie muss darauf vorbereitet sein, es kann schnell gehen."

Immer noch leicht benommen stand Rhea auf. Auch ihr Magen war noch etwas flau und die Knie fast zu weich, um ihr Gewicht zu tragen. Doch das würde vorübergehen. Die entsetzliche Wahrheit aber blieb. Geschockt machte sie sich mit Wolke auf den Heimweg, sie musste es Eliah erzählen.

***

Zu Hause angekommen, stürmte Rhea sofort in die Küche, wo sie ihren Bruder und Fine bei den Essensvorbereitungen für das Abendessen antraf. Erschrocken zuckten die beiden zusammen und sahen ihr entgeistert entgegen. Normalerweise war Eliah für das rasante Poltern zuständig.

„Warum diese Eile, junge Frau?", fragte Fine und sah wieder in den Kochtopf hinein, in dem sie gerade herumrührte.

Rhea sah ihren Bruder an – und er verstand.

„Fine, ich möchte noch ein wenig mit Eliah nach draußen gehen und die Abendsonne genießen. Ist das in Ordnung?", fragte Rhea, ohne den Blick von Eliah zu wenden, der sich langsam erhob.

Die Heilerin nickte. „Ja, geht nur. Ich komme hier auch gut ohne euch zurecht. Aber bleibt nicht zu lange, das Essen ist gleich fertig."

Stumm ging Rhea nach draußen, ihr Bruder folgte ebenso schweigend. Gemeinsam traten sie aus dem Wohntunnel in die gelbgoldene Abendsonne. Lau strich die Luft über ihre Gesichter und feine Spinnweben tanzten in den schräg einfallenden Sonnenstrahlen des Abendlichts. Es hätte ein schöner Abend sein können, doch die Gewissheit über das grausame Schicksal der Kinder verschluckte jegliche Schönheit.

Wolke strich Rhea um die Beine, als ob sie spürte, in welcher Gefühlsaufruhr diese steckte, doch Rhea hatte auch keinen Sinn mehr für ihre Gefährtin. Oberflächlich und mechanisch streichelte sie Wolke einmal kurz über das Fell, das musste genügen. Die kleine Wollratte ließ traurig den Kopf hängen und trottete neben Rhea her, während die Zwillinge den vertrauten Waldweg entlanggingen. Rhea sah Eliah nicht an, als sie sagte: „Ich habe es herausgefunden."

„Ist es schlimm?"

„Schlimmer."

„Erzähl es mir!"

„Lass uns erst einen geeigneten Ort finden, wo wir uns ungestört hinsetzen können." Rhea versuchte, Zeit zu gewinnen. Sie warf einen kurzen Seitenblick auf ihren Bruder. Sollte sie es ihm wirklich erzählen? Oder ersparte sie ihm die Wahrheit und ließ ihn sorglos und unwissend weiterleben? „Da vorne ist ein umgestürzter Baumstamm. Der ist perfekt."

Die Geschwister setzten sich und Rhea konnte die Wahrheit noch immer kaum ertragen. Eliah neben ihr ließ seine Füße leicht in der Luft baumeln.

Rhea wusste nicht, wie sie beginnen sollte. „Erinnerst du dich an das Gespräch zwischen Gork und Manou, das wir damals an der Quelle belauscht hatten? In dem es um den Tod der vier Brommler der Elkinne ging?", fing Rhea zögernd an.

„Natürlich. Wir zwei reden ja seitdem von nichts anderem mehr."

Rhea schluckte. „Wir wussten damals nicht, warum die Brommler gestorben waren. Die Brommler haben zu spät gemerkt, dass ein Fremder die Sirrtha gebissen hatte, und ..." Rhea sprach nicht weiter, sie konnte nicht. Plötzlich fiel es ihr unendlich schwer, das Entsetzliche in Worte zu fassen und laut auszusprechen. Denn wenn sie es hörte, wüsste sie, dass es wahr war. Sie musste noch einmal schlucken, doch der Schmerz in ihrem Hals blieb. „Und die Brommler, die für die Sirrtha verantwortlich waren, von denen der Khyroi abgebissen hatte, sind gestorben, weil durch Kattra etwas Fremdes auf ihre Sirrtha übertragen wurde. Das hat sie vergiftet."

Rhea hörte, wie Eliah neben ihr scharf die Luft einsog. Doch sie sah ihn nicht an. „Das ist noch nicht alles, oder?", hörte sie ihn fragen.

Sie schüttelte den Kopf.

„Was noch?", fragte er gedehnt. „Was bedeutet das für die Sirrtha, für die die Brommler zuständig waren?"

Rhea zögerte, bevor sie sagte: „Auch die Sirrtha werden verenden, weil keiner mehr da ist, der sie pflegt, und ..." Ihre Stimme wurde rau vom Schmerz der ungeweinten Tränen.

„Was noch. Sag es."

„Die Kinder, Eliah. Raven, Benra, Sevi und Kora, die nach ihrer Wandelung diese Sirrtha bekommen hätten, werden sterben, weil sie keine Brommler mehr haben, weil sie keine Sirrtha mehr haben, weil sie keine Zukunft mehr haben. Tod, es bedeutet den Tod von vier unschuldigen Kindern, Eliah."

„Oh nein." Eliah stöhnte erneut und fuhr sich mit den Händen über das Gesicht. „Sie sind doch noch so klein! Weiß Fine es?"

„Noch nicht. Aber Gork wird es ihr sagen. Er bat mich, außer mit dir mit niemandem sonst darüber zu sprechen."

„Wann werden sie … du weißt schon?" Offensichtlich brachte es Eliah nicht über das Herz, das todbringende Wort auszusprechen aus Angst, es könnte sich so schneller bewahrheiten.

„Ich weiß nicht, wann, und ich weiß auch nicht, wie. Ich weiß nur, dass es passiert. Sie werden ihren zwölften Geburtstag und ihre Wandelung nicht mehr erleben. Und kein Lebewesen auf dieser Welt wird dies verhindern können."

Niedergeschlagen saßen die beiden da und versuchten immer noch, das Entsetzliche zu verarbeiten.

Dann wechselte Eliah abrupt das Thema, als ob er den Gedanken nicht länger ertrug. „Wie war das eigentlich heute, als du deine Fähigkeit bei Gork eingesetzt hast? Wie hast du dich gefühlt?"

Rhea überlegte. Sie fand es schwierig, zwischen ihren Empfindungen während des Berührens und ihrem Schock über die Wahrheit zu unterscheiden.

„War es diesmal schlimm?"

„Das Berühren selbst nicht, aber das Gefühl, durch den Tunnel gezogen zu werden, war schlimm."

„Inwiefern?"

Wieder überlegte Rhea. Wie sollte sie das Gefühl beschreiben, als sie Gorks Geist berührte? „Es war, als ob mich etwas Fremdes, Unangenehmes berührte, das nicht zu mir gehörte. Dann hüllte mich dieses Fremde irgendwie ein, ich kann es nicht anders beschreiben. Ich ekelte mich davor und wollte nichts damit zu tun haben. Und als ich dann durch den schwarzen Tunnel auf das Ende zuraste, sah ich all diese schrecklichen, unerträglichen Bilder in schneller Reihenfolge. Sie blitzten auf, verloschen gleich wieder und wurden durch neue ersetzt. Das Nächste, an das ich mich erinnern kann, war, dass ich auf Gorks Küchenboden lag."

Rhea verstummte, ehe sie fortfuhr. „Aber nun lass uns über etwas anderes reden, sonst träume ich heute Nacht von düsteren Tunneln und toten Dingen."

„Ich weiß, was dich wieder aufmuntern wird", sagte Eliah. „Morgen ist es so weit!"

„Was ist morgen so weit?“
„Morgen werden sie schlüpfen.“
„Wer?“ Rhea hatte keine Ahnung, was Eliah meinte.
„Na, unsere Elkinne! Morgen werden unsere Elkinne schlüpfen. Deiner und meiner.“
Rhea sprang auf. „Wirklich? Es ist so weit?“
„Ja“, nickte Eliah. „Balem hat Fine Bescheid gegeben.“
„Juhu!“ Rhea drehte sich einmal um sich selbst. „Und wir dürfen zusehen?“
„Ja“, antwortete Eliah feierlich.

Der Fürst der grausamen Khyroi

Der Fürst der grausamen Khyroi saß allein auf seinem Felsenthron in seiner Thronkammer – allein. Er hatte Kattra weggeschickt, nachdem ihm dieser den Kristall ausgehändigt hatte. Dieser Kristall funkelte so wunderschön. „Wo kommst du her? Was ist deine Macht? He?“

Der Fürst der grausamen Khyroi ließ ihn ein ums andere Mal funkeln, als ob der Kristall ihn durch einen Lichtblitz sein Geheimnis verraten könnte. „Was kannst du nur? He? Sag es mir, verdammt.“ Doch der Kristall blieb stumm.

Da flog die Tür zur Thronkammer krachend auf und einer der weißen Wächter stürmte herein.

„WAS SOLL DAS?!“, brauste der Fürst der grausamen Khyroi auf. „Wie kannst du es wagen, hier hereinzustürmen als gäbe es kein Morgen mehr? Ich werde dich auf der Stelle rösten lassen und deine Tentakeln verzehren, paniert und in Öl ausgebacken!“ Seine Faust sauste auf die felsige Thronlehne nieder, wobei sich die Spitze des Kristalls, den er in der Faust versteckte, in seinen Handteller bohrte. Doch der Fürst verzog keine Miene.

Der weiße Wächter ging so schnell in die Knie, als ob er von der Faust getroffen worden wäre. Am ganzen Leib zitternd vor Angst stotterte er: „M...mein G...gebieter, mein G...Gebieter, i...i...ich habe guten Grund, Euch zu s...s...s...stören.“

„So! Na hoffentlich. Wenn nicht, esse ich den kläglichen Rest von dir auch noch auf, paniert und frittiert! Denke daran!“

„M...mein Geb...bieter, die Eule der V...Verdammnis will E...Euch sehen, und zwar sofort.“

„WAS? Wer wagt es, mir zu befehlen?“, polterte der Fürst der grausamen Khyroi los, doch dann stutzte er, als sein Verstand verarbeitet hatte, was seine Ohren zu hören bekommen hatten. Ungläubig fragte er lauthals: „Die Eule der Verdammnis?“

„Ja, Hoheit. Sie hat eine Eule geschickt mit der Nachricht, Eure Hoheit möge sich doch bitte sofort auf den Weg zu ihr machen.“

„So, na ja“, brummelte der Fürst der grausamen Khyroi. „So ausgedrückt ist es genau genommen ja kein Befehl. ... Was sie wohl will?“, sagte er nachdenklich. Dann polterte er wieder los. „Nun gut.“ Der weiße Wächter zuckte zusammen.

„Stellt mir meine Leibgarde zusammen, ich, der Fürst der grausamen Khyroi, habe soeben beschlossen, der Eule der Verdammnis einen nachbarschaftlichen Besuch abzustatten. Das wurde schon längst einmal Zeit.“ Mit diesen Worten erhob er sich und scheuchte den unglücklichen Wächter aus seiner Thronkammer.

Ringen mit dem Tod

Am Abend des nächsten Tages führte Fine ihre Zwillinge tief in den Wald hinein – ohne Wolke, die hatten sie sicherheitshalber zum Jagen in den Wald geschickt. Zielstrebig ging Fine vorneweg, die Zwillinge hinterher. Dieser Weg war den Zwillingen völlig neu, hier waren sie noch nie entlanggegangen. Es war mehr ein schmaler Trampelpfad als ein ausgetretener Weg, dessen Staub noch nicht von Tausenden von Maroughifüßen getreten worden war.

Es war finstere Nacht, der Mond hatte sich hinter einer breiten Wolkendecke versteckt. Der Pfad war wirklich sehr schmal und Rhea bekam mehr als einmal einen schmerzvollen Schlag oder einen brennenden Kratzer von den Zweigen der umstehenden Bäumen und Sträuchern ab. Sie war froh, als sie endlich die Lichtung erreichten, die die Brommler zur Verpuppung aufsuchten.

Auch diese Lichtung war den Zwillingen völlig unbekannt. Rheas Blicke durchforsteten neugierig die Dunkelheit nach den Puppen der Brommler. Erst konnte sie gar nichts sehen, doch dann bekam sie einen Seitenhieb von Eliah, der in eine Baumkrone direkt über ihren Köpfen deutete.

Ja, jetzt sah es auch Rhea: Da oben, knapp unter der Baumkrone hingen sie, die verpuppten Brommler. Rheas und Eliahs zukünftige Elkinne. Das obere Ende ihres Kokons war an einem dicken Ast festgemacht, das untere Ende klebte am Baumstamm. Ein Brommler hing etwas höher als der andere. Sie hatten sich dick in grünlich fluoreszierende Seidenfäden eingesponnen und waren groß, viel größer als Rhea die Brommler in Erinnerung hatte. Unbeweglich hingen sie da und rührten sich nicht, sie wirkten völlig leblos.

„Still jetzt, setzt euch auf den Boden und verhaltet euch ganz ruhig", flüsterte Fine und ging hinter einem Gebüsch in die Hocke. Mit Handzeichen bedeutete sie den Zwillingen, sich neben sie zu kauern, und legte warnend den Zeigefinger auf ihre Lippen. „Kein Wort mehr jetzt, absolute Stille!", bedeutete sie ihnen.

Dicht zusammengekauert saßen sie hinter dem Gebüsch und warteten, Eliah zwischen Fine und Rhea. Sie warteten und warteten. Eine halbe Ewigkeit verging, ohne dass etwas passierte. Langsam wurde es Rhea langweilig und sie sah sich im Wald um. Nicht weit von ihnen entfernt sah sie eine kleine Maus, die im Laub am Waldboden herumwühlte, und hörte ihr aufgeregtes Schnüffeln. Dann knackte es leise und die Maus kaute genüsslich. Igitt, sie hatte soeben ihre Mitternachtsmahlzeit erjagt. Rhea schauderte. Schnell sah sie weg. Nicht immer war ihre neue Wahrnehmung ein Segen.

Mit der Zeit schliefen Rhea die Beine ein, doch sie traute sich nicht, ihre Haltung zu verändern, um ja die Puppen nicht zu stören. Unauffällig sah sie zu ihrem Bruder, der sich leicht vor und zurück wiegte. Wahrscheinlich erging es ihm ebenso. Dann sah sie wieder nach oben zu den beiden Puppen und wartete erneut. Als ihr gerade die Augen zufallen wollten, bekam sie plötzlich einen unsanften Rempler von Eliah in die Rippen. Erst wollte sie schon unwillig zurückrempeln, als sie begriff, dass es losging. Schnell richtete sie ihren Blick wieder nach oben.

Tatsächlich, die obere der beiden Puppen bewegte sich! Fasziniert sah Rhea zu, wie der Kokon ganz sachte anfing, leicht hin und her zu wippen, bevor er sich zusammenzog und wieder streckte. Nun fing auch der zweite Kokon darunter an, sich zu bewegen. Wie auf einen gehei-

men Rhythmus hin, den nur die beiden Puppen hörten, bewegten sie sich hin und her und hin und her, soweit es ihnen der enge Kokon erlaubte. Als Rhea schon dachte, der Kokon würde niemals reißen, hörte sie plötzlich ein lang gezogenes Geräusch, das sich anhörte, als ob Rhea mit ihrem Umhang an einem vorstehenden Ast hängen geblieben wäre. Sofort drängte sich ein zitronengelber Strahl aus dem Riss, der sich in den Augen der verwunderten Maroughi spiegelte. Eliah konnte ein überraschtes Keuchen nicht unterdrücken und bekam dafür prompt einen Rempler von Fine. Doch Rhea verstand Eliahs Ausruf: Das Zitronengelb war identisch mit der Farbe von Eliahs Strategie-Sirrtha!

Gleich darauf dröhnte ein weiterer Riss durch die Nacht: Der zweite Kokon riss und ließ sein Innerstes frei. Das violette Licht, das sich durch den Spalt zwängte, fiel in die Dunkelheit, bevor es sich mit dem Zitronengelb kreuzte – Rheas Elkin! Innerlich jubelte Rhea vor Freude, doch äußerlich blieb sie gelassen. Mit schmerzendem Nacken beobachtete sie, wie sich die Elkinne ihre Freiheit erkämpften. Sie bewegten sich heftiger, zogen sich hektisch zusammen und streckten sich wieder, wodurch die beiden Risse immer größer wurden und immer mehr Farbe hindurchließen. Nun konnte Rhea im ersten Kokon bereits einen Kopf erkennen, einen Kopf mit langen, hellblonden Haaren. Ein weiterer Riss ließ die Hülle gänzlich aufplatzen. Sofort war die Umgebung von zitronengelbem Licht übergossen, während sich der neu geschlüpfte Elkin mit kleinen, zierlichen Händchen an den Resten der Brommlerseide festhielt, die nun leer und lose in der leichten Brise hin und her schlackerten.

Rhea betrachtete das neue Wesen, an dem alles so viel zierlicher und zerbrechlicher wirkte, obwohl dieses Wesen nicht viel kleiner war als ein Maroughi. Die fast durchsichtigen Flügel klebten noch feucht am Rücken und die nackte Haut schimmerte hell im Licht der langen blonden – nein zitronengelben – glatten Haare des Elkinmädchens.

Doch als der nächste laute Riss ertönte, vergaß Rhea sämtliche zitronengelben Haare, sie sah nur noch verzückt, wie sich ihr Elkin aus dem Kokon befreite. Er war wunderschön! Rhea hatte bestimmt noch nie in ihrem ganzen Leben so etwas Zartes, Zerbrechliches und zugleich so Perfektes gesehen. Hingerissen betrachtete sie dieses edle, erhabene Geschöpf mit seinen kurzen, wuscheligen Haaren, die im schönsten Violett leuchteten, genau wie Rheas Friedens-Sirrtha. Auch seine Haut war rein und rosafarben und auch er war vollkommen nackt.

Die beiden neugeborenen Elkinne klammerten sich an ihre Kokonreste, um sich offensichtlich von der Anstrengung zu erholen. Eliahs Elkinmädchen hatte inzwischen begonnen, die zarten Flügel auszubreiten und sacht hin und her zu bewegen, damit das feine Gewebe trocknen konnte. Rheas Elkin tat es ihm nach, und nach einer Weile fingen beide an, mit ihren Flügeln zu vibrieren. Erst ganz leicht, dann immer schneller werdend, wobei ein heller Summton zu hören war, der stetig anschwoll, bis die Elkinne am Ende fast zeitgleich abhoben, taumelnd an Höhe gewannen und davonflogen.

Der Zauber zerriss und Rhea tauchte wie aus einem wunderschönen Traum wieder in die Wirklichkeit auf. Immer noch leicht abwesend, drehte sie den Kopf und sah Fine und ihren Bruder sprachlos an. Eliahs Ausdruck glich dem ihren. „Wie wunderschön sie sind“, hauchte Rhea, während ihr Bruder nur nicken konnte.

„Tja, nun habt ihr die Geburt eurer Elkinne miterlebt“, sagte Fine lächelnd. „Seid dankbar, dieses Erlebnis ist nicht jedem vergönnt. Ihr müsst euch in den nächsten Tagen Namen ausdenken, damit sie getauft und in den Stamm der Elkinne aufgenommen werden können.“

Die Heilerin erhob sich und klopfte das Laub von ihren Knien. Auch die Zwillinge erhoben sich. Rhea war noch ganz gefangen von dem Erlebnis und wäre fast eingeknickt, weil ihre Beine von dem langen Stillsitzen ganz taub waren. Doch kaum, dass sie aufgestanden war, fingen ihre Beine furchtbar an zu kribbeln.

Gemeinsam machten sich die drei auf den Heimweg durch den dunklen Wald. Keiner sprach ein Wort, weil sonst der Zauber des Erlebten zerreißen wäre wie der Kokon der Elkinne zuvor. Rhea war noch immer ganz hingerissen bei dem Gedanken an ihren Elkin und ihr wurde ganz warm. Doch gleich darauf spürte sie einen Stich im Herzen, der ihr fast die Tränen in die Augen getrieben hätte. Dieses Erlebnis würde es für die vier todgeweihten Kinder nicht geben, nie. Sie würden nie eine Elkingeburt miterleben, keine Elkintaufe, geschweige denn ihre eigene Wandelung. Wie lange würden sie noch am Leben sein?

***

Rhea schreckte hoch. Mit klopfendem Herzen saß sie in der Dunkelheit, leicht verwirrt. Was hatte sie geweckt? Irgendetwas hatte sie aus dem Schlaf gerissen. Da hörte sie es erneut, und die Nacht, als Kattra halb tot hier ankam, stand ihr wieder in Erinnerung. Es hämmerte und klopfte genauso bedrohlich laut an der Haustüre wie damals. Die Suche nach dem Brennkraut gelang ihr diesmal schneller, dann sprang Rhea aus dem Bett und weckte Eliah, bevor sie auf bloßen Füßen über den kalten, erdigen Boden zur Tür lief. Fine war nirgends zu sehen. Rheas erster Impuls war, die Tür sofort aufzureißen, damit endlich dieses Hämmern aufhörte, es machte ihr Angst. Was musste passiert sein, dass derjenige, der da draußen stand, so wild und ununterbrochen gegen die Tür donnerte? Doch wenn es Kattra war, der zurückgekehrt war? Zaghaft rief sie in eine Pause zwischen zwei Schlägen: „Wer ist da?"

„Ich bin es, Gork. Schnell, Fine, öffne die Tür. Es geht um die Kinder!"

Oh nein! Rhea spürte einen eiskalten Finger im Nacken, der ihr den Rücken hinunterfuhr und eine kribbelnde Spur hinterließ. So schnell? Zu schnell! „Nein, ich bin es, Rhea", rief sie. „Fine schläft noch."

Doch in diesem Moment hörte sie Fines Stimme hinter sich. „Ich bin hier, ich bin doch schon da."

Der Ratsälteste hämmerte weiter wie verrückt an die Tür und Rhea trat beiseite, damit Fine öffnen konnte und die Verantwortung übernahm für das, was vor dieser Tür auf sie lauerte. Kaum hatte die Heilerin die Tür einen Spalt breit geöffnet, wurde diese grob von außen aufgestoßen und Gork stürzte herein, das Gesicht zu einer Maske der Verzweiflung verzerrt. Er legte seine großen Hände schwer auf Fines Schultern.

Da erschien auch Eliah ziemlich verschlafen.

„Schnell, Fine, es hat angefangen. Die Kinder! Es geht ihnen schlecht und ich kann ihnen nicht helfen. Es kam so urplötzlich. Du musst kommen, du musst sie berühren, schnell. Sie sind alle bei mir." Seine Stimme versagte, während er flüsterte: „Bitte beeile dich!"

Rhea drehte sich um und rief über die Schulter: „Ich hole deinen Umhang!" Wie der Blitz war sie auch schon in Fines Kammer verschwunden, während Fine selbst zur Kräuterkammer eilte. Sie durften keine Zeit mehr verlieren, jede Sekunde konnte über Leben oder Tod entscheiden.

Als Rhea mit Fines Umhang zurückkam, rief Fine: „Rhea, Eliah, ihr kommt mit. Es könnte sein, dass ich euch brauche." Rasch warf sich die Heilerin den Umhang um, schnappte das Körbchen und war im nächsten Augenblick verschwunden.

Die Zwillinge standen überrumpelt da und sahen sich bestürzt an, dann stürzten sie in ihre Kammern, um kurz darauf ebenfalls in ihre Umhänge gehüllt zurückzukommen, die sie einfach über die Schlafsachen gezogen hatten. Schnell schlüpften sie in ihre Schuhe, während sich Rhea noch geistesgegenwärtig ein Paar Schuhe für Fine schnappte – diese war auf bloßen Füßen davongeeilt.

Dann verloren sie kein weiteres Wort mehr, huschten aus dem Tunnel und eilten hinaus in die finstere Nacht.

***

Als die Zwillinge in Gorks Schlafkammer stürzten, krampfte sich Rheas Magen zusammen, als sie die Kinder sah. Raven und Benra, die beiden Buben, lagen in Gorks Bett, während die Mädchen Sevi und Kora auf einer dicken, geflochtenen Grasmatte auf dem Boden davor lagen. Die Luft war erfüllt von einem säuerlichen Geruch, der von den Betten ausging. Alle vier hatten die Augen geschlossen und atmeten rasend schnell, doch flach, während jeder Atemzug von einem leichten Rasseln begleitet wurde. Ihre fahle Haut glänzte feucht im Kerzenschein, die verschwitzten Haare hingen ihnen wirr in die Stirn. Tiefe Schatten lagen unter den geschlossenen Augen. Rhea zerriss es fast das Herz bei diesem Anblick. Sie waren noch so klein und ihre Körper waren so schmal! Sie sahen so verletzlich aus und viel zu jung, um zu sterben.

Rheas Blick fiel auf Sevis und Benras Mütter, die je an einem Krankenlager saßen und abwechselnd die Gesichter der Kinder mit feuchten Tüchern benetzten in der Hoffnung, ihnen so etwas Linderung zu verschaffen. Sevis Mutter weinte still vor sich hin, während sie das Tuch in eine Schüssel Wasser tauchte, die am Boden stand. Eine so hoffnungslose und scheinbar endgültige Szenerie hatte Rhea in ihrem ganzen bisherigen Leben noch nie erleben müssen. Am liebsten hätte sie sich umgedreht, hätte die Türe hinter sich geschlossen, wäre nach Hause gegangen und hätte sich die Bettdecke über den Kopf gezogen. Dann wäre sie vielleicht morgen aufgewacht und alles wäre gut gewesen. Aber das war nicht die Realität. Die Realität hatte sie hier vor Augen. Rhea hoffte inbrünstig, dass Fine helfen konnte.

Die Heilerin kniete bereits am Boden bei Sevi und Kora und hatte Koras Arme in ihre Hände genommen. Ihre Augen waren geschlossen, ihr Gesichtsausdruck hoch konzentriert. Rhea verfolgte ihre Miene, die mehrmals wechselte.

Erst runzelte die Heilerin die Stirn, als ob sie etwas nicht verstand. Dann schüttelte sie leicht den Kopf, nur um gleich eine Augenbraue in die Höhe zu ziehen. Alle in der Kammer warteten still auf ihr Urteil. Nur das Plätschern des Wassers lag überlaut in der Luft, wenn Sevis Mutter das Tuch auswrang, um damit erneut die Gesichter der Kinder zu kühlen. Ein nerviges Geräusch, immer und immer wieder, monoton die Stille durchschneidend. Und Fine war immer noch nicht fertig. Rhea hätte am liebsten laut geschrien: „Beeile dich, mach schnell, jede Sekunde kann kostbar sein, bevor es zu spät ist."

Endlich öffnete Fine wie in Trance die Augen, ließ Koras Arme in Zeitlupe los und erhob sich zögernd. Alle Blicke waren auf sie gerichtet, doch die Heilerin sagte nichts, beugte sich nur zu Sevi und nahm deren Arme in die Hände und alles begann von vorne. Rhea hätte es fast zerrissen vor Wut über ihre eigene Machtlosigkeit. Sie war dazu verdammt, zuzusehen, und konnte nichts dagegen tun.

Nach einer endlosen Weile, in der Sevis Mutter einfach nicht aufhören wollte, den Lappen auszuwringen, erhob sich Fine abermals, aber statt alle aus ihrer Ungewissheit zu erlösen, wiederholte sie alles bei Raven und Benra noch einmal.

Dann, endlich, endlich war Fine fertig und ihre Tochter atmete erleichtert auf. Sie hätte diese Hilflosigkeit keine Sekunde länger ertragen. Fine wandte sich um und sah allen Anwesenden nacheinander in die Augen. Dann sprach sie, und Rheas Welt geriet aus den Fugen: „Ich kann sie nicht retten. Nichts auf der Welt kann diesen Kindern helfen, zumindest nichts, das ich kenne oder das in meiner Macht steht."

Der Wasserlappen erstarrte mitten in der Bewegung.

Entsetzen legte sich über Rhea und verschluckte sie wie der erste Schnee die atmende Natur. Kalt, es war so kalt in der Kammer. Rhea wollte nicht wahrhaben, was sie gehört hatte. Nein, das konnte nicht sein, niemals. Sie weigerte sich einfach, das Gehörte zu verstehen. Doch Eliahs entsetzter Blick zeigte Rhea, wie grausam die Wirklichkeit war. Verzweifelt griff sie nach dem Sternsaphir an ihrem Hals in der letzten Hoffnung, dass dieser ihnen nun endlich helfen würde, aber der Stein blieb auch diesmal stumm.

Gork neben ihr stöhnte. „Bitte, Fine, versuche es. Versuche alles, was in deiner Macht steht."

Doch Fines Blick war genauso hoffnungslos wie mitleidig. Langsam schüttelte sie den Kopf. Die Stille, die sich nun ausbreitete wie eine schleichende Krankheit, nahm Rhea den Atem.

Ihre Lippen wurden taub, als wollten sie nicht schuld sein an der Frage, die Rhea nun stellte: „Werden sie sterben?“

Kattra

„Immer ich, warum nur immer ich“, maulte Kattra, während er den Weg, den er vor noch gar nicht allzu langer Zeit in die Gegenrichtung marschiert war, wieder zurückmarschierte. Doch damals war seine Stimmung deutlich besser gewesen als jetzt.

„Warum nur muss ich schon wieder zu diesen furchtbaren Maroughi? Diesen kleinen Gnomen, die sich so furchtbar wichtig nehmen? Igitt, ich will nicht.“

Gleich darauf schlug seine Stimmung um und er kicherte. „Hihi, aber wenn die wüssten, wenn die wüssten. Dann würden sie ganz schön das Gruseln bekommen und fürchterliche Angst um ihr ach so wichtiges Volk, diese Maroughi mit ihren hässlichen Elkinnen und ihren ekligen grünen Brommlern, hihi. Lange werden sie nichts mehr zu schützen haben, dann haben wir die Macht!“ Seine Faust fuhr durch die Luft und seine Augen leuchteten siegessicher, während sich die Spucke in seinen Mundwinkeln sammelte.

Verrat

Endlich war es so weit: Heute war die Taufe der Elkinne, ein weiterer Anlass zu Fröhlichkeit und Feierlichkeit. Doch Rhea konnte die Gedanken an die kranken Kinder nicht so einfach von sich schieben. Sie trug sie Tag und Nacht mit sich herum, wie ein klebriges Spinnennetz, in das man versehentlich hineingelangt hatte und das nun unangenehm an den Fingern klebte. Egal, was sie tat, um sich abzulenken, plötzlich tauchten sie wieder auf, die Sorgen, und Rhea wurde jedes Mal ganz schlecht. Sie fragte sich, wie lange die Kinder noch durchhalten konnten, und hoffte, dass irgendwer sehr schnell eine geniale Lösung finden würde, die Kinder zu retten, bevor es zu spät war.

Als sie merkte, dass sie schon wieder an die Kinder dachte, richtete sie ihre Aufmerksamkeit ganz bewusst auf die bevorstehende Taufe. Sie wollte dieses Ereignis genießen, wollte für eine kurze Zeit unbeschwert feiern können. Nur zu gerne ließ sie sich von Fines Nervosität anstecken, die wie ein Wirbelwind durch das Wurzelwerk fegte, um sich fein zu machen. Nur Eliah, der gemächlich in der Küche saß, hatte es offensichtlich ganz und gar nicht eilig.

„Eliah, beeile dich, du musst dich noch umziehen“, rief Fine von irgendwoher.

„Nö, muss ich gar nicht“, grummelte Eliah.

Rhea, die gerade an ihrem Bruder vorbeirauschen wollte, bremste scharf ab. „Was? Was brummelst du denn da vor dich hin. Natürlich musst du dich fein machen.“

„Aber ich habe mich doch schon zu unserem Geburtstag schick gemacht. Das reicht für mindestens ein Jahr.“

„Aber Eliah! Willst du, dass ich mich schämen muss für meinen einzigen Sohn?“, fragte Fine, die gerade an der Küche vorbeihuschte. Das wirkte. Endlich erhob sich Eliah und verschwand in seiner Kammer.

„Fine, weißt du, wo mein grünes Haarband ist, das du mir zum Geburtstag geschenkt hast?“, rief Rhea fast schon in Tränen aufgelöst quer durch das ganze Wurzelwerk.

„Ja, natürlich. Es hängt über dem Waschzuber, ich habe es dir gestern noch schnell gewaschen“, kam es undeutlich aus Fines Kammer.

„Ja, ich habe es gefunden. Kannst du mir noch schnell meine Haare flechten?“, rief Rhea erneut.

„Ich komme gleich.“ Fines Antwort kam noch undeutlicher als die zuvor. Ihr Kopf steckte wahrscheinlich gerade in einer Bluse fest, sie hatte wohl vergessen, die oberen Knöpfe zu öffnen.

Endlich fanden sich die drei in der Küche ein, wo sie sich ausgiebig bewunderten. Rheas Bluse und der weit schwingende Rock hatten einen warmen Rotton, der einen Stich ins Rostfarbene ging, während Eliah ein Hemd mit passender Hose in einem dunklen Mitternachtsblau trug, das seine grünen Augen zum Strahlen brachte. Er hatte sogar versucht, seine wuscheligen Locken zu bändigen, aber offenbar ohne Erfolg.

„Schick seht ihr aus, ihr zwei“, strahlte Fine.

„Du bist aber auch hübsch heute“, sagte Rhea und bewunderte Fines Bluse-Rock-Kombination in verschiedenen grünen Farbtönen, fast wie die Farben des Waldes.

„Komm, Rhea, setze dich auf den Schemel, dann kann ich dir noch schnell die Haare flechten“, sagte Fine.

Rhea setzte sich zurecht und Fine begann, sich an den Locken ihrer Tochter zu schaffen zu machen, während ihnen Eliah vom Küchentisch aus zusah.

„Und, habt ihr zwei euch schon Gedanken darüber gemacht, wie ihr eure Elkinne nennen wollt?“, fragte Fine, während ihre geschickten Finger Strähne um Strähne zu einem dicken Zopf flochten.

Rhea konnte ja nicht nicken, sonst hätte sie Fine den Zopf weggezogen oder ein ziemlich schmerzhaftes Ziepen in Kauf genommen. „Ja“, sagte sie schnell. Eliah brummelte nur vor sich hin.

„Und? Wie soll er heißen, dein Elkin, Rhea?“

„Soll ich es dir wirklich schon jetzt verraten?“

„Ja, natürlich! Sag schon.“

„Na gut, also, mein Elkin wird Miron heißen.“

„Miron“, wiederholte Fine, wobei sie das Wort in die Länge zog, als wollte sie testen, wie es auf der Zunge schmeckte, bevor sie entschied: „Ja, das ist ein guter Name.“

Rhea war es ein bisschen peinlich. „Findest du?“, fragte sie.

„Ja, es ist ein wunderschöner Name und irgendwie hat er was Lilafarbenes, finde ich“, sagte Fine. „Und du, Eliah? Hast du auch schon einen Namen gefunden?“

Eliah zuckte leicht mit den Schultern, während er mit den Fingern am Kragen seines Hemdes nestelte. „Ja, ich glaube schon."
„Du glaubst?"
„Ja, eigentlich habe ich mich schon entschieden."
„Na, und wie lautet der Name?"
Eliah schnaubte. „Na ja, ich will ihn noch nicht verraten."
„Aber das ist unfair, ich habe dir meinen auch gesagt!", rief Rhea empört.
„Jaaaa."
„Nun sei nicht so unfair!", wiederholte seine Schwester.
„Also gut, aber ihr dürft nicht lachen!"
„Nein, werden wir bestimmt nicht." Das kam von Rhea und Fine gleichzeitig.
„Was haltet ihr von Senja?", fragte er leise.
„Senja … Senja", flüsterte Rhea ein paar Mal vor sich hin. Auch Fine testete einige Male den Geschmack des Namens wie zuvor bei Miron. Dann nickte sie. „Ja, das ist ein sehr schöner Name, wirklich. Er hört sich hell und freundlich an, irgendwie frisch."
„Ja, finde ich auch", stimmte Rhea zu. „Wie bist du darauf gekommen?"
„Ich weiß nicht, er schoss mir durch den Kopf, als Senja ganz aus dem Kokon geschlüpft war", erwiderte Eliah, und Rhea musste innerlich schmunzeln über seine offensichtliche Erleichterung.
„Komisch, bei mir war es genauso. Ich musste auch gleich an Miron denken. Für mich kam gar kein anderer Name infrage."
„So, Rhea, nun bist du fertig. Lasst euch anschauen, ihr zwei." Fine trat zurück und betrachtete stolz ihre Zwillinge, doch sie erschrak, als sie Rheas Miene sah. Diese war den Tränen nahe.
„Aber Rhea", rief Fine. „Was hast du denn?"
Rhea holte tief Luft. „Ich habe nur eben daran gedacht, dass Raven, Benra, Sevi und Kora nie in ihrem Leben für ihre Elkinnen Namen aussuchen werden. Selbst wenn sie überleben sollten, ihre Brommler sind tot." Die Stille auf diese Worte traf die drei hart. „Warst du heute früh schon bei ihnen?", flüsterte Rhea.
„Ja, war ich", antwortete Fine.
„Geht es ihnen besser?"
Doch Fine schüttelte den Kopf. „Ich weiß nicht, wie lange sie dem Siechtum noch standhalten können, sie sind sehr schwach." Dann

klatschte sie in die Hände. „Genug Trübsal geblasen, ihr lebt ja noch und feiert heute die Taufe eurer Elkinne, die auch noch leben. Rhea, dein Haar sieht wunderschön aus.“

Als sie fertig waren, marschierten sie los zur Lichtung mit der Quelle, wo die Feier stattfinden sollte. Rhea pfiff kurz nach Wolke, die prompt neben ihr aus dem Gebüsch brach. „Hallo, meine Hübsche, ich hoffe, ich vernachlässige dich nicht zu sehr in letzter Zeit.“ Mit einem schlechten Gewissen bückte sich Rhea und kraulte die kleine Wollratte kurz unter dem Kinn. Dann folgte sie schnell den anderen, bevor Wolke zu pfeifen anfangen konnte. Die kleine Wollratte trottetet hinterher.

An der Quelle angekommen, waren schon fast alle Maroughi versammelt und es herrschte rege Betriebsamkeit. Die Baumstümpfe und -stämme, die noch vom Geburtstag dort standen, waren bereits fast alle besetzt.

Rhea sah sich unauffällig um. Sie konnte die verrückte Susa und Fhengi sehen, auch die alte Alma und Heli. Aber wo war Manou? Normalerweise tauchten Heli und Manou stets im Doppelpack auf, doch sie konnte den Maroughi nirgends entdecken. Ein vielstimmiges Flattern, Surren, Summen und Brummen lenkte sie ab. Es kam immer näher, erfüllte die Luft und übertönte die Gespräche der anderen.

Kurz darauf trafen die Elkinne ein, allen voran Balem, ihr Anführer. Hoch über den Köpfen der Maroughi schwirrten sie umher wie bunte Irrlichter, die aufgeregt durcheinanderwirbelten.

Ein wenig nervös durchforstete Rhea die Gruppe nach ihren beiden Elkinnen. Da! Die zitronengelben und lilafarbenen Haare waren viel zu auffällig zwischen all den anderen Farben, als dass man sie leicht übersehen hätte.

Doch gleich darauf stutzte Rhea. Es waren nicht die Haare gewesen, die aus der Menge herausstachen, sondern die Farbe ihrer Kittel, die sie nun trugen. Alle anderen Elkinne trugen Kittel in den gleichen Farben wie ihre Haare – Balems Kittel war genauso schön karottenrot wie sein wirrer Schopf –, nur Senja und Miron nicht. Ihre Kittel waren leuchtend grün, genauso grün wie Rheas Haarbänder. Warum trugen Miron und Senja nicht auch Kittel in ihren Haarfarben?

Die Elkinne wurden langsamer, schwebten vorsichtig über den Boden und setzten zur Landung an. Nach und nach erstarb das surrende Geräusch, während die Elkinne sich unter die Maroughi mischten.

Trotz der bevorstehenden Zeremonie blieb die Stimmung gedämpft, denn inzwischen hatte sich der Tod der Brommler auch unter den Maroughi herumgesprochen.

„Eliah, merkst du es auch?“, flüsterte Rhea.

„Meinst du, wie ruhig sie alle sind?“, flüsterte ihr Bruder zurück. Gerade die Tatsache, dass die beiden flüstern konnten, war gruselig.

„Ja“, antwortete Rhea ihm. „Irgendwie kommen mir alle vor, als ob sie wie unter Wasser reagierten, so langsam und gedämpft.“

„Ja, das finde ich auch. Der Tod der Brommler nimmt sie offensichtlich ziemlich mit, vor allem die Elkinne.“

„Dabei wissen sie noch gar nichts von den Kindern. Wenn sie das erst erfahren!“ Rhea wurde es ganz flau im Magen.

Endlich hatten auch die letzten Elkinne ihren Platz gefunden und es kehrte Ruhe ein. Gork und Balem erhoben sich und schritten auf ein kleines Podest zu, das neben der Quelle aufgebaut war. Als alle ruhig und aufmerksam auf ihren Plätzen saßen, räusperte sich der Ratsälteste und sprach mit seiner volltönenden Stimme: „Wie ihr alle wisst, haben Eliah und Rhea von Fines Wurzelwerk vor Kurzem ihre Wandelung gefeiert. Nun sind auch ihre Elkinne geschlüpft und werden heute von ihren Maroughi getauft.“ Dann nickte er Balem zu und trat einen Schritt zurück.

Balem reckte sich in Anbetracht der wichtigen Aufgabe, die nun vor ihm lag, um wohl ein wenig eindrucksvoller – wenn schon nicht größer – zu wirken. „Nun, meine verehrte Maroughigemeinschaft, mein lieber Stamm der Elkinne, die beiden neuen Elkinne haben ihre ersten paar Lebenstage gut überstanden. Sie haben bereits noch als Brommler ihre Seide gesponnen, die wir Elkinne anschließend bis zu ihrer Verwandlung für sie aufbewahrt haben. Gleich nach der Verwandlung haben sie sich in unseren Weberbaum zurückgezogen und eigenhändig ihren Kittel gewoben, wie es der Brauch verlangt. Somit ist ihre Entwicklung abgeschlossen und es ist an der Zeit, den neuen Elkinnen ihre Namen zu geben. Rhea und Eliah von Fines Wurzelwerk, bitte erhebt euch und tretet zu mir.“

Rhea wurde ganz schwach vor Aufregung. Schon wieder so viel Aufmerksamkeit, ihr hatte schon die Geburtstagsfeier gereicht, bei der sie den ganzen Tag im Mittelpunkt gestanden hatten. Fast wäre Rhea über Wolke gestolpert, die sich vor ihren Füßen zusammengeringelt hatte, als sie aufstand. Gemeinsam mit Eliah schlängelte sie sich zwischen den Sitzen der anderen hindurch. Rhea fühlte förmlich die Blicke aller

Anwesenden, die sich wie feine Nadelstiche in ihren Rücken bohrten. Vor Aufregung wurde ihr Mund ganz trocken und sie nestelte nervös an ihrer Kette herum. Endlich hatten sie und ihr Zwillingsbruder das Podest erreicht und stellten sich links und rechts neben Balem auf.

„Und nun bitte ich die beiden neuen Elkinne, zu uns zu treten", sagte Balem.

Aus der Menge ragten die zwei Elkinne hervor, die sich ebenfalls ihren Weg nach vorne bahnten, und Rhea war froh, dass die Aufmerksamkeit nun nicht mehr ihnen galt. Stattdessen guckte sie den Elkinnen genauso gespannt entgegen, wie sie gerade eben betrachtet worden war, und sah zum ersten Mal ihre Gesichter aus der Nähe. Sie waren schön, so wunderschön, wie sie noch kein Gesicht bisher gesehen hatte. Alles war perfekt, nichts störte die ebenmäßigen Züge. Rhea konnte sich gar nicht sattsehen an ihrem hübschen Elkin und stellte erstaunt fest, dass sie so etwas wie Stolz empfand, obwohl sie doch gar nichts dazu beigetragen hatte, dass dieses wunderbare Geschöpf existierte. Im Gegenteil, durch die Elkinne war es erst möglich, dass Rhea und Eliah existierten.

Dann hatten auch die neuen Elkinne das Podest erreicht und jeder stellte sich neben seinen Zwilling. Kaum hatten sie sich positioniert, traten Balem und Gork auf die vier zu, in den Händen je einen silbernen Kelch. Rhea war verblüfft, als sie diese genauer betrachtete, denn die beiden wundersam gefertigten Kelche zeigten Szenen aus dem Leben der Elkinne und der Maroughi, die in winzigen Miniaturansichten aus dem Silber gehämmert worden waren. Auf einem Becher konnte Rhea einen winzig kleinen Elkin sehen, der sich gerade in die Luft erhob. Auf dem anderen Becher konnte sie ein Maroughikind sehen, das mit einem kleinen Tier spielte, das – Rhea keuchte und erstarrte – aussah wie Wolke!

Nachdem Balem und Gork je einen Kelch mit dem klaren Quellwasser gefüllt hatten, überreichten sie den Zwillingen die Kelche, die die beiden feierlich ergriffen, bevor sie sich zu ihren Elkinnen umdrehten. Sie tauschten einen Blick und Eliah nickte leicht: Er würde den Anfang machen.

Er räusperte sich, hob den Kelch vor sich in Brusthöhe und sprach: „Der Brauch unseres Waldvolkes will es, dass nur ich die Macht und die Befugnis habe, dir deinen Namen zu geben. Kein anderer außer mir kann diese Aufgabe übernehmen. Nun, Elkinmädchen, höre: Du sollst fortan den Namen Senja tragen."

Eliah übergab Senja den Kelch und diese neigte den Kopf leicht, bevor sie sprach: „Ich danke dir, Eliah von den Maroughi, für diesen wunderschönen Namen, den du mir gegeben hast und den ich gerne annehme." Es klang, als ob tausend feiner Silberglöckchen alle auf einmal aneinanderschlugen, süß und hoch und silbern.

Nun war Rhea an der Reihe. Nervös strich sie sich die Locken hinter das Ohr, bevor sie zu ihrem Elkin sprach: „Der Brauch unseres Waldvolkes will es, dass nur ich die Macht und die Befugnis habe, dir deinen

Namen zu geben. Kein anderer außer mir kann diese Aufgabe übernehmen. Nun, Elkin, höre: Du sollst fortan den Namen Miron tragen." Sie übergab Miron den zweiten Kelch, der ihn lächelnd entgegennahm.

Daraufhin sprach auch er und es klang wie der Luftzug, den ein abschießender Pfeil verursachte: „Ich danke dir, Rhea von den Maroughi, für diesen wunderschönen Namen, den du mir gegeben hast und den ich gerne annehme."

Dann führten die beiden die silbernen Kelche an ihre Lippen und tranken zum ersten Mal in ihrem Leben als Elkinne das reine Quellwasser. Noch während sie tranken, ging ein Raunen durch die Menge der Maroughi und Rhea zuckte zusammen, als die Kittel der Elkinne anfingen, sich zu verfärben. Ganz langsam fing es an den Schultern und am Halsausschnitt an, dann wanderte die Farbe nach unten, franste aus und verlief, als ob man einen Kelch Wasser über ein Bild verschüttet hätte. Rhea beobachtete, wie sich die Farbe immer mehr ausbreitete, bis sie den untersten Rand des Kittels erreicht hatte. Nun verstand sie, warum die Kittel ihrer Elkinne vorher nur grün gewesen waren: Sie waren noch nicht getauft. Jetzt leuchtete Mirons Kittel in einem wunderschönen Violett, das perfekt zu seinem Wuschelkopf passte, während Senjas Kittel in einem intensiven Zitronengelb leuchtete, genauso wie ihre langen, glatten Haare.

Gork riss Rhea aus ihrer Betrachtung, als er den beiden Elkinnen die silbernen Kelche abnahm. „Nun, die Taufe ist vollzogen, die Elkinne haben ihre Namen erhalten und sind somit in den Stamm der Elkinne aufgenommen." Kaum hatte er geendet, brauste tosender Applaus auf. Maroughi und Elkinne sprangen von ihren Sitzen auf und klatschten in die Hände. Hochrufe wurden laut und Rhea sah nur in fröhliche, lachende Gesichter.

Doch plötzlich wurde sie unsanft zur Seite gestoßen. Sie wäre beinahe vom Podest gefallen und wollte schon unwillig zu schimpfen anfangen, als sie in das vor Entsetzen entstellte Gesicht von Manou sah.

Zunächst war Rhea verwirrt. Warum war Manou so außer sich, was war geschehen? Dann schoss ihr der Schock wie flüssige Glut durch den Körper. War etwas mit den Maroughikindern? Nein! Das durfte nicht sein! Zu Tode erschrocken beobachtete sie, wie sich Manou auf Gork stürzte, ihn zur Seite riss und ihm etwas ins Ohr schrie.

Der Applaus verebbte nur langsam und Rhea konnte nur anhand Gorks Miene erahnen, dass etwas Entsetzliches geschehen sein musste.

Denn je länger Manou redete, desto geschockter wurde Gorks Ausdruck. Er riss die Augen auf, sein Mund öffnete sich zu einem ungläubigen „Oh“ und seine Züge verzerrten sich zu einer verzweifelten Maske. Das alles ging so rasend schnell vor sich und Rhea wusste, dass nichts mehr so war wie noch zwei Augenblicke zuvor.

Da hob Gork auch schon ruckartig die Hände und bedeutete allen Anwesenden, ruhig zu sein. Nur langsam merkten die Zuschauer, dass die Taufe noch nicht zu Ende war und dass der Ratsälteste offenbar noch etwas zu sagen hatte. Ahnungslose Gesichter sahen ihm entgegen, denn jeder erwartete mit freudiger Spannung, was da noch kommen sollte. Langsam ließ Gork die Arme sinken und sah verzweifelt auf sein Volk. „Es ist etwas eingetreten, von dem wir hofften, dass es nie mehr geschehen werde. Doch leider muss ich euch die schlechte Nachricht mitteilen: Kattra ist zurück.“

Entsetzte Stille legte sich über die Maroughi wie ein Leichentuch. Kaum einer wagte zu atmen. Dann brach der Tumult aus. Mit grimmigen Mienen schrien und schimpften die Maroughi wild durcheinander. Rhea konnte trotzdem die Worte *Spion* und *Verrat* heraushören.

Noch einmal hob Gork beschwichtigend die Hände und nickte mit dem Kopf. „Hört her! Wir konnten ihn fangen, wir haben ihn!“ Das schien die aufgebrachte Menge vorerst zu beruhigen, denn allmählich verebbten die Rufe. „Manou hat ihn aufgegriffen, als er und noch zwei andere Maroughi sich verspätet auf den Weg hierher gemacht hatten. Sie haben Kattra entdeckt, als er sich langsam von hinten an die Lichtung anschleichen wollte. Zum Glück hatte er sie nicht bemerkt und sie konnten ihn überraschen. Die beiden anderen Maroughi, Xeron und Anthor, halten ihn immer noch fest.“ Er machte eine Pause, bevor er weitersprach. „Und noch etwas müsst ihr wissen.“

Rhea erschrak. Würde Gork nun von den Kindern erzählen?

„Ich kann es nicht länger verantworten, euch die Wahrheit vorzuenthalten: Die Kinder, deren Brommler gestorben sind, sind sehr, sehr krank. Wir wissen nicht, wie oder ob sie überleben werden. Fine hat alles in ihrer Macht Stehende getan, doch sie weiß nicht weiter. Zum ersten Mal in ihrem Leben ist die Heilerin ratlos. Auch das haben wir Kattra zu verdanken.“

Sein Kopf senkte sich, während der Tumult erneut ausbrach. Nun hörte Rhea ein neues Wort, das aus der Menge zu ihr schallte wie ein Peitschenhieb: „MÖRDER!“

„Ich werde die Taufe nun verlassen, um mich um Kattra zu kümmern. Solange soll mich Balem vertreten. Ihr bleibt vorerst hier, versucht trotzdem, noch etwas zu feiern.“ Er sah Balem an, der sofort nickte. Dann wandte sich Gork zu Rhea um und sagte leise zu ihr: „Du kommst mit, schnell, wir werden dich brauchen.“ Gork gab Fine, die etwas abseits stand und alles beobachtet hatte, einen Wink und sie nickte nur.

Rhea wurde es mulmig. Sie musste doch ihre Fähigkeit nicht ausgerechnet bei dem ekligen Kattra einsetzen? Das hätte ihr gerade noch gefehlt. Flehentlich sah sie ihren Bruder an, der verstand und machte sich bereit, seine Zwillingsschwester zu begleiten.

Rhea verließ mit Eliah, Gork, Manou und Fine die Lichtung, zusammen eilten sie durch den Wald, Wolke mit fliegenden Ohren hinterher. Schon von Weitem sah Rhea Kattras bleiche Tentakeln durch die Bäume schimmern. Ihr wurde ganz flau im Magen bei dem Gedanken, seine dürren Arme berühren zu müssen. Das wollte sie auf gar keinen Fall und erst recht nicht wollte sie mit Kattras Geist in Berührung kommen! Igitt, Rhea schüttelte sich innerlich.

Kattra hing zwischen den beiden jungen Maroughikerlen Xeron und Anthor, die ihn mit festem Griff umklammerten. Nur halbherzig versuchte er, ihrem Griff zu entkommen: Er wusste inzwischen, dass er keine Chance hatte. Der Khyroi sah den Neuankömmlingen entgegen und sein Blick wurde abwehrend.

Gorks angewiderter Blick streifte ihn kurz, dann befahl er: „Bringt ihn in mein Wurzelwerk.“ Dann drehte sich der Ratsälteste um, Kattra zwischen Xeron und Anthor folgte ihm stolpernd. Er wurde mehr gezogen und getragen, als dass er ging, während Rhea, Eliah und Manou in sicherem Abstand folgten.

„In die Küche mit ihm“, herrschte Gork, nachdem sie das Wurzelwerk erreicht hatten. Rhea wollte nicht daran denken, dass sich nebenan in Gorks Schlafkammer ein ganz anderes Drama abspielte als hier in der Küche, dass kaum durch eine dünne Lehmwand getrennt der Tod gerade dabei war, sich das Leben zu holen. Rhea sah, wie Fine nach nebenan verschwand.

„Setzt ihn hin und bindet ihn fest!“, befahl Gork.

Aus einem Weidenkorb im Regal kramte er mehrere dicke Stricke hervor, mit denen Xeron und Anthor den Khyroi fesselten. Sorgsam zurrten sie die Stricke fest und prüften nochmals, ob auch wirklich alles hielt.

Währenddessen hatte Kattra den Blick gesenkt. Schämte er sich? Oder wollte er nicht, dass man ihm seine Verschlagenheit ansah? Während Gork ihm gegenüberstand, hielten sich die anderen im Hintergrund. Er blickte Kattra vernichtend an. „Nun, Kattra, was hast du uns zu berichten?“

Dieser erwiderte seinen Blick mit unschuldiger Miene. Seine eisblauen Augen blieben dabei kalt und leblos, seine Tentakeln ruhig. „Iich? Gar nichts! Wollte nur mal an einer Elkinnentaufe teilnehmen.“

„Du sollst uns keine Geschichten erzählen! Warum bist du hier?“ Gorks Stimme klang gefährlich ruhig.

„Hast du vergessen, dass ich obdachlos, verstoßen von meinem eigenen Heer, und immer noch auf der Suche nach einer Behausung bin?“ Kattra versuchte so etwas wie eine Mitleidsmiene. „Mein Heer hat mich nicht wieder aufgenommen und ich weiß nicht, wohin.“

Selbst Rhea merkte, wie kläglich dieser Versuch scheiterte.

„Du lügst! Ich glaube dir kein Wort!“ Gork verlor langsam die Geduld.

Kattras Blick wurde verschlagen. „Vielleicht wollte ich noch ein wenig von euren Sirrtha naschen, wer weiß?“

Man sah Gork an, dass er ihm am liebsten die Faust ins Gesicht geschlagen hätte und sich nur mühsam beherrschen konnte. Zwischen zusammengebissenen Zähnen presste er hervor: „Du bist das Letzte, was auf Erden rumläuft.“

Kattra grinste schmierig. Sein Blick blieb unverwandt auf Gork gerichtet, als ob er ihn hypnotisieren wollte.

„Wenn du uns nicht die Wahrheit sagst, werden wir sie gewaltsam aus dir herauspressen!“

Rhea wusste sehr wohl, dass Gork es viel lieber aus ihm herausprügeln wollte. Der grausame Khyroi zuckte nur gleichgültig mit den Schultern und schwieg. Die Sekunden vergingen, keiner sprach, jeder wartete auf Kattras Geständnis, das nicht kam. Endlich entschied der Ratsälteste: „Nun, Rhea, bitte setze deine Fähigkeit zum Wohle deiner Gemeinschaft ein.“

Rhea wurde schlecht, sie schluckte. Oh nein, nur nicht dieses abscheuliche Wesen berühren. Alles in ihr sträubte sich, am liebsten hätte sie sich umgedreht und wäre geflüchtet, doch stattdessen zwang sie sich, vor den Gefesselten zu treten. Trost suchend fasste sie kurz nach ihrem Kristall und fühlte, wie sich warme Zuversicht in ihr ausbreitete.

Kattra sah Rhea an und endlich zeigte seine Miene so etwas wie Unsicherheit. Offensichtlich hatte er keine Ahnung, was sie mit ihm anstellen würde.

Während Rhea tief Luft holte, sah sie Kattra nicht direkt an – diesen entsetzlich stechenden Blick hätte sie jetzt nicht ertragen. Dann beugte sie sich leicht über ihn. Zögernd streckte sie ihre Hände nach ihm aus und merkte, wie Kattra kaum merklich zurückzuckte. Genugtuung durchströmte sie. Hatte er nun doch endlich einmal Angst, dieser fiese Khyroi? Nun fing die Sache an, ihr fast Spaß zu machen. Sie genoss das Gefühl der Macht. Kattra wusste nichts, gar nichts, er war völlig ahnungslos, wie harmlos Rheas Vorhaben für ihn war. Aber sie gönnte ihm die Sekunden der Angst, keine davon war verschwendet.

Da räusperte sich Gork hinter ihr und Rhea wusste, der Moment der Macht war vorbei. Nun musste sie Kattra berühren. Langsam streckte sie ihre Finger, legte diese um die dürren Ärmchen des Khyrois und umschloss sie. Sie hörte noch ein widerlich schmatzendes Geräusch in ihren Ohren, bevor sie schlagartig jeglichen Halt verlor und alles um sie herum pechschwarz wurde. Sie wurde hineingezogen in dieses Schwarz, eingesogen, herumgewirbelt, rasend schnell, immer schneller. Ihr stockte der Atem, diese irre Geschwindigkeit drückte ihr die Luft aus den Lungen und sie konnte kaum mehr einatmen. Haltlos wirbelte sie durch die Dunkelheit, blind, hilflos, und raste kopfüber auf das Ende zu. Etwas Kaltes, Schleimiges berührte ihr Bewusstsein und sie zuckte zurück, bevor sie die Schwärze endlich durchbrach. Sofort wurde sie von einer Flut von Bildern erschlagen. Und was diese bedeuteten, war mehr, als Rhea bereit war, zu ertragen.

„Hilfe!“, hauchte sie in das Nichts, das alles umfasste, bevor sie wieder zu sich kam. Ihre Miene zerfiel in blankes Entsetzen, als sie dem stechenden Blick des Khyrois begegnete. „Der Kristall, Eliahs Kristall! Oh heilige Feuerkröte! Ich habe seine Macht nicht erkannt.“ Sie schlug die Hände vor den Mund, als ob sie so zurückhalten könnte, was bereits passiert war.

„Eliahs Kristall?“, fragte Gork in die Stille.

Tonlos erklärte Rhea: „Kattra hat Eliahs Kristall gestohlen, als wir ihn gesund pflegten.“ Bei diesen Worten hörte Rhea, wie ihr Bruder scharf die Luft einsog. „Kattra war damals zu uns gekommen, um uns auszuspionieren. Ein dummer Zufall wollte es, dass Eliah genau zu diesem Zeitpunkt den Kristall fand, ohne zu wissen, was er da gefunden hatte.

Doch auf Kattra hat der Kristall wohl eine so große Faszination ausgeübt, dass er ihm nicht widerstehen konnte. Er hat ihn gestohlen und zum Fürsten der grausamen Khyroi gebracht."

Kattras Blick bohrte sich in Rheas Augen in dem verzweifelten Versuch, sie zum Schweigen zu bringen. Doch Rhea blieb unbeirrt. „Zuerst war der Fürst der grausamen Khyroi genauso ahnungslos, bis die Eule der Verdammnis ihn zu sich gerufen hat. Sie hatte gesehen, dass der Fürst der grausamen Khyroi den Kristall hat." Die nächsten Worte kamen nur noch flüsternd aus Rheas Mund, doch ihre Bedeutung war fatal. „Sie hat es ihm verraten, das Geheimnis des Kristalls. Und damit hat sie uns alle verraten! Mit diesem Kristall wird es dem Fürsten der grausamen Khyroi gelingen, endlich sein Ziel zu erreichen: die Sirrtha für die Khyroi verträglich zu machen."

Rhea sank in sich zusammen, während ein Stöhnen durch die Zuhörer ging. Doch sie war noch nicht fertig. „Der Fürst der grausamen Khyroi hat Kattra vorausgeschickt, um die Lage auszuspionieren, bevor er zu seinem letzten vernichtenden Schlag ausholt. Er wird kommen, mitsamt seinem Heer, und sich die Sirrtha holen. Er wird sie uns wegnehmen, wir werden nicht mehr von unseren Sirrtha essen können, keiner von uns." Sie schluckte, dann sprach sie laut aus, was seit dem Gespräch mit Fine ständig in ihrem Unterbewusstsein gelauert hatte. „Ihr wisst, was passiert, wenn wir unsere Sirrtha nicht mehr essen können. Dann werden sich alle unsere Fähigkeiten in das Gegenteil wandeln und wir werden unsägliches Leid über uns bringen, wir werden zerstören und töten. Mit dem Kristall hält der Fürst der grausamen Khyroi unser aller Schicksal in seinen Händen, er entscheidet über Leben und Tod des Waldvolkes!"

Nun endlich brach das Tohuwabohu aus. Alle redeten wild durcheinander, während Rhea hilflos im stummen Entsetzen daneben stand. Die Eule der Verdammnis hatte sie verraten! Sie hatte das gesamte Waldvolk den grausamen Khyroi ausgeliefert! Wie konnte das sein? Warum hatte sie das getan? Fassungslos sah Rhea Kattra an, der sich ein hämisches Grinsen nicht verkneifen konnte, bei dem es Rhea eiskalt wurde.

„Rhea, schnell, verrate uns, wie der Kristall funktioniert!", rief Gork durch das Durcheinander. „Wir müssen wissen, wie wir uns schützen können." Bei diesen Worten trat schlagartig wieder Stille ein.

Doch Rhea schüttelte langsam den Kopf. „Das kann ich nicht sehen, weil Kattra selbst es nicht weiß."

Betreten sahen sich die Maroughi an und Kattras Grinsen wurde noch eine Spur breiter. „Aber vielleicht hat der Fürst der grausamen Khyroi einen Plan gegen uns ausgeheckt? Vielleicht weiß Kattra über sein Vorhaben Bescheid? Eliah muss ihn berühren!"

Der Ratsälteste überlegte nicht lange. „Du hast recht, Rhea. Eliah, wir brauchen deine Fähigkeit, schnell."

Rhea sah ihrem Bruder an, wie wenig begeistert er von dieser Aussicht war, doch ihm blieb genauso wenig eine Wahl wie seiner Schwester zuvor. Ergeben trat er auf den gefesselten Kattra zu und nahm dessen Arme in seine Hände, dann schloss er konzentriert die Augen. Rhea beobachtete ihn aufmerksam, konnte aber keine Gefühlsregung erkennen.

Kurz darauf öffnete Eliah wieder die Augen und schüttelte genauso langsam den Kopf wie Rhea zuvor. „Kattra kennt den Plan des Fürsten der grausamen Khyroi nicht. Allein der Fürst der grausamen Khyroi weiß hierauf die Antwort – und die Eule der Verdammnis."

„Verdammt", entfuhr es Gork und Rhea konnte sehen, wie sein Gesicht ganz grau vor Enttäuschung wurde. Gork fuhr sich mit der Hand durch die Haare und starrte gegen die Wand, während Kattras Grinsen zurückkehrte. „Wie können wir uns vor einer Gefahr schützen, die wir nicht kennen? Wir müssen den Ältestenrat zusammenholen und eine Versammlung mit allen Elkinnen und allen Maroughi einberufen, und zwar schnell", entschied er. „Xeron und Anthor, ihr bringt Kattra zum Gefängnisbaum." Dann wandte er sich den Zwillingen zu. „Rhea und Eliah, ihr begleitet die beiden. Ich werde zur Quelle gehen, euch Balem und Miron schicken, damit sie Kattra nach oben auf den Gefängnisbaum fliegen. Dann werde ich den Ältestenrat informieren."

Hektik brach aus, während Kattras Grinsen endgültig verschwand. Rasch band Xeron die Stricke von dem Khyroi los und fesselte damit unsanft seine Hände hinter dem Rücken. Anschließend nahm er ihn mit Anthor wieder in die Mitte und die drei machten sich auf den Weg zum Gefängnisbaum, gefolgt von Rhea und Eliah.

Zu fünft stapften sie durch den Wald. Inzwischen war die Abenddämmerung hereingebrochen und das Licht sickerte nur noch grau durch die Bäume und erstickte jegliche Farbe, während die Amseln ihr Gutenachtlied sangen.

Rhea merkte, wie müde sie war, obwohl der Marsch zum Gefängnisbaum nicht lange dauerte. Im Licht der Abenddämmerung ragte der riesige Baum majestätisch in die Höhe. Er war größer als alle anderen

Bäume um ihn herum – und einsam. Denn er stand ganz allein auf einer Lichtung, als ob die anderen Bäume vor ihm zurückgewichen wären. Er hatte keine Äste, nur eine alte, rissige Rinde hüllte sein Innerstes ein. Ganz oben unter der Baumkrone war eine Höhle im Baumstamm, die man nur im Flug erreichen konnte. Einzig die Elkinne fanden Zugang zu ihr, für Maroughi gab es keinen Aufstieg, deshalb mussten Balem und Miron kommen, um Kattra nach oben zu befördern. Der kleine Trupp brauchte auch nicht lange zu warten, denn kaum, dass sie den Baum erreicht hatten, schwirrten auch schon Balem und Miron auf sie zu und Rhea konnte im schwindenden Tageslicht gerade noch erkennen, dass sich Balems Haarschopf tief dunkelblau verfärbt hatte. Auch Miron, ihrem Elkin, warf sie einen neugierigen Blick zu, doch durch die zunehmende Dunkelheit konnte sie sein Gesicht nur noch schemenhaft erkennen, aber das Kopfnicken, das ihr Miron zur Begrüßung schenkte, hatte sie doch bemerkt.

Als Balem auf dem Boden aufsetzte, stapfte er auf Kattra zu, baute sich drohend vor ihm auf, sah ihn unverwandt in die Augen und stieß ein abfälliges „DU!“ hervor. Rhea war erstaunt, wie viel Verachtung man mit einem einzelnen Wort ausdrücken konnte.

Der Khyroi zuckte leicht zusammen, hielt Balems Blick aber stand. Dieser griff sich Kattra auf einer Seite, wobei er ihn etwas fester anpackte, als nötig gewesen wäre, und Miron fasste ihn auf der anderen Seite unter. Dann sahen sich die beiden Elkinne an, nickten sich zu, schlugen mit ihren Flügeln und hoben gleichzeitig ab. Das Surren war so gewaltig, dass es Rhea bis in die Magengrube spürte. Taumelnd gewannen die beiden an Höhe und erreichten gleich darauf die Plattform vor der Baumhöhle. Mit in den Nacken gelegtem Kopf konnte Rhea in der Dämmerung gerade noch erkennen, wie die beiden Kattra in die Höhle schubsten. Dann warfen sie die schwere Eichentür zu. Das Poltern des hölzernen Riegels hatte etwas Endgültiges, jetzt gab es für Kattra kein Entkommen mehr, gefangen in unentrinnbarer Höhe.

Nachdem der grausame Khyroi sicher verwahrt war, schwebten die beiden Elkinne vorsichtig durch die Dunkelheit herab, und Balem knurrte: „Geht nach Hause. Gork sagt, für heute ist es genug. Morgen berufen wir eine Versammlung ein und beratschlagen, was zu tun ist.“ Er nickte ihnen nochmals zu, sah kurz zu Miron und erhob sich dann erneut sirrend in die Luft. Miron tat es ihm gleich und gemeinsam flogen sie in die Dunkelheit hinaus. Rhea sah ihnen nach, verlor die beiden Gestalten aber schon nach kurzer Zeit aus den Augen. Sie und Eliah wünschten Xeron und Anthor trotz allem eine gute Nacht, wandten sich um und machten sich auf den Heimweg, während der Mond silbern schien und ihnen den Weg erhellte.

***

„Hier, halt mal“, sagte Fine im Flüsterton zu Rhea und hielt ihr das Kräuterkörbchen hin. Rhea nahm es, wobei sie Fine beobachtete, wie sie die vier Kindern nacheinander sanft an den Armen umfasste. Dabei sah sie besorgter aus, als Rhea es sehen wollte.

„Was ist?“, flüsterte sie angestrengt. Sie wollte Benras Mutter nicht aufwecken, die schlafend auf der Grasmatte am Boden neben den Kindern lag. Ihr erschöpftes Gesicht wirkte ganz grau im Dämmerlicht.

„Ich wünschte, ich könnte sagen, dass es ihnen besser geht, wenigstens ein bisschen“, flüstere Fine zurück.

Sevi hustete im Schlaf, prompt fing Kora neben ihr leise zu röcheln an. Die Geräusche zerrissen Rhea das Herz. Sie wollte nicht, dass diese Kinder starben. Konnte denn keiner irgendetwas tun?

„Gib mir bitte den Tiegel mit der Salbe aus dem Korb. Vielleicht hilft ihnen wenigstens das“, seufzte Fine leise.

Sofort kramte Rhea in den Kräutern herum, bis sie das Döschen zu fassen bekam. Kaum hatte Fine die Dose geöffnet, strömte auch schon ein stechender Geruch durch die Kammer im Wettlauf mit dem sauren Geruch von Krankheit und Tod. Der Geruch der Salbe erinnerte Rhea an ihre eigenen Krankheitstage, wenn sie mit Husten und Fieber im Bett lag und Fine sich aufopfernd um sie gesorgt hatte. Wie unbedeutend diese Krankheiten doch gewesen waren, wie harmlos im Gegensatz zu dieser hier. Entmutigt sah sie zu, wie Fine die Salbe auf dem Brustkorb der Kinder verrieb und auch noch einen kleinen Batzen direkt unter der Nase verteilte. Bei der ganzen Prozedur wurde keines der Kinder wach. „So, das war es erst einmal. Mehr können wir im Augenblick nicht tun. Wir werden morgen wieder nach ihnen sehen.“ Fine richtete sich auf und nahm den Korb von Rhea entgegen. Vorsichtig deckte Rhea Benras Mutter noch mit einer Decke zu, bevor sie mit Fine Gorks Wurzelwerk verließ. Sie mussten sich beeilen, die Versammlung würde gleich beginnen und sie mussten noch Eliah abholen.

***

Auf der Lichtung drängten sich schon alle um die bequemsten Sitzplätze, für deren Abbau man nach der Elkinnentaufe noch gar keine Zeit gefunden hatte. Alle Elkinne und alle Maroughi waren gekommen. Unruhe lag in der Luft, einige unterhielten sich flüsternd, Gewänder raschelten, wenn sich jemand zu seinem Nachbarn beugte, hier und da hörte man ein Räuspern. Endlich nahm auch der Ältestenrat auf dem Podest Platz. Einzig Gork stand noch und wartete geduldig, bis auch der Letzte merkte, dass die Versammlung nun beginnen sollte. Langsam verebbten die Gespräche, bis es totenstill wurde.

„Nun, wie ihr alle inzwischen bestimmt erfahren habt, ist Kattra wieder aufgetaucht", sagte Gork. Ein einstimmiges Aufstöhnen entkam den Anwesenden. Gorks Miene blieb undurchdringlich. „Glücklicherweise konnten wir ihn gefangen nehmen und in den Gefängnisbaum sperren." Diesmal hörte man ein erleichtertes Aufseufzen. „Wir konnten in Erfahrung bringen, dass er uns erneut ausspionieren wollte, damit der Fürst der grausamen Khyroi und sein Heer wissen, worauf sie sich einlassen, wenn ..." Gork brach ab.

Es wurde noch stiller, was eigentlich gar nicht mehr möglich war. Gork beendete seinen Satz: „... wenn sie gegen uns marschieren, um Krieg gegen uns zu führen."

Seine Worte lösten einen wahren Sturm an Entsetzensrufen aus. Wortfetzen schnitten durch die Luft, gefolgt von Halbsätzen, die Rheas Gehirn erschlugen. Einen Ruf konnte Rhea hingegen klar ausmachen, da er aus vielen Kehlen gleichzeitig kam: „Warum?"

„Ruhe, bitte!", rief Gork in das Tohuwabohu. Er musste es dreimal wiederholen, bevor er fortfahren konnte. „Der Fürst der grausamen Khyroi ist im Besitz eines mächtigen Kristalls, der uns vernichten kann. Wir wissen noch nicht, wie dieser Kristall dies bewerkstelligt, aber der Fürst der grausamen Khyroi weiß es. Die Eule der Verdammnis hat es dem Fürsten verraten."

Stille – so umfassend, dass Rhea meinte, sie sei das einzige Lebewesen im ganzen Wald von Muringen. Sie spürte fast körperlich die Fassungslosigkeit und die Demütigung. Dann schwappte eine wahre Wutwelle alles andere davon. „Verrat!", war noch einer der harmloseren Ausrufe.

Beschwichtigend hob der Ratsälteste die Hände. „Ja, die Eule der Verdammnis hat uns verraten. Uns, unser Volk, unsere Lebensweise. Alles." Langsam ließ er seinen Blick über die Köpfe der Anwesenden streifen. Ihm begegneten Ungläubigkeit, Fassungslosigkeit, Verzweiflung, Entsetzen. „Aber warum hat sie das getan? Warum hat uns die Eule der Verdammnis so hinterrücks verraten? Warum stürzt sie uns so schonungslos ins Verderben?"

Auf einmal erhob sich jemand und räusperte sich. Sein Schopf leuchtete karottenrot, wodurch er weithin zu erkennen war. „Vielleicht kann ich etwas dazu sagen", sagte Balem, während er verlegen an seinem Kittel herumnestelte, was Rhea ein mulmiges Gefühl verursachte. Es sah zu seltsam aus, wie sich der sonst so knorrige Elkin vor Verlegenheit nicht retten konnte. Doch dann sah er entschlossen auf und Gork direkt in die Augen. „Ich bin zur Eule der Verdammnis geflogen, kurz nachdem die Brommler gestorben waren. Die Elkinne waren derart in Panik. Sie flogen so kopflos hin und her, dass ich mir ernsthaft Sorgen um sie machte. Ich dachte, sie würden vor Erschöpfung irgendwann einfach vom Himmel fallen, wenn sie sich nicht schon vorher die Köpfe eingeschlagen hätten. Ihr einziges Thema war der Tod der Brommler und ich konnte sie nicht beruhigen. Sie hatten Angst, dass das Sterben weitergehen würde, dass ein Brommler nach dem anderen elendig verrecken würde. Und dass dies erst der Anfang sein würde, an deren zweiter Stelle die Elkinne stehen würden." Wer an dessen Ende stehen würde, ließ er unerwähnt. Das brauchte er auch nicht, Rhea konnte es sich lebhaft genug vorstellen.

Rheas Kopf schoss herum zu Eliah und der erwiderte ihren Blick. Also hatte sie recht gehabt mit ihrer Vermutung, dass das Wort, das sie in der Elkinnensiedlung nicht richtig verstanden hatte, nicht Trommler, sondern Brommler geheißen hatte. Und als Balem sie fast umgerannt hatte, da hatte er sich gerade auf den Weg zur Eule der Verdammnis gemacht. Kein Wunder, dass er so furchtbar grob zu ihr gewesen war, er hatte fürchterliche Sorgen mit sich herumgetragen.

Zögernd fuhr Balem fort: „Ich musste etwas unternehmen, um sie zu beruhigen, und zwar schnell. Also bin ich zur Eule der Verdammnis geflogen. Ich musste herausfinden, was vor sich geht." Balem stockte.

„Und, was geschah dann?", hakte Gork nach.

Balem fiel es sichtlich schwer, weiterzuerzählen. Nach ein paar Sekunden fuhr er mit heiserer Stimme fort. „Als Geschenke hatte ich Stoffe aus Brommlerseide bei mir. Ihr wisst, wie kostbar diese Seide ist. Normalerweise geben die Brommler ihre Seide nicht freiwillig her und ich dachte, dass sie auch für die Eule der Verdammnis wertvolle Geschenke seien, vor allem wegen ihres leuchtenden Grüns. Nie hätte ich damit gerechnet, dass die Eule der Verdammnis die Seide ablehnen würde, vor allem, weil sie sie zu früheren Zeiten gerne angenommen hat." Balem wandte den Blick von Gork und richtete ihn in unbestimmte Ferne. „Ich habe sie befragt, was der Grund für das Brommlersterben war, und ob sie uns sagen könnte, wie wir weitere Tode verhindern können. Damals war mir noch nicht klar, dass Kattra dahintersteckte. Ich wollte nur schnell meinen Stamm beruhigen. Doch leider war die Eule der Verdammnis nicht wohl gestimmt an diesem Tag, denn ich habe nichts erfahren, was hilfreich gewesen wäre, und ..." Balem sah wieder zu Boden. „Offensichtlich habe ich mich auch in der Wahl der Geschenke getäuscht. Die Seherin war enttäuscht und erbost, denn die Geschenke waren ihr zu gewöhnlich und zu unbedeutend und sie wollte mich nicht gehen lassen. Sie verlangte andere Opfer von mir, die ich aber nicht hatte." Leise fügte er hinzu: „Ihr Zorn war fürchterlich."

Rhea rieselte es kalt den Rücken hinunter, als sie an ihren eigenen Besuch bei der Eule der Verdammnis dachte. Fast hatte sie Mitleid mit Balem und war heilfroh, dass sie nicht noch einmal zu dieser schrecklichen Eulen-Maroughi musste.

„Zum Glück kann ich fliegen und sie nicht."

„So bin ich ihr entkommen, wenn auch nur knapp. Ich war schnell, das war mein einziges Glück, sie hätte mich fast erwischt, doch ich schaffte es in halsbrecherischem Tempo die Treppe hinunter. Als ich unten aus dem Oval flüchtete, hörte ich das Eulenwesen hinter mir immer noch fürchterlich kreischen." Bei dieser Erinnerung schüttelte sich Balem und ließ die Arme sinken. „Ich befürchte, ich bin der Grund, warum sie dem Fürsten der grausamen Khyroi das Geheimnis des Kristalls verraten hat. Aus Wut und Enttäuschung über mich. Ich bin schuld, ich habe uns alle verraten." Balem sank auf seinen Sitz zurück und senkte den Kopf. Es herrschte Totenstille.

„Nun", räusperte sich Gork. „Wir danken dir für dein offenes Geständnis, Balem von den Elkinnen. Doch ich kann dich beruhigen, du hast keinen Verrat an uns begangen. Deine Absichten waren nicht böse, du bist aus guten Gründen zur Eule der Verdammnis gegangen, weil du deinen Stamm beschützen wolltest. Das ist kein Verrat, du hast dir nichts vorzuwerfen. Jeder aus unserer Mitte hätte genauso gehandelt." Auf Gorks Worte folgte zustimmendes Gemurmel, doch Balem blieb zusammengesunken sitzen. „Abgesehen davon denke ich nicht, dass dies der wirkliche Grund war, warum sie uns verraten hat. Das wäre ihr nicht wichtig genug gewesen. Nein, ich glaube eher, dass es etwas mit unserem Besuch zu tun hat, mit dem von Eliah, Rhea und mir. Sie wusste, dass Kattra bei uns war, wahrscheinlich konnte sie auch voraussehen, dass er den Kristall stiehlt und zum Fürsten der grausamen Khyroi bringt. Aber warum hat sie uns nicht gewarnt? Warum hat sie uns stattdessen erst recht verraten? Warum bringt sie uns so in Gefahr?"

Oh nein, war am Ende Rhea Schuld an ihrem Dilemma? War ihr Gedicht doch nicht gut genug gewesen? Aber hätte die Eule der Verdammnis ihr dann den Sternsaphir geschenkt? Rhea griff nach dem Stein an ihrem Hals, der angenehm warm war. Wie vertraut er ihr doch inzwischen geworden war, wie selbstverständlich er zu ihr gehörte. Und wie wunderschön er war. Würde Rhea je herausfinden, was in ihm steckte?

„Nichtsdestotrotz müssen wir uns nun überlegen, wie wir uns auf einen Überfall der grausamen Khyroi vorbereiten können", fuhr Gork fort. „Der Fürst wird nicht eher ruhen, bis er die Macht über unsere Sirrtha erlangt hat. Jetzt, wo er überzeugt ist, ein Wundermittel oder, besser gesagt, eine Geheimwaffe gegen uns zu besitzen. Wir müssen uns schützen, müssen unsere Sirrtha verteidigen. Ohne sie sind wir verloren. Wir müssen einen Plan entwerfen – und wir müssen kämpfen", sagte Gork und sah sich suchend um.

Die Menge stöhnte auf, der alte Konflikt zwischen den grausamen Khyroi und den Maroughi war noch nicht vorüber. Erneut streckte der Fürst der grausamen Khyroi seine Finger nach den Sirrtha aus und jeder wusste, was Kampf und Krieg für beide Seiten bedeutete.

Als Gork nach Eliah rief, erschrak Rhea. Was wollte Gork von ihrem Bruder? Sollte er gegen die Khyroi kämpfen – allein? Eliah stand auf.

„Eliah, wir brauchen deine Fähigkeit, um einen Verteidigungsplan zu entwerfen. Komm bitte nach vorne."

Rhea wusste, wie sich ihr Bruder in diesem Moment fühlte, denn sie fühlte sich genauso.

Zögernd ging Eliah vor und stellte sich neben Gork, während er Hilfe suchend zu Rhea sah. Diese bemühte sich, ihm mit ihrem Blick Halt zu geben. Ihr Bruder räusperte sich. „Ja, nun. Wir wissen zwar von Kattra, dass der Fürst der grausamen Khyroi kommt, aber wir wissen weder, was genau er gegen uns plant, noch, wann er kommen wird, denn das wusste selbst Kattra nicht. Aber wir wissen, aus welcher Richtung er kommt. Daher schlage ich vor, dass wir zwei oder drei Späher im Wald an strategisch wichtigen Punkten postieren, die die Gegend beobachten und uns jeden melden, der sich nähert." Aus den Augenwinkeln sah Rhea, dass mehrere Maroughi zustimmend nickten.

„Nun, Eliah, an wen hattest du da gedacht?", fragte Gork.

„Ich denke, für diese Aufgabe sind die Elkinne am besten geeignet", fuhr Eliah mit aufgeregt piepsiger Stimme fort. „Sie können sich hoch in den Bäumen verstecken, haben somit den besten Überblick über die Umgebung und können schnell ins Dorf fliegen und Bericht erstatten."

„Gut, was noch?"

Eliah streckte sich. „Dann denke ich, einer sollte den Khyroi entgegenmarschieren, um möglichst ihre Truppenstärke, ihre Bewaffnung oder Sonstiges auszuspionieren."

„An wen hattest du da gedacht?"

„Diese Aufgabe könnte Manou übernehmen. Er kann sich mit seiner Fähigkeit am schnellsten im Wald orientieren und wird sich nicht verlaufen und somit kostbare Zeit aufs Spiel setzen." Eliah sah seine Schwester mit einer Mischung aus Stolz und Verzagtheit an.

„Das ist ein guter Plan", sagte Gork zu Eliah. „Du wirst Manou begleiten, um schnell auf die Situation reagieren zu können, die sich euch stellt." Eliahs Blick wurde trüb. Rhea schluckte. Warum musste es auch ausgerechnet Eliah treffen? Konnte nicht ein anderer dem Feind entgegenmarschieren? Einer, der erfahrener im Kampf und im Überleben war als ihr Bruder? Wenn ihm nun etwas zustieß? Wenn er sich verletzte? Rhea war überhaupt nicht wohl bei dieser Entscheidung. Am liebsten hätte sie sich vor Gork aufgebaut und laut gesagt: „Nicht mein Bruder!" Aber das ging wohl kaum, Entscheidungen des Ratsältesten stellte man nicht infrage. Schnell sah sie zu Fine, wie diese Gorks Entscheidung aufnahm: Ihr Blick zeigte die gleiche Unruhe, offensichtlich war Rhea mit ihrer Angst um Eliah nicht alleine.

„So soll es sein", sagte Gork. „Danke, Eliah, du kannst dich wieder setzen. Wir anderen Maroughi und Elkinne bleiben auf der Hut und bereiten uns auf einen bevorstehenden Kampf vor, so gut es eben geht. Sucht euch alles zusammen, was sich als Waffe eignet. Scheut euch nicht, auch die unmöglichsten Gegenstände zu verwenden. Töpfe, Pfannen, Schöpfkellen, alles eben, mit dem ihr euch verteidigen könnt." Er räusperte sich, als ob er Zeit bräuchte, um genug Mut für die nächsten Worte zu finden. „Seid zuversichtlich und verzagt nicht. Ich bin überzeugt, dass uns nichts zustoßen kann, wenn wir nur alle zusammenhalten. Das wäre im Moment alles. Ich danke euch für eure Aufmerksamkeit."

Mit diesen Worten entließ er die Menge. Dann sah er sich suchend um. „Eliah, komm zu mir, wir haben noch einiges zu besprechen."

Oh nein, was wollte Gork denn noch von ihrem Bruder?

„Ebenso Balem und Miron", fuhr Gork fort. „Ihr zwei macht euch sofort auf den Weg. Packt Proviant für die nächsten fünf Tage ein, wir wissen nicht, wie lange ihr ausharren müsst. Dann geht zu Manou, er wird euch mitteilen, wo ihr Wache halten sollt."

Balem und Miron verloren keine Zeit und machten sich auf den Weg zu ihren Baumhütten.

„Eliah, nun zu dir." Rhea sah, wie ihr Bruder nur zögernd vor Gork trat, während er den Ratsältesten unsicher ansah. Gorks Blick hingegen war unergründlich und verriet nichts von seinen Gefühlen. „Ich möchte, dass auch du dich mit genug Proviant versorgst. Dann verabschiede dich von Rhea und Fine und finde dich bei Manou ein. Er wird wissen, wohin ihr zu gehen habt. Und sobald ihr auf die Khyroi stoßt, haltet euch verborgen und versucht, so viel wie möglich über ihre Pläne in Erfahrung zu bringen." Er legte seine schwere Hand auf Eliahs Schulter. „Aber halte dich zurück, unternimm nichts auf eigene Faust. Ihr zwei, Manou und du, bleibt zusammen, egal was auch passiert, hörst du! Ich wünsche dir alles Glück der Welt. Und nun geh." Damit entließ er Eliah, der sich nach Rhea und Fine umsah, die bereits am Rande der Lichtung auf ihn warteten. Schnell schloss er zu ihnen auf und sah Fine verzagt an.

„Tja, mein Großer, das ist das Erwachsenenleben. Jetzt kannst du beweisen, was in dir steckt", sagte Fine, wobei sie ihm tröstend über die Wange fuhr. Doch trotz ihrer ermutigenden Worte sah sie sorgenvoll drein und Rhea ahnte, wie schwer ihr diese Worte gefallen sein mussten.

„Ja, ich will meine Aufgabe erfüllen. Ich weiß nur nicht, ob ich der Richtige dafür bin, ob ich gut genug bin."

Rhea schob ihre Hand unter Eliahs Ellenbogen und drückte diesen leicht. Am liebsten hätte sie ihm gesagt: „Geh nicht! Wer weiß, was dich erwartet, ob du unverletzt zurückkommst, ob du überhaupt zurückkommst." Stattdessen sagte sie: „Ich weiß, dass du das schaffst, mein großer Bruder. Ich bin absolut sicher, dass du deine Aufgabe meisterhaft bewältigst, gar keine Frage." Ermutigt sah Eliah seine Schwester an und lächelte.

Der Fürst der grausamen Khyroi

Verdrossen saß der Fürst der grausamen Khyroi auf seinem Thron, seine purpurroten Tentakeln vibrierten leicht. Vor ihm war ein Holztisch aufgebaut, an dem seine beiden engsten Berater saßen, deren Tentakeln bleich schimmerten.

„Nun ist Kattra schon über eine Woche lang weg und noch immer nicht zurück, wieder lässt mich dieser Nichtsnutz warten!“, polterte der Fürst der grausamen Khyroi verstimmt. Seine laute Stimme ließ die beiden Berater leicht zusammenzucken, dann sanken sie noch ein wenig mehr in sich zusammen und sahen sich gegenseitig Hilfe suchend an. Der Fürst der grausamen Khyroi donnerte erneut: „Schluss jetzt mit der Herumsitzerei! Ich will nicht länger warten! Ob diese Ausgeburt an Unfähigkeit nun zurückkommt oder nicht, ist mir so was von egal.

Ich erteile euch hiermit den Befehl, das Heer der Khyroi aufzustellen. Morgen früh um diese Zeit ziehen wir los und holen uns endlich diese vermaledeiten Sirrtha! Schluss, aus, basta, weg damit!"

Bei jedem Wort sauste seine Faust auf den Tisch, sodass die drei Becher, die darauf standen, hüpfend wackelten, bis sie schließlich im letzten Moment doch noch umfielen und sich eine zähe Flüssigkeit auf der Tischplatte ausbreitete.

„Los, was sitzt ihr zwei Tollpatsche hier noch so nutzlos herum! Führt meinen Befehl aus und stellt das Heer zusammen! Los, los, sonst schneide ich euch die Tentakeln von euren Hohlköpfen."

Erschrocken sprangen die beiden Berater auf und beeilten sich, schnell aus dem Thronsaal zu kommen. Als sie durch die Tür hasteten, sahen sie die beiden weißen Wächter, die davor postiert waren, schadenfroh grinsen. Diese hatten alles mitbekommen und freuten sich diebisch, dass sich der Zorn des Fürsten endlich einmal über jemand anderem entlud. Rasch huschten die zwei Berater davon durch die endlosen Tunnel und setzten alles in Bewegung, um die Befehle ihres Fürsten auszuführen.

***

Früh am nächsten Morgen, als die Sonne gerade eben erst ihre Strahlen über den Horizont schickte, kam Bewegung in das Innere des Grashügels der Khyroi. Eine geschäftige Betriebsamkeit machte sich breit und etliche Khyroi huschten durch das Tunnelgefüge, mal hierhin, mal dorthin, hinauf, hinab, entgegengesetzt und gleichzeitig. Jeder hatte einen Auftrag zu erfüllen, keiner war grundlos unterwegs.

Kurz vor Mittag waren die Khyroi dann endlich bereit. Kreatur für Kreatur spuckte der Berg aus seinem Innersten und einer nach dem anderen stellte sich nebeneinander auf, fein säuberlich in einer Reihe. Immer mehr und noch mal mehr, Reihe um Reihe, es nahm einfach kein Ende.

Irgendwann versiegte der Strom der Khyroi dann doch, der Berg war leer, er hatte sein Innerstes hervorgeholt und konnte mit nichts mehr dienen. Arm an Arm, Reihe für Reihe standen sie da, alle in strammer Haltung, stocksteif mit bewegungslosen Tentakeln. Alle hatten den Blick aus diesen furchtbaren, eisblauen Augen ins Unendliche gerichtet.

Als Letzter kam der Fürst der grausamen Khyroi aus dem Grashügel.

Er war mit Abstand der größte unter allen Khyroi. Selbstgefällig blieb er unter dem Eingangstunnel stehen und schien den Anblick seiner Truppe zu genießen.

Ja, er war wahrhaftig ein Fürst, ein starker Herrscher, das würden auch bald die anderen zu spüren bekommen. Majestätisch schritt er die Reihen der aufgestellten Khyroi ab, Reihe für Reihe, bis zur letzten. Dann baute er sich vor ihnen auf und verkündete: „Nun, meine Krieger, wir sind bereit. Ich wünsche, dass alles reibungslos verläuft, keine Verzögerungen, keine Störungen. Wer sich nicht an diese Regel hält, muss die Truppe verlassen und wird im Wald zurückgelassen. Ich will, dass ihr euch alle für mein Ziel einsetzt: die Macht der Sirrtha zu erlangen! Und wenn ich sage *alle*, dann meine ich auch *alle*."

Keiner der Khyroi verzog seine Miene, keiner zeigte eine Reaktion.

„Auch ich werde mich dafür einsetzen. Ich verfüge über eine Magie, wie sie vor mir noch keiner besessen hat! Nur ich weiß, wie wir das Gift der Sirrtha für immer unschädlich machen können. Und das werde ich tun, für euch, mein Heer! So können wir endlich, endlich, die Macht der Sirrtha für uns nutzen. Das wird mich ... äh ... uns allmächtig machen." Beifall heischend sah er in die Menge und reckte sich noch ein wenig mehr in die Höhe. Offensichtlich erwartete er Jubel, Bewunderung, Ehrfurcht der Khyroi vor seiner Verschlagenheit und Schlauheit. Doch die Khyroi verzogen nach wie vor keine Miene. Das war die Regel, sie mussten stillstehen. Der Fürst selbst hatte es befohlen. Früher einmal hatte er sie bestraft dafür, dass sie nicht stillgestanden hatten, und die Bestrafung war fürchterlich gewesen.

Angesichts dieser Reglosigkeit stemmte der Fürst der grausamen Khyroi die Hände in die Hüften. Es war nicht zu übersehen, dass er enttäuscht war. Mürrisch drehte er sich von der Menge weg. Dann hob er gebieterisch seinen Arm, um ihn einen Augenblick später wieder fallen zu lassen: das Signal zum Aufbruch. Der Fürst der grausamen Khyroi setzte sich in Bewegung, das Heer der Khyroi folgte ihm stumm. Wie eine Welle setzte sich die Vorwärtsbewegung über die Reihen hinweg, bis schließlich auch der letzte Khyroi losmarschierte. Stumm wanderten sie auf den Wald von Muringen zu, in dem das Waldvolk seine Sirrtha hütete.

Hoffnung

„Und pass auf dich auf“, sagte Fine nun bestimmt schon zum siebzehnten Mal zu Eliah. Der nickte nur noch, nachdem er die sechzehn Male zuvor schon geantwortet hatte. Dann drehte er sich zu seiner Schwester um.

Rhea wollte nicht weinen, sie wollte ihren Bruder nicht auch noch mit ihrer Sorge um ihn belasten, das hatte Fine schon erledigt. Trotzdem tat ihr das Schlucken weh, als Eliah sie nun in den Arm nahm und fest drückte. „Mach's gut, kleine Schwester“, flüsterte er ihr ins Ohr.

„Du auch, Bruderherz.“ Das: „Und pass auf dich auf“, verschluckte sie.

Dann löste sich Eliah abrupt von ihr und schlug den Pfad ein, der zur Quelle führte, wo er sich mit Manou treffen wollte. Er drehte sich nicht noch einmal zu ihnen um.

Fine seufzte. „Lass uns zu unserem Krankenbesuch aufbrechen.“

***

Die Kinder waren allein in der Kammer und schliefen. Gork hatte ihren Müttern vorerst Hausverbot erteilt, damit diese sich einmal richtig ausschlafen konnten, um selbst wieder zu Kräften zu kommen, bevor sie zu den nächsten Patienten Fines wurden.

Wieder musste Rhea mit ansehen, wie Fine die Kinder nur mit dieser Kräutersalbe einrieb, während die Kinder von Mal zu Mal schwächer und blasser wurden. Sie schrumpften einfach zusammen, verloren an Farbe, bis sie eines Tages nicht mehr da sein würden. Rheas Magen verkrampfte sich, sie konnte das Leid kaum mehr ertragen.

„Was ist mit der Flüssigkeit aus dem Totenkopf-Flacon, die du damals Kattra eingeflößt hast?“, flüsterte sie leise, um die Kinder nicht zu wecken. „Könnte sie nicht helfen?“ Fast hätte sie ein *bitte* angefügt.

„Nein, Rhea“, antwortete Fine ebenso leise. „Diese Flüssigkeit kann hier nichts ausrichten, leider. Sie würde das Ende nur schneller herbeiführen. Es ist und bleibt aussichtslos. Wir können nur helfen, ihr Leid erträglich zu machen.“

Da kam Gork in die Kammer. „Wie geht es ihnen? Geht es ihnen endlich besser?“, fragte er, während seine Miene Bestürzung zeigte über den Zustand der Kinder. Doch auch diesmal schüttelte Fine nur den Kopf. Gork seufzte. „Wenn wir ihnen doch nur helfen könnten. Wenn wir doch nur eine Möglichkeit hätten, herauszufinden, was ihnen fehlt.“

„Ich habe eine Idee“, rief Rhea plötzlich so laut, dass Benra und Sevi zusammenzuckten, ohne aufzuwachen. Ihr Herz machte einen Hüpfer, bevor es doppelt so schnell marschierte. Hatte sie eine Lösung gefunden? „Ich könnte doch meine Fähigkeit einsetzen und sie berühren“, sagte sie leiser. „Vielleicht kann ich herausfinden, was mit ihnen los ist. Vielleicht kann ich sie retten!“ Bei dem Gedanken wurde ihr ganz heiß.

Gork und Fine sahen sich an. „Das ist allerdings eine Chance“, sagte Gork.

Doch Fine zögerte. „Nein, Gork. Ich glaube nicht, dass das funktioniert. Rhea kann ja nur Wahrheiten von Lügen unterscheiden, aber kein Wissen erfahren. Diese Fähigkeit hat sie nicht.“

„Da wäre ich mir nicht so sicher, Fine. Die Fähigkeit deiner Tochter ist größer, als du ahnst – als wir alle ahnen. Denn wenn es stimmt, was ich die ganze Zeit schon vermute, dann ...“ Plötzlich schlug er sich mit der flachen Hand an die Stirn, sodass es klatschte. „Heilige Feuerkröte! Dass ich daran nicht schon eher gedacht habe, verflucht! Rasch, Rhea, setze deine Fähigkeit ein. Und wenn ich recht habe, wird es funktionieren.“ Er machte einen Schritt zur Seite, damit Rhea sich zu den Kindern beugen konnte.

Doch Fine stellte sich zwischen sie. „Nein, das halte ich wirklich nicht für eine gute Idee“, sagte sie leise, aber heftig.

„Aber warum denn nicht?“, fragte Rhea fassungslos.

„Weil ...“ Dann verstummte Fine, ehe sie fortfuhr. „Weil ich Angst habe, du könntest irgendwie zu Schaden kommen. Was, wenn diese Krankheit auf dich übergreift? Ich habe gerade eben meinen Sohn in die Ungewissheit geschickt, ich will nicht auch noch um meine Tochter bangen müssen.“

„Willst du denn diese winzige Chance, dass die Kinder vielleicht überleben können, nicht nutzen?“, fragte Gork leise. „Willst du den Müttern dieser Kinder das Schicksal in vierfacher Wucht aufbürden, nur damit du es umgehen kannst? Wenn deine Sorge überhaupt begründet ist, denn ich glaube nicht, dass es für Rhea gefährlich sein könnte. Was wäre, wenn Rhea die Kinder unbeschadet retten könnte?“

Rhea sah, wie Fine mit sich kämpfte. Sanft streichelte sie ihren Arm. Sie konnte Fines Sorge um Eliah durchaus verstehen, auch sie machte sich ständig Gedanken um ihn und fragte sich, ob es ihm gut ging da draußen. Und nun wollte sich auch noch Rhea aus Fines Sicht in scheinbare Gefahr begeben. Doch wenn es nur eine winzige Chance gab, die Kinder zu retten, musste Rhea es versuchen.

Offensichtlich hatte sich Fine zu einer Entscheidung durchgerungen, denn sie seufzte, bevor sie sagte: „Also gut, versuche es, Rhea."

Erst jetzt wurde Rhea richtig bewusst, welche Verantwortung sie damit übernahm und ihr Magen flatterte nervös, als ob Millionen kleiner Fledermäuse Saltos übten. Alle Hoffnungen ruhten nun auf ihren Schultern. War ihre Fähigkeit groß genug? Hatte sie eine Chance? Sollte sie über Leben und Tod entscheiden können? Was, wenn sie versagte, wenn sie den kleinen Maroughikindern nicht helfen konnte? Dann würde auch das letzte Fünkchen Hoffnung sterben – und die Kinder mit ihr.

Sie sah auf und traf Gorks Blick, der Zuversicht ausstrahlte. Wie konnte er sich so sicher sein? Woher nahm er dieses Vertrauen in sie? Sie musste es versuchen, sie wollte es versuchen. Mit zitternden Knien ließ sich Rhea neben den Kindern auf den Boden sinken und griff zaghaft nach Koras Armen, die ihr am nächsten lag. Dann schloss sie die Augen – und versank in einem Strudel des Chaos. Die Dunkelheit zog sie mit sich, die Geschwindigkeit raubte ihr den Atem. Sie wusste nicht, wo oben oder unten war. Alles wirbelte durcheinander, bevor sie in das Bewusstsein hineingespuckt wurde, dessen Empfindungen über Rhea zusammenbrachen: Erst war alles gut, alles rein und kindlich, doch dann traf Rhea der Schock des Fremden: Irrsinn, Hoffnungslosigkeit, Krankheit, Tod, Verlust. Die Wahrheit schlug mit voller Wucht zu und sie hatte begriffen. Sie wusste, dass sich das, was sie bei Kora gesehen hatte, in keinster Weise von dem unterschied, das sie bei Benra, Sevi und Raven sehen würde. Schnell schlug sie die Augen auf. „Kattra!", rief sie.

Die anderen starrten sie an, als ob sie verrückt geworden wäre. Doch Rhea war nicht mehr zu stoppen. Die Lösung, sie hatte die Lösung! Das einzig Richtige. Hastig stürzten die Worte über ihre Lippen. „Die Brommler von Raven, Benra, Sevi und Kora sind gestorben, weil Kattra ihre Sirrtha gegessen hat. Er hat damit etwas von seinem Bewusstsein auf die Sirrtha übertragen. Dieses fremde Bewusstsein hat die Brommler getötet! Aber nun ist Kattras Bewusstsein ein fester Bestandteil der Sirrtha, der den Kindern fehlt, deshalb sind sie so krank! Wir müssen es ergänzen, den Kindern das geben, was ihnen fehlt!" Sie hielt inne und sah die anderen an. Doch deren Verstand arbeitete zu langsam für Rhea, die fast wahnsinnig wurde angesichts deren Begriffstutzigkeit. „Versteht ihr denn nicht! Wir müssen diesem Khyroi etwas von seinem Wesen entnehmen und es auf die Kinder übertragen. Das ist ihre einzige Chance, gesund zu werden."

Fine sah sie immer noch an, als ob sie rückwärts gesprochen hätte. Verzweifelt blickte sie zu Gork und die Erleichterung raubte ihr fast den Atem. Gork verstand.

Er nickte. „Du musst es seinem Wesen entnehmen und auf die Kinder übertragen", sagte er. „Du bist die Einzige, die das kann." Sein Blick verstand mehr als Rhea selbst. Warum sah er sie so seltsam an? Irgendwie befriedigt, als ob er erwartet hätte, dass Rhea die Lösung kannte. Allerdings hatte sie jetzt keine Zeit, über die Bedeutung seines Blickes nachzudenken, denn Fine schüttelte erneut den Kopf.

„Das kommt überhaupt nicht infrage, hörst du! Du wirst bestimmt diesen Kattra nicht anrühren und ihm erst recht nicht irgendetwas entnehmen! Das lasse ich nicht zu! Die kranken Kinder zu berühren mag ja noch harmlos gewesen sein, aber wer weiß, was Kattra alles mit sich herumschleppt! Nein, nein, nein!"

„Aber Fine", mahnte Gork leise. „Es ist die Chance, die diese Kinder verdienen. Ich verstehe dich ja, aber du verweigerst damit vielleicht vier unschuldigen Leben die Zukunft." Gork ließ seine Worte wirken, während Rhea den Kampf in Fines Gesicht verfolgte.

„Du bist Heilerin", fuhr Gork fort. „Das ist deine Bestimmung. Du kannst anderen nicht deine Hilfe verweigern, in welcher Form auch immer."

In diesem Moment stöhnte Sevi im Schlaf gequält auf, als ob sie wüsste, was auf dem Spiel stand. Rhea zerriss es fast das Herz und ihr Entschluss stand fest. Sie würde es auch ohne Fines Zustimmung versuchen, sie konnte diesen lähmenden Schrecken einfach nicht länger ertragen.

Da nickte Fine, während ihr Körper in sich zusammensackte. „Also gut, Rhea, versuche es."

Bei diesen Worten erwachten plötzlich wieder die Millionen Fledermäuse in Rheas Magen. Wie um alles in der Welt sollte sie dem ekligen

Kattra einen Teil seines Bewusstseins entnehmen? Und wie es auf die Kinder übertragen? Und was, wenn Fine recht hatte und Kattras Irrsinn auf sie übergriff? Gleichzeitig wusste sie, dass sie keine andere Wahl hatte, als es zu versuchen, egal, wie das Ende aussehen würde. Wenn doch nur Eliah bei ihr wäre. Plötzlich hatte sie heftige Sehnsucht nach ihrem Zwillingsbruder.

„Ich danke dir, Fine. Ich danke dir wirklich von ganzem Herzen, dass du deinen Kummer zugunsten der Kinder überwindest", sagte Gork. „Holen wir Kattra!"

***

Er kam, als der Morgen dämmerte. Die tiefe Nacht hatte sich in das frühe Grau gewandelt, das noch keine Farben zuließ und die Konturen verwischte. Nachdem Balem und Miron Kattra aus dem Gefängnisbaum geholt hatten, hatten sie ihn Xeron und Anthor übergeben. Nun traf der Trupp mit dem gefesselten Kattra in Gorks Wurzelwerk ein, zusammen mit den Müttern der kranken Kinder. Rhea konnte die wachsende Zuversicht in ihren Mienen kaum ertragen. Hoffentlich enttäuschte sie nicht alle.

„Los, zurrt ihn am Stuhl fest, diesen Widerling." Gorks Stimme zischte wie glühende Kohle, die unter einem Schwall Wasser verlöscht. Trotz der erzwungenen Bewegungslosigkeit sah Kattra siegessicher in die Runde. Seine eisblauen, unheimlichen Augen fixierten einen nach dem anderen. „Nun", schnarrte seine Stimme, „braucht ihr mich doch, ihr Hilflosen." Er grinste.

Rhea konnte es einmal mehr nicht fassen, wie ekelhaft dieser Kerl doch war, und ein heißes Empfinden verbrannte ihr Herz. Sie brauchte ein paar Sekunden, bis sie erkannte, dass es reiner Hass war – Hass auf dieses Individuum vor ihr.

Gork sah sie an. „Und jetzt?"

Rhea überlegte. Wie sollte sie es anstellen, das Bewusstsein dieses Khyroi abzuzapfen? Hatte er überhaupt so etwas? Ein Gewissen jedenfalls schien er nicht zu haben. Und wie auf die Kinder übertragen? Was, wenn diese Prozedur doch gefährlich für Rhea war? Angstvoll suchte sie den vertrauten Stein an ihrem Hals. Doch der Sternsaphir blieb stumm. Hieß das, dass Rhea nichts zu befürchten hatte? Gestärkt ging sie auf Kattra zu, versenkte ganz gezielt ihren Blick in diese grauenvollen, wasserblauen, bodenlosen Augen und umfasste seine spindeldürren Arme.

Augenblicklich wurde sie von einem Wirbel umfasst und alles andere um sie herum verschwamm vollkommen in der Geschwindigkeit. Farben und Gegenstände, die anderen Maroughi um sie herum, alles wurde zu einem einzigen Karussell, als ob alle Farben der Welt einen Wettlauf abhielten, der ohne Ziel blieb. Einzig diese Augen bildeten ihren ganzen Halt, hielten sie fest, zogen sie mit sich, und Rhea tauchte ein und versank in einem eisblauen Nichts.

Sie drang bis ins Innerste vor und noch weiter, spürte Kattras Bewusstsein und empfand all das, was ihn ausmachte: Hass, Überheblichkeit, Grausamkeit, Hilflosigkeit, den Drang nach Liebe und Anerkennung, Schutzbedürftigkeit, Verschlagenheit und Irrsinn. Und ertrug es nicht länger. Sie drohte, sich zu verlieren, sich aufzulösen und zu vergehen wie Rauch in einer lauen Sommernacht. Sie wollte weg, konnte diese fremden Empfindungen nicht länger ertragen, kämpfte darum, loszukommen. Sie musste diesem stechenden Blick entkommen! Doch es war so anstrengend, so furchtbar schwierig. Sie versuchte, ihre Augen zu schließen, doch sie konnte es nicht.

Rhea merkte, wie sie schwächer wurde, wie ihr Wille, sich zu lösen, nachließ. Irgendwo in ihrer Hirnrinde glomm ein Funke auf, der ihr sagte, dass sie kämpfen musste, sonst wäre sie für immer in diesem Individuum verloren, hineingesogen, verloschen, zersetzt. Es würde sie aussaugen und als leere Hülle wieder ausspucken und sie wäre ein Nichts.

Rhea begann, sich gegen das Fremde zu wehren, sie zog ihren Geist zurück, Stück für Stück, während der Blick sie immer noch unerbittlich festhielt. Er umschlang ihren Geist mit langen Tentakeln, die sich immer enger zuzogen. Rhea kämpfte verbissener, versuchte, ihre Augen zu schließen, um diesem Gefängnis zu entkommen. Mit aller Kraft stemmte sie sich zurück, bemüht, ihre Hände von Kattras Armen zu lösen, ihren Blick freizubekommen, weg von dem Irrsinn. Da hörte sie ein schmatzendes Geräusch und der Sog ließ endlich los und gab sie frei. Haltlos fiel sie nach hinten und landete unsanft auf dem Boden.

Keuchend und benommen saß sie am Boden, während sie darum kämpfte, wieder ganz zu sich zu kommen. Fine kniete neben ihr und umarmte sie. Auch Gork hatte die Arme nach ihr ausgestreckt. Zu Tode erschrocken versuchte Rhea, zu lächeln, während sie darauf wartete, dass ihr Atem wieder regelmäßig wurde. „Heilige Feuerkröte! Das will ich nie wieder erleben müssen."

„Ist alles in Ordnung mit dir?", fragte Fine ängstlich. „Geht es dir gut?"

Sanft löste sich Rhea aus ihrer Umarmung. „Ja, mir geht es gut." Mit zitternden Knien kroch Rhea weg von Kattra zu Sevi und Kora, wo sie sich kurz auf der Grasmatte abstützte. Sie fühlte sich immer noch leicht benommen, dumpf, als ob sie alles durch Watte wahrnahm. Eigentlich wollte sie nicht schon wieder jemand anderes erforschen, sie war ja gerade eben erst zurückgekommen – und das war knapp gewesen.

Doch bei den Kindern konnte ihr ja nichts passieren, oder? Sie waren bestimmt nicht so verschlagen wie Kattra.

Dieser fing augenblicklich an, sich vehement gegen seine Fesseln zu stemmen und von dem Stuhl loszukommen, wobei er wild mit dem Kopf schlug, je näher Rhea den Kindern kam. Wollte er deren Berührung verhindern? Erst der feste Griff von Xeron und Anthor brachten ihn zur Ruhe.

Vorsichtig berührte Rhea die Arme von Kora, die sich erstaunlich weich und warm anfühlten, angenehm. Kora zeigte bei der Berührung von Rhea jedoch keine Reaktion. Etwas mutiger nahm Rhea beide Arme in ihre Hände, schloss die Augen und wurde auf der Stelle mitgerissen. Sie wirbelte kopfüber herum, drehte sich um die eigene Achse, schwamm in einem regenbogenfarbenen, schillernden Nichts und hielt trotzdem die Arme sicher fest. Im ersten Moment fühlte sie sich gut, irgendwie ruhig, ganz anders als bei Kattra zuvor.

Doch dann spürte sie plötzlich, wie Kora anfing zu zittern. Rhea öffnete die Augen und sah Kora ins Gesicht, das schmerzverzerrt war. Ihre Augen waren halb geöffnet und Rhea konnte nur das Weiß unter den Lidern erkennen. Sie erschrak. Hatte Kora Schmerzen? Sollte sie sie loslassen? Aber es war doch ihre letzte Chance, den Kindern zu helfen, es konnte nicht schlecht sein! Rhea konnte nicht schlecht für die Kinder sein! Entschlossen hielt sie Koras Arme weiter fest und ertrug das Zittern, das immer stärker wurde. Da fing Kora an, heftig mit den Beinen zu strampeln, als wollte sie jemanden abwehren, und warf wild den Kopf hin und her wie zuvor Kattra. Rheas Zweifel wuchsen. War dies ein gutes Zeichen oder verschlimmerte Rhea mit ihrer Prozedur nur noch alles? Was sollte sie tun? Lange würde sie Koras Anblick und ihre körperliche Gegenwehr nicht mehr ertragen können, dann würde sie loslassen und alles war verspielt.

Plötzlich stieß Kora einen lauten, verzweifelten Schrei aus, der immer höher wurde. Rhea schoss das Grausen durch den Körper wie tausend feine Nadelstiche. Aufhören, der Schrei sollte aufhören! Sollte Rhea loslassen? Wer hätte dann gewonnen? Kora schrie immer schriller und wand sich immer heftiger. Rhea schossen die Tränen in die Augen, während sie versuchte, Kora weiter festzuhalten. Was sollte sie nur tun? Keine Sekunde länger konnte sie Koras Qualen ertragen.

Gerade wollte sie aufgeben, da spürte sie einen kurzen Ruck durch sich hindurchgehen und nahm einen Schatten wahr, etwas Dunkles, das an ihr vorbeizog, doch kaum, dass sie ihn wahrgenommen hatte, war er auch schon wieder weg. Koras Schrei brach ab und ging in ein Wimmern über, das langsam erstarb. Dann lag Kora ruhig. Rhea sah in das Gesicht mit den geschlossenen Augen. War Kora gestorben? Doch gleich darauf sog diese tief die Luft in ihre Lungen, als ob sie schon zu lange nicht mehr geatmet hätte. Ihre Gesichtszüge entspannten sich und die Atmung wurde ruhig.

Erleichtert schloss auch Rhea die Augen und tastete nach Koras Bewusstsein. Nun fühlte sie sich gut, behütet und beschützt, geborgen und sicher. Alles war rein und unverfälscht, keine Lügen belasteten Rhea, alles war fröhlich, friedlich, frei und unbeschwert. Am liebsten hätte sie Koras Arme nun für immer fest gehalten, um dieses Gefühl auszukosten. Hatte sie Kora helfen können? Hatte sie sie retten können?

Behutsam löste sie die Hände von Koras Armen und öffnete die Augen. Für einen kurzen Augenblick zuckte sie erschrocken vor der Enge der Kammer und den vielen Maroughi um sich herum zurück, denn sie fühlte sich plötzlich so eingeengt und den anderen viel zu nahe, nicht mehr so leicht und frei und irgendwie weit wie noch eine Sekunde zuvor.

Dann nahm sie Sevis Arme in die Hände. Hoffentlich würde Sevi sich nicht allzu sehr wehren. Doch kaum, dass Rhea sich in das Nichts hatte fallen lassen, fing Sevi ebenfalls an, zu zittern. Rheas Griff wurde fester, je heftiger Sevis Körper zitterte. Rhea vermied diesmal, in Sevis Gesicht zu sehen, und ließ ihre Augen geschlossen. Sie wusste, wie Sevis Miene aussah. Stattdessen versuchte sie, Sevis Bewegungen zu folgen, damit diese für beide leichter zu ertragen waren.

Sevis Gegenwehr wurde immer stärker und Rhea merkte, wie Sevi mit dem Kopf schlug, während sie heftig mit den Beinen strampelte. Rhea kniff die Augen noch fester zusammen und drückte Sevis Arme zu Boden, so gut es ging. Sie wünschte sich den Moment herbei, an dem alles vorbei war. Da stieß Sevi einen lauten, lang gezogenen Schrei aus, der nicht weniger verzweifelt und qualvoll klang als der vorherige von Kora. Auch jetzt war Rhea nahe daran, sich zu lösen – die Qual zu beenden –, da nahm sie den Schatten wahr, der an ihr vorbeizog, und war erleichtert, als Sevi gleich darauf zurückfiel und sich ihre Atmung beruhigte, als ob nichts gewesen wäre. Nun konnte Rhea die guten Empfindungen fast ein bisschen genießen, die sie ebenso wie zuvor bei Kora wahrnahm. Sie fühlte sich so gut, so fröhlich.

Ravens Gegenwehr ertrug Rhea schon besser. Nun war sie vorbereitet auf die heftigen Bewegungen und passte sich ihnen geschmeidig an. Geduldig wartete sie, bis der Augenblick kam, an dem der Schatten vorbeizog. Auch jetzt übermannten sie die guten Empfindungen, das Reine, Kindliche, Unschuldige. Fast hätte sie zu summen angefangen, wurde sich aber gerade noch der anderen um sich herum bewusst. Was hätten die dazu gesagt, wenn Rhea in dieser ernsten Situation gesummt hätte? Bei dem Gedanken musste sie dann doch lächeln, sie konnte einfach nicht anders. Schnell verbarg sie ihr Gesicht in ihrer Armbeuge, damit niemand ihr Lächeln bemerkte.

Beschwingt ließ sie Ravens Arme los und wiederholte die Prozedur bei Benra. Der kurze Moment, an dem der Schatten vorbeizog, trübte ihre Stimmung kein bisschen. Sie hatte sogar das Gefühl, dass Benras Gegenwehr weniger heftig war als bei den anderen. Bedeutete dies, dass sie den Kindern helfen konnte und diese bereits auf dem Wege der Besserung waren?

Nachdem sie Benra losgelassen hatte, erhob sie sich und betrachtete prüfend die vier Maroughikinder. Sie hatte den Eindruck, als ob die vier schon nicht mehr so schnell und flach atmeten, sondern dass ihr Atem nun ein wenig ruhiger und tiefer ging. Rhea hatte es vollbracht und war unglaublich stolz auf sich selbst. Sie spürte, wie Fine sie in den Arm nahm und empfand einen leichten Nachklang der Geborgenheit von gerade eben.

„Der Feuerkröte sei Dank, du hast es hinter dir“, sagte Fine. „Und ich bin sehr stolz auf dich, weil du bereit warst, diese Verantwortung zu übernehmen trotz der Gefahr. Du hast selbstlos gehandelt, um anderen zu helfen. Es tut mir leid, dass ich so egoistisch war und fast vergessen hätte, was andere durchstehen müssen und ohne dich keine Chance auf Hoffnung hatten. Das darf einer Heilerin nie passieren, selbst wenn es um ihre eigene Tochter geht. Du hast heute etwas vollbracht, das keiner außer dir, keine lebende Seele im ganzen Wald von Muringen, hätte tun können und wofür man einiges an Mut braucht.“

„Werden sie wieder gesund?“, fragte Rhea.

Fine zuckte mit den Schultern. „Das liegt nun nicht mehr in unserer Hand. Du hast alles gegeben, was dir zur Verfügung stand. Nun müssen wir abwarten, ob es ausreicht. Aber du hast uns allen die Hoffnung zurückgegeben.“

Die Heilerin drückte ihr Gesicht in das Haar ihrer Tochter und hielt sie kurz fest umschlungen, dann löste sie sich wieder von ihr. Als Rhea in die Gesichter rundherum blickte, konnte sie Erleichterung, Hoffnung, Dankbarkeit und Anerkennung in ihnen lesen. Außer bei Kattra, der versuchte, sie mit seinem stechenden Blick einzufangen, doch Rhea sah einfach weg.

„Auch ich danke dir, Rhea, für deinen Einsatz und deinen Mut", sagte Gork, der plötzlich zu Tode erschöpft aussah. „Aber jetzt sollten wir uns alle ausruhen, das haben wir uns verdient. Geht nach Hause. Ravens und Benras Mütter werden die Krankenwache übernehmen." Er nickte ihnen kurz zu, bevor er sich Balem, Xeron und Anthor zuwandte, die Kattra immer noch festhielten. „Bringt Kattra wieder zurück in den Gefängnisbaum, wo er vorerst bleiben wird, bis wir entschieden haben, was mit ihm geschehen soll."

Mit Genugtuung registrierte Rhea, wie Kattra leicht zusammenzuckte. Sie streichelte den vier Maroughikindern noch einmal über die Köpfe, dann machte sie sich zusammen mit Fine auf den Heimweg, während die Morgensonne ihre Reise über den Horizont begann.

Die Wächter der Sirrtha

Die nächsten Tage fühlte sich Rhea, als ob sie unter Wasser lebte. Alles war so anstrengend, gedämpft und unwirklich. Ständig kreisten ihre Gedanken um die Kinder, deren Zustand unverändert war. War es ihr gelungen, sie zu retten? Und wenn nicht? Könnte Rhea mit der Last ihres eigenen Versagens weiterleben, könnte sie mit dem Tod der Kinder weiterleben?

Gleichzeitig hatte Rhea Angst, dass sie alle bei dem Überfall der Khyroi sterben würden und keiner mehr irgendwie weiterleben durfte. Ständig erwartete sie die Nachricht der Späher, dass das Khyroiheer im Anmarsch war und sie nun kämpfen mussten. Rhea wollte weder die eine Zukunft noch die andere, aber sie hatte die Entscheidung nicht in der Hand.

Zu allem Überfluss nagte die Sorge um ihren Bruder an Rheas Nerven. Sie hatten seit seinem Weggang keine Nachricht von ihm erhalten. Wo war er? Ging es ihm gut? Wann würden sie ihn wiedersehen?

„Komm, Rhea, lass uns nach draußen gehen", unterbrach Fine ihr Gedankenkarussel. „Ich halte es hier in der muffigen Küche einfach nicht mehr aus. Ich brauche Platz zum Atmen."

Sie brauchte Rhea nicht lange umzustimmen, denn gleich darauf saßen sie auf dem Baumstamm vor dem Wurzelwerk, wo Rhea damit begann, einen neuen Holzbecher zu schnitzen. Wolke kam und legte sich zufrieden zwischen Rheas Beine. Wie sorglos so ein Wollrattenleben doch war, wie einfach! Rhea beneidete ihre Gefährtin glühend.

Der Duft von frischen Holzspänen mischte sich mit dem würzigen, aber sanften Duft der Kamille, als Fine begann, ihre Kräuter zu verlesen. „Wo Eliah wohl gerade ist? Hoffentlich geht es ihm gut", sagte Rhea in die konzentrierte Stille hinein.

Die Heilerin nickte, während ihre geübten Hände ohne Unterlass geschickt die Kamillenblüten von den Stängeln zupften. „Ja, ich muss auch ständig an ihn denken. Aber ich vertraue ihm, ich weiß, er wird sein Bestes geben."

Wolke kroch vorsichtig zwischen Rheas Beinen hervor und stibitzte sich einen großen Holzspan. Kaum hatte sie diesen sicher im Maul, schlich sie unauffällig rückwärts und trabte dann rasch mit stolz erhobenem Kopf in den Wald, die Trophäe siegessicher im Maul. Nun musste Rhea grinsen, sie gönnte der kleinen Wollratte das Kauvergnügen. Wer wusste denn schon, wie oft Wolke noch in diesen Genuss kam?

Plötzlich hatte Rhea einen Kloß im Hals bei der Vorstellung, wie eine vereinsamte Wolke durch den verlassenen Wald wanderte auf der Suche nach Rhea und Eliah oder überhaupt einem Lebewesen. Doch die kleine Wollratte würde niemanden finden können, weil keiner mehr da war, weil alle tot waren. Gegenseitig umgebracht bis zum letzten Mann in einem sinnlosen Krieg.

In dem Moment schallte plötzlich der Ruf weit durch den Wald: „Sie kommen, das Khyroiheer kommt!"

Entsetzt erstarrte Rhea mitten in der Bewegung und sah Fine an. Rhea konnte sehen, wie Fines Gesicht kalkweiß wurde und die nackte Panik sich in ihre Miene biss. Auch Rhea merkte, wie alles Blut aus ihren Wangen wich. Ihr Herz setzte einen Schlag aus, bevor es anfing, ihre Rippen zu bearbeiten, und in ihrem Magen bohrten sich tausend kleiner Haken in das weiche Fleisch wie Fledermausklauen, die daran zogen und zogen und zogen ...

„Sie sind an der Waldrandlichtung, etwa noch einen Tagesmarsch entfernt." Fhengi lief durch das Dorf und verkündete die Nachricht. „Die Elkinne haben sie erspäht. Macht euch bereit, noch ein Tag! Macht euch bereit!" Seine panischen Rufe zogen vorüber und wurden leiser.

Rhea gefror das Blut in den Adern. Eliah, wo war Eliah?

Eine Sekunde später war die Starre vorbei und die beiden sprangen gleichzeitig auf, ungeachtet der Dinge auf ihren Schößen, die auf den erdigen Boden kullerten. Sie stürzten in den Wohntunnel, wo sie hektisch ihre Umhänge hervorkramten.

„Oh nein, das haben wir in der ganzen Aufregung völlig vergessen!", stieß Fine aus und sah Rhea mit Panik in den Augen an.

„Was?", rief Rhea, in Gedanken schreckliche Bilder von sterbenden Kindern und blutigem Gemetzel vor Augen. Etwas Furchtbares hatten sie vergessen?

„Wir haben die Löcher in unseren Umhängen nicht ausgebessert!"

Fast hätte Rhea gelacht vor Erleichterung. „Na dann machen wir das eben jetzt noch. Wir haben ja noch Zeit, bis die grausamen Khyroi über uns herfallen. Die Zeit müssen wir ja irgendwie totschlagen, bevor wir uns alle totschlagen." Sie mochte nicht weiter über die Doppeldeutigkeit ihrer Worte nachdenken. Nervös kramte sie in den Nähsachen herum, bis sie endlich eine geeignete Nadel und den passenden Faden gefunden hatte. Dann fing sie an, die Nadel durch den Stoff zu ziehen, wobei sie sich ständig in den Finger stach, weil ihre Finger nicht aufhören wollten, zu zittern. Fieberhaft stopfte sie ein Loch nach dem anderen, während Fine ihren eigenen Umhang bearbeitete. Als sie fertig waren, legten sie die Umhänge zu den Rucksäcken, die seit Tagen bereitlagen: fein säuberlich bepackt mit Waffen und Proviant.

„Was machen wir jetzt?", fragte Rhea.

„Warten", erwiderte Fine. „Was anderes bleibt uns nun nicht mehr zu tun."

***

Abends lag Rhea in ihrem Bett und konnte nicht einschlafen. Ihr Gedankenkarussell war in voller Fahrt, die einzigen drei Passagiere, die mitfuhren, hatten eine Dauerkarte gelöst: Wie viele Maroughi und Elkinne würden sterben bei der großen Schlacht mit den Kyhroi? Würden wenigstens die Maroughikinder überleben? Und wo war Eliah? Warum kam er nicht nach Hause? Rhea fühlte sich elend, weil sie sicher und warm in ihrem Bett liegen konnte, während Eliah die Nacht im Freien verbringen musste. Den Blick hinüber zu seinem leeren Bett vermied sie, so gut es ging. Sie hoffte inständig, dass er es wenigstens halbwegs bequem und trocken hatte und dass er außer Gefahr war.

Irgendwann musste sie dann doch eingeschlafen sein, doch als sie am nächsten Morgen aufwachte, fühlte sie sich kein bisschen ausgeruht. Im Gegenteil, sie fühlte sich müde, übernächtigt und jeder Knochen im Leib tat ihr weh.

Demoralisiert saß sie mit Fine beim Frühstück. Sie hatte keinerlei Appetit und starrte nur mit leerem Blick auf die Tischplatte. Selbst Fine strahlte heute eine nervöse Unruhe aus, was Rhea noch gereizter machte, da es ihr zeigte, wie ernst die Lage tatsächlich war.

Schließlich versuchte Fine, ihre Tochter abzulenken. „Nun komm schon, versuche wenigstens, etwas zu essen. Du musst bei Kräften sein. Und wer weiß, wann wir wieder Gelegenheit dazu haben werden."

Unwillig nickte Rhea. „Du hast ja recht, aber ich habe überhaupt keinen Appetit und wahrscheinlich bekomme ich sowieso keinen einzigen Bissen hinunter. Der bleibt mir bestimmt im Hals stecken."

Fine ließ Rhea maulen und schnitt währenddessen mehrere dicke Scheiben vom Brotlaib ab, die sie reichlich mit gesalzener Kräuterbutter bestrich. Schweigend saßen sie da und kauten lustlos auf ihren Broten herum.

Plötzlich wurde die Tür aufgerissen und ein völlig außer Atem gekommener Eliah stürzte herein. Rhea und Fine sprangen so abrupt auf, dass ihre Stühle polternd umstürzten.

Rhea fiel ein ganzes Gebirge vom Herzen bei seinem Anblick, doch statt einer Begrüßung stützte Eliah, dem der Schweiß in Strömen die Schläfen herablief, die Hände auf die Knie und beugte sich vor, verzweifelt darum bemüht, wieder Luft in seine Lungen zu pumpen. Endlich richtete er sich erschöpft auf. „Ich bin seit heute Nacht unterwegs hierher. Ich habe sie gesehen", quetschte er noch immer keuchend hervor. „Das Khyroiheer ist riesig! Zwar kommen sie durch den Wald nur langsam voran, dennoch werden wir keine Chance gegen sie haben." Verzweifelt fuhr er sich mit beiden Händen durch seine Wuschelhaare und schüttelte den Kopf. „Nicht gegen so viele. Wir haben nicht mehr viel Zeit."

Trotz ihrer offensichtlichen eigenen Besorgnis schaffte es Fine, Eliah tröstend in den Arm zu nehmen. „Verzweifle nicht, Eliah. Auch wenn die Gefahr unüberwindbar scheint und wir uns alle Sorgen machen, dürfen wir nicht aufgeben. Wenn wir alle zusammenhalten, werden wir stark sein und den Kampf hoffentlich überstehen. Komm, ruhe dich erst einmal aus. Wir sind gerade beim Frühstück. Greif zu, du musst hungrig sein."

Erschöpft ließ sich Eliah auf den einzigen Stuhl fallen, der nicht umgekippt war, griff sich eine Brotscheibe und biss hastig ab. Er verschlang das Brot in kürzester Zeit und griff sich bereits die nächste Scheibe, noch ehe er den letzten Bissen hinuntergeschluckt hatte. „Mmh, das schmeckt lecker."

Rhea und Fine setzten sich zu ihm an den Tisch, während Fine ihm wortlos die restlichen Brotscheiben zuschob, bevor sie ihm einen Becher mit Beerentee reichte. Erstaunt beobachtete Rhea, wie auch die restlichen Brotscheiben in Eliahs Mund verschwanden. Wie konnte er nach dem ganzen ausgestandenen Schrecken nur so hungrig sein? Ihr an seiner Stelle wäre der Appetit vergangen, aber Eliah konnte offensichtlich immer und überall essen.

„Danke", flüsterte Eliah mit vollen Backen und leerte den Becher in einem einzigen Zug. „Ich habe seit Tagen nur noch Beeren gegessen und Bachwasser getrunken."

Nun hatte Rhea ein schlechtes Gewissen, sie konnte sich jederzeit in der vollen Vorratskammer bedienen.

Endlich war Eliah fertig und lehnte sich seufzend zurück. „Ich habe ihn gesehen, den Fürsten der grausamen Khyroi. Er ist eine eindrucksvolle Erscheinung und er wirkt grimmig und wild entschlossen. Kein Wunder, dass ausgerechnet er der Fürst der grausamen Khyroi geworden ist."

Kurz darauf hörten sie wieder Rufe durch den Wald schallen. Alle drei sprangen gleichzeitig auf und stürzten aus dem Wohntunnel. Fhengi war wieder unterwegs und schrie atemlos: „Heute um Mitternacht alle zum Sirrthafeld, bereit und bewaffnet. Heute um Mitternacht alle zum Sirrthafeld, bereit und bewaffnet. Heute um Mitternacht …" Seine Rufe entfernten sich wieder, wurden leiser, bis sie nicht mehr zu hören waren. Jetzt gab es kein Zurück mehr.

***

Als die Nacht hereinbrach, stand die Mondscheibe im perfekten Rund am Himmel. Rhea, Fine und Eliah beschlossen, vor dem Aufeinandertreffen mit den Khyroi noch einmal von ihren Sirrtha zu essen, um den Bund mit der Natur zu erneuern.

Alle drei hatten sich in ihre Umhänge gehüllt, den Proviant und die Waffen gut in ihren Rucksäcken verstaut. Nun gingen sie den inzwischen auch für die Zwillinge vertrauten Weg entlang über die Lichtung mit der Quelle zum Sirrthafeld. Rhea sah sich nach Wolke um, doch diese war nirgends zu sehen. Die Jägerin schlug ihre eigene Schlacht. Eine eigentümliche Stimmung stieg in Rhea hoch, in die fast nicht auszuhaltende Angst mischte sich eine Portion fiebrige Aufregung.

Leichter Nebel, der über den Boden waberte, verschluckte ihre Füße und ließ jeden ihrer Schritte das feine weiße Nichts aufwirbeln, was es unheimlich lebendig werden ließ. Rhea versuchte, sich ganz auf die fließenden Bewegungen der wirbelnden Leichtigkeit zu konzentrieren, doch der Versuch, das, was ihnen bevorstand, auf diese Weise auszublenden, scheiterte. Dabei wäre sie fast in Eliah hineingerannt, der plötzlich stehen geblieben war. Ihr Bruder hob lauschend eine Hand und sah sie warnend an. Sein Blick verriet höchste Unruhe und grenzte schon fast an Panik. Fine ging weiter voraus, sie hatte nichts bemerkt. Was war los? Höchst alarmiert strengte sich Rhea an und lauschte. Ja, jetzt hörte sie es auch: Es lag Bewegung in der Luft, ein leises Rascheln hier, ein geflüstertes Wort da, ein knackender Zweig dort. Wer schlich noch hier herum? Etwa die grausamen Khyroi?

Da kam Fine zurück, die bemerkt hatte, dass die Zwillinge nicht mehr hinter ihr waren. Fragend sah sie die beiden an und Eliah bedeutete auch ihr, zu lauschen. Ihre Miene wurde konzentriert, dann nickte sie mit dem Kopf. „Die anderen machen sich bereit", flüsterte sie leise. „Sie kommen ebenfalls zum Sirrthafeld, wie Fhengi es gesagt hat."

Die Erleichterung übermannte Rhea und zwang sie fast in die Knie. Der heiligen Feuerkröte sei Dank, sie hatten noch ein wenig Zeit zu leben. Rhea hatte schon befürchtet, dass die Geräusche von den Khyroi stammten, die sie einkreisen und in die Enge treiben wollten.

Am Sirrthafeld angekommen, erkannten die drei im fluoreszierenden Licht der Sirrtha mehrere Gestalten, die sich leise und verstohlen zwischen den Sirrtha bewegten. „Kein Wunder", dachte Rhea, „jeder hat Angst davor, dass es vielleicht keine weiteren nächtlichen Besuche am Sirrthafeld mehr geben könnte."

Die Geschwister steuerten ihre Sirrtha an und auch die Heilerin machte sich auf den Weg. Rhea beobachtete Fine verstohlen, deren Sirrtha ganz in der Nähe stand. Dieser war schlank und durchgehend schneeweiß. Langsam beugte sich die Heilerin vor und biss ein Stück aus der farblosen Kappe. Doch kaum hatte sich Fine wieder aufgerichtet, da änderte der Sirrtha seine Farbe!

Rhea keuchte, schlug sich aber gleich auf den Mund, um weitere ungewollte Töne zu vermeiden, und beobachtete das Farbspiel. Das Schneeweiß wechselte über in ein unglaublich intensives, wunderbar sattes, leuchtendes Indigoblau, von dem sich Rhea sicher war, noch nie in ihrem Leben ein schöneres Blau gesehen zu haben. Sie dachte an den Flacon mit dem Totenkopf darauf, der in Fines Kammer ganz oben stand und aus dem Fine dem kranken Kattra zu trinken gegeben hatte. Diese Flüssigkeit hatte auch ihre Farbe geändert: von farblos zu indigoblau. Jetzt wusste Rhea, welche Flüssigkeit der Totenkopf-Flacon enthielt. Fasziniert beobachtete sie den Sirrtha, der gleich darauf sanft zu pulsieren anfing. Die Farbe wechselte ständig zwischen Schneeweiß und Indigoblau wie ein pulsierender Herzschlag, was in Rhea ein mulmiges Gefühl weckte.

Einen Moment später kam Fine auf ihre Tochter zu und strich ihr das Haar hinter das Ohr. Leise flüsterte sie: „Ich warte am Feldrand auf dich.“ Dann ging sie an Rhea vorbei und verschwand hinter ihrem Rücken. Das brachte Rhea in die Wirklichkeit zurück. Sie löste den Blick von Fines Sirrtha und sie sah zu ihrem eigenen, dem sie nun sanft über die weiche Oberfläche strich. Dann brach sie ganz vorsichtig ein Stück heraus, das sie sich gleich in den Mund schob. Während sie langsam kaute, wanderte ihr Blick nochmals zu Fines Sirrtha des Heilens und sie registrierte erleichtert, dass das unheimliche Pulsieren verloschen war und der Sirrtha nun wieder schneeweiß wie zuvor dastand.

Rhea ging zurück zum Rand des Feldes, wo Eliah und Fine bereits warteten. Auch die anderen Maroughi hatten sich versammelt. Rhea entdeckte Gork, der leise, fast lautlos von einem zum anderen ging und offensichtlich jedem etwas ins Ohr flüsterte. Auch ihnen raunte er zu: „Geht und sucht euch ein Versteck in der Nähe des Sirrthafeldes. Doch seht zu, dass ihr nicht zu dicht steht, verteilt euch. Wir müssen einen Ring rund um das Feld legen und dürfen es nicht aus den Augen lassen. Dann wartet ab, bis die Khyroi kommen. Und wenn es so weit ist, verteidigt unsere Sirrtha … “

„… und wenn es sein muss, auch mit eurem Leben.“ Gork hatte den letzten Satz nicht laut ausgesprochen, doch er klang so scharf nach, als ob Gork ihn mit feurigen Buchstaben in die Luft geschrieben hätte. Stumm nickten die drei Gork zu, der weiter zum nächsten Maroughi ging, während ein Schatten nach dem anderen lautlos verschwand. Jeder suchte sich sein Versteck.

„Ich wünsche euch viel Glück, meine zwei“, flüsterte Fine mit belegter Stimme, während sie Rhea und Eliah in ihre Arme nahm, sie fest an sich drückte und ihnen je einen Kuss auf den Kopf gab. Dann ließ sie sie abrupt los, fast als wäre ihr die Berührung unangenehm, und Fine verschwand in der Dunkelheit …

Rhea sah ihr nach. Sie hatte die unterdrückten Tränen in Fines Stimme gehört und hatte selbst einen dicken Kloß im Hals, der ihr kaum Platz zum Atmen ließ.

Sie drehte sich zu ihrem Zwillingsbruder um, der sie zaghaft in den Arm nahm und ihr ebenfalls einen verlegenen Kuss ins Haar gab, wie Fine Sekunden zuvor. Leise flüsterte er ihr ein letztes: „Mach’s gut, kleine Schwester“, ins Ohr.

Rhea musste schnell erwidern: „Du auch“, bevor auch ihr Bruder aus ihrem Blickfeld verschwand und die Fledermäuse in ihrem Magen noch ein bisschen kräftiger mit ihren Haken zogen.

Allein stand Rhea nun da und ließ die Arme hängen. Sie sah sich um. Sie fühlte sich furchtbar leer und verlassen. Was sollte sie tun? Wo sollte sie sich verstecken? Das Wildschweingebüsch fiel ihr ein, aber auf die Idee waren sicherlich schon andere gekommen, Eliah auf jeden Fall. Planlos ging sie ein paar Schritte tiefer in den Wald hinein und suchte nach einem geeigneten Versteck. Doch alles, was sie geeignet fand, war schon von einem anderen Maroughi besetzt. Langsam begann sie unruhig zu werden. Was, wenn sie immer noch hier rumstehen würde, wenn die grausamen Khyroi kamen?

Schließlich fand sie doch noch ein ausladendes Gebüsch, das noch unbesetzt war. Vorsichtig bog sie die überhängenden Zweige auseinander, bückte sich und kroch unter den Busch. Dieser war offensichtlich schon alt, denn im Inneren hatte sich durch abgestorbene Äste eine kleine Höhle gebildet. Rhea kauerte sich zusammen und suchte eine bequeme Sitzhaltung. Sie begann, vorsichtig noch ein paar dünne Zweige auszubrechen, die ihr die Sicht nach draußen versperrten. Endlich hatte sie eine gute Aussicht, auf die sie jedoch gerne verzichtet hätte.

Vor ihr lag das Sirrthafeld in seinem geheimnisvollen Schimmer, ringsherum herrschte Totenstille. Hätte Rhea nicht gewusst, dass das ganze Sirrthafeld rundherum von Maroughi bevölkert war, sie hätte meinen können, sie wäre völlig alleine hier im Wald. Auch Rhea versuchte nun, mit ihrer Umgebung zu verschmelzen. Sie lauschte, doch sie konnte die heranmarschierenden Khyroi noch nicht hören. Die Stille ließ Rhea zur Ruhe kommen und sie merkte, wie sich die Anspannung in ihrem Körper löste und einer fatalen Schwere Platz machte. Es fiel ihr zunehmend schwerer, wach zu bleiben, aber sie durfte jetzt nicht einfach einschlafen, das war das Letzte, was ihr passieren durfte! Doch es half nichts. Irgendwann fielen ihr die Augen zu.

***

Rhea stand auf ihrer Lieblingslichtung mit dem kleinen Bach am Berghang, dort, wo Eliah den wunderschön funkelnden Kristall gefunden hatte, den Kattra ihm später geklaut hatte. Die Morgensonne zauberte ein Blassrosa über die Lichtung und ließ das Wasser wie flüssiges Gold funkeln. Rhea fühlte sich wohl und ausgeruht. Sie war allein, dachte sie jedenfalls. Langsam drehte sie sich einmal um ihre eigene Achse und sah sich um: weit und breit keine Maroughiseele. Zufrieden sog sie die Luft ein und freute sich einfach nur, dass der Tag so schön war, so schön rosa, so sorglos.

Doch auf einmal schlug die Stimmung um. Eine graue Wolke zog vor die Sonne und über die Lichtung sickerte langsam ein graues, diffuses Licht, das sich wie dickflüssiger Leim ausbreitete. Rhea wusste, wenn sie der Schatten der Wolke einhüllte, würde etwas Schreckliches geschehen. Sie fühlte, wie sich ihre Nackenhärchen aufstellten, Vorboten des Entsetzens, das sich nun in ihr ausbreitete wie Wasserkringel in einem tiefen See. Sie wollte weg, wollte vor dem Schatten der Wolke fliehen, doch sie konnte sich nicht bewegen! Wie versteinert stand sie da, so sehr sie sich auch anstrengte, wegzukommen. Ihre Augen waren das einzig Bewegliche an ihr, so musste sie mit ansehen, wie der Schatten langsam über die Bäume, den Boden, den Bach und endlich auch auf sie zukroch. Als er sie berührte, breitete sich eine Eiseskälte in Rhea aus. Der Schatten verschluckte sie gänzlich.

Plötzlich trat Fine in Rheas Gesichtsfeld, und diese wollte schon erleichtert aufatmen, doch irgendetwas stimmte nicht, stimmte ganz und gar nicht.

Die Heilerin schritt langsam auf Rhea zu, sie hatte ein gelbes irisierendes Gewand an und streckte wie in Zeitlupe die Arme nach ihrer Tochter aus. Offensichtlich versuchte sie, Rhea etwas zuzurufen, doch ihr Mund blieb stumm. Er war weit aufgerissen, während ihre Augen starr blickten, leblos.

Da fing Fines Gesicht plötzlich an, sich vor Rheas Augen zu verwandeln, und Rhea floss das Entsetzen wie heiße Glut durch die Adern, während die vertrauten, geliebten Züge verschwammen, neue Formen annahmen. Fasziniert und gleichzeitig zu Tode erschrocken beobachtete Rhea die Veränderung. Einen Wimpernschlag später erkannte sie, in wen sich Fines Gesicht gewandelt hatte: Vor Rhea stand die Eule der Verdammnis, die ihr fordernd die Arme entgegenstreckte und stetig auf sie zukam.

Rhea wollte fliehen, sie versuchte, wegzukommen, doch der Schatten hielt sie fest umschlungen wie unsichtbare Fesseln. Hilflos musste sie mitansehen, wie lange, fordernde Finger sich ihr immer näher schoben und nach ihr griffen. Langsam fingen diese Finger an, sich zu verwandeln. Sie wurden länger, immer länger, die Nägel wuchsen und wuchsen und wurden zu gebogenen Klauen, die fordernd nach Rhea griffen, immer näher kamen, bis sie sie fast berührten. Rhea fing an zu schreien. Sie schrie und schrie und schrie …

***

Rhea fuhr hoch und verschluckte ihr Herz, das ihr fast aus dem Rachen gesprungen wäre. Sie war völlig orientierungslos und wusste im ersten Moment gar nicht, was los war. Um sie herum war es stockdunkel. Wo war sie? Was war geschehen?

Ihr Nacken war steif und schmerzte bei der leichtesten Drehbewegung. Der Rücken tat ihr weh von der gebeugten Haltung, während sie versuchte, behutsam die verkrampften Muskeln zu lockern. Verwirrt blickte sie sich um und zu ihrem Erstaunen fand sie sich mitten in einem Gebüsch wieder. Da fiel es ihr augenblicklich wieder ein und ihr ganz persönlicher Albtraum kehrte zurück. Der Kampf mit den grausamen Khyroi stand bevor! Die Fledermäuse in ihrem Magen rebellierten und schlugen noch mehr Haken in ihr Fleisch, die sie dann umdrehten und bohrten und umdrehten und bohrten ...

Verzweifelt wünschte sich Rhea, dass sie noch einmal aufwachen und mit grenzenloser Erleichterung feststellen würde, dass sie immer noch geträumt hätte. Aber niemand weckte Rhea aus diesem Albtraum auf, es war kein Traum, es war die Wirklichkeit und die musste sie durchstehen, irgendwie. Es gab kein Entrinnen, weder für sie noch für Eliah noch für Fine. Für überhaupt keinen Maroughi. Erschüttert legte sie den Kopf auf ihre verschränkten Arme und hätte am liebsten geweint.

Plötzlich spürte Rhea etwas Warmes, Weiches an ihrem Bein, das sich an sie schmiegte. Im ersten Moment erschrak sie und zuckte zurück, doch gleich darauf entdeckte sie Wolke und war unendlich erleichtert, dass sie nun nicht mehr allein war. Wenigstens Wolke ließ sie nicht im Stich.

Eine Sekunde später hörte Rhea die Khyroi! Ganz leise und noch ziemlich weit entfernt vernahm sie ein gleichförmiges Marschieren vieler Füße, das allerdings sehr schnell lauter wurde. Viel zu schnell! Oh nein, sie wollte es nicht, sie wollte nicht wahrhaben, dass jetzt gleich ein Kampf beginnen würde, dass vielleicht Maroughi sterben würden, vielleicht jemand, den sie kannte, vielleicht ihre Nachbarn, vielleicht Eliah, Fine ...? Sie wollte nicht weiterdenken, wollte das sich nähernde

Geräusch einfach ausblenden aus ihrem Leben. Mechanisch und wie in Trance zog sie sich den Rucksack vom Rücken, tastete nach dem langen Brotmesser, fasste es vorsichtig am Griff und zog es heraus. Sie wollte nicht über dessen Sinn und Zweck nachdenken – sie hatte Angst, den Verstand zu verlieren, wenn sie es tat.

Emotionslos betrachtete sie das Messer. Es war lang, sehr lang und die Klinge warf sanft ein paar eingefangene Mondstrahlen zurück. Sie musste vorsichtig sein, das Aufblitzen der Klinge konnte sie alle verraten. Vorsorglich nahm Rhea eine Handvoll Erde, spuckte ein paarmal darauf und verrührte alles zu einem zähen Brei in ihrer Handfläche. Damit bestrich sie die Klinge sorgfältig von oben bis unten, sodass diese nicht mehr verräterisch glänzen konnte. Anschließend betrachtete Rhea zufrieden ihr Werk und war stolz darauf, dass sie so umsichtig handeln konnte.

In der Zwischenzeit schwoll das rhythmische Stampfen marschierender Füße immer mehr an. Rheas Knie fingen an zu zittern und ihr wurde ganz schlecht, so schlecht, wie ihr in ihrem ganzen Leben noch nie gewesen war. Sie griff nach dem einzigen Halt in einer Welt, die sich aufzulösen drohte: dem Sternsaphir an ihrem Hals, der so heiß war, dass sie sich fast verbrannte.

Augenblicklich wurde Rhea in den Tunnel des Steins gezogen, in den roten Tunnel des roten Steins. Kopfüber stürzte sie hinein, wirbelte herum, sah nur immer rot und kein Licht am Ende. Sie fühlte eine Dringlichkeit, als ob alles in der Welt von diesem Rot abhinge.

Das kalte, gefühllose, bewusstlose Dasein des Saphirs drang in Rhea ein, durchbrach ihr eigenes Dasein auf eine eigenartige stille Weise und zeigte ihr Bilder. Bilder, die Rhea das Adrenalin wie Feuerzungen durch den Körper trieben. Bilder, deren Bedeutung entsetzlich war: Rhea sah den Fürsten der grausamen Khyroi, der Eliahs bunten Kristall trug, dessen Strahlen sich den bunten Strahlen der Sirrtha immer mehr näherten. Die Strahlen des Kristalls vereinten sich mit den Strahlen der Sirrtha zu einem wunderschönen, grausamen, tödlichen Regenbogen, der sich ausweitete, bis er das gesamte Sirrthafeld umspannte, bevor er herabsank auf die Sirrtha und jeden einzelnen mit seinem gefährlichen Licht übergoss. Das vereinte Licht des Kristalls und der Sirrtha ließ den Schutz der Brommlermilch, die seit Jahrmillionen die Sirrtha schützte, zu nutzlosen bunten Flocken zerfallen.

Rhea sah, wie die bunten Brommlermilchflocken aufstiegen und sich zerstreuten wie Millionen Löwenzahnsamen im Wind. Die Bilder, die Rhea nun sah, ließen sie fast den Verstand verlieren: Die Khyroi fielen über die Sirrtha her und bissen wahllos von ihnen ab. Endlich hatte der Fürst der grausamen Khyroi sein Ziel erreicht, denn die Kraft der Sirrtha würde bei den grausamen Khyroi nicht die guten Eigenschaften verstärken, sondern sie würde die schrecklichen, bösen, verschlagenen Eigenschaften zu ungeahnt bösartigen Fähigkeiten wandeln. Fortan würde das Böse in Rheas Welt regieren und das gesamte bekannte Waldvolk wäre dem Untergang geweiht und würde vergehen wie eine Sekunde in der Unendlichkeit.

Das musste sie unbedingt verhindern! Sie musste verhindern, dass die bunten Lichter des Kristalls sich mit den bunten Lichtern der Sirrtha vereinten. So weit durfte es auf keinen Fall kommen, sonst war alles verloren.

Da stockte ihr plötzlich der Atem. Was hatte sie gerade gedacht? Die bunten Lichter? Die Prophezeiung! Die Prophezeiung der Eule der Verdammnis: „Hütet euch vor den bunten Lichtern! Lasst sie nicht ausbrechen, sonst ist es zu spät! Eine Vereinigung der bunten Lichter gibt dem Khyroi die Macht, die er sucht und bedeutet euer aller Untergang! Nur der brennende Blutstrom kann euch dann noch retten."

Wie hatten sie sich geirrt! Mit dem Khyroi in der Prophezeiung war nicht Kattra gemeint gewesen, sondern der Fürst der grausamen Khyroi!

Der Schock der Erkenntnis ließ Rhea wie elektrisiert in die Höhe schießen, wobei sie sich den Kopf an den Ästen darüber stieß und sich das Gesicht zerkratzte, doch sie merkte es nicht einmal. Sie merkte auch nicht, dass sie das Messer aus ihrer anderen Hand fallen ließ und Wolke erschrocken flüchtete. Sie wusste nur, sie musste handeln, musste dem Fürsten der grausamen Khyroi den Kristall wegnehmen, sie durfte keine Zeit mehr verlieren. Jetzt hing alles allein von ihr ab. Schnell, sie musste schnell sein, schneller als jemals in ihrem ganzen Leben.

Wie ein Wildschwein brach Rhea aus dem Gebüsch, rannte los und hoppelte wie ein Hase auf der Flucht über Steine und Äste, die im Weg lagen. Ihr Herz hämmerte im Takt ihrer trommelnden Füße, der Umhang wehte wie ein aufgeblähtes Segel hinter ihr her und blieb etliche Male an Dornen und kleinen Ästen hängen.

Doch Rhea lief einfach weiter. Sie hoffte nur, dass sie die richtige Richtung eingeschlagen hatte. Sie musste unbedingt auf den Fürsten der grausamen Khyroi treffen, unbedingt, bevor sein ganzes Heer aufschließen konnte. Verzweifelt umrundete sie das halbe Sirrthafeld auf der Suche nach ihrem Ziel. Das Geräusch der marschierenden Khyroi kam näher und näher.

Plötzlich sah sie ihn – nicht den Fürsten der grausamen Khyroi, den sah sie einen Wimpernschlag später, sondern Eliahs Kristall. Er leuchtete und funkelte wie wild in der Dunkelheit und versprühte verschwenderisch seine tausend Lichter. Der Fürst der grausamen Khyroi trug ihn auf der ausgestreckten Hand vor sich her wie eine Trophäe.

Und dann standen sich Rhea und der Fürst der grausamen Khyroi gegenüber. Der Fürst blieb abrupt stehen und sah sie verwundert an, seine roten Tentakeln zuckten hin und her. Rhea blickte ihm unverwandt in die eisblauen Augen, ihre Brust hob und senkte sich rasend schnell in dem Bemühen, wieder zu Atem zu kommen. Keiner sprach ein Wort. Schemenhaft konnte Rhea die Khyroi hinter ihm zwischen den Bäumen erkennen, trotzdem ließ sie seinen Blick nicht los. Der Fürst der grausamen Khyroi schloss die Hand über Eliahs Kristall und die Lichter erloschen. In Gedanken atmete Rhea auf. Sie hatte Zeit gewonnen, doch wie sollte sie dem Fürsten der grausamen Khyroi den Kristall entreißen?

„Was willst du?“, herrschte dieser sie an. „Geh mir aus dem Weg, du Gör!“

„Nie im Leben!“ Rhea war mutiger, als sie sich fühlte.

Die Khyroi schlossen drohend einen Schritt auf, doch der Fürst hieß sie durch eine Handbewegung innehalten. Ungläubig sah er auf Rhea herab und polterte: „Ich sage, lass mich durch, sonst hetze ich mein Heer auf dich.“

„Das kannst du machen, wie du willst, an mir kommst du nicht vorbei. Es sei denn, du gibst mir den Kristall.“ Woher nahm sie nur diese Selbstsicherheit und den Mut, sich dem Fürsten entgegenzustellen?

Prompt fing der Fürst der grausamen Khyroi lauthals an zu lachen, während seine Tentakeln sachte um sich schlugen. Seine Stimme schallte blechern durch den Wald und seine Gestalt vibrierte. „Haha, du Maroughi, du. Du WINZLING! Was kannst du mir schon anhaben. Bald wirst du vor mir im Staub knien und mir die Füße küssen!“

Rhea konnte deutlich sehen, was er dachte: „Das konnte doch nicht wahr sein, dass so ein unbedeutendes Individuum es wagte, sich ihm, dem Fürsten der grausamen Khyroi in den Weg zu stellen!“ Und Rhea wusste, dass er recht hatte. Er konnte sie jederzeit niedertrampeln und wie ein lästiges Insekt unter seinen Füßen zerquetschen. Doch sie blieb äußerlich unbeirrt stehen und versperrte ihm weiter den Weg. Innerlich jedoch wäre sie am liebsten weggelaufen, hätte sich unter den nächsten Busch verkrochen und fürchterlich geweint.

Wie kam sie hier nur unbeschadet heraus? Kam sie überhaupt unbeschadet heraus? Aber sie musste es durchstehen, ihrem Volk zuliebe und allen, die sie liebte. Sie hoffte inbrünstig, dass sich die anderen Maroughi noch zurückhielten und nicht eingriffen, sie würden sonst alles verderben.

„Schluss jetzt mit diesen Kindereien“, stieß der Fürst unwirsch hervor und schubste Rhea grob zurück. Gleichzeitig streckte er die Faust mit dem Kristall aus, öffnete die Hand und Sekunden später fluteten die Lichter erneut zum Himmel.

Rhea erschrak. Sie musste handeln, jetzt. Sie machte einen Schritt vor und stellte sich ihm in den Weg, doch der Fürst der grausamen Khyroi gab ihr nochmals einen heftigen Stoß vor die Brust, der sie rücklings zu Boden schleuderte. Mit dieser Kraft hatte Rhea nicht gerechnet. Hilflos versuchte sie, den Sturz abzufangen, als ein stechender Schmerz in ihrem rechten Handgelenk explodierte. Vor Schmerzen keuchend lag sie am Boden, umklammerte das schmerzende Handgelenk und blickte zum Fürsten der grausamen Khyroi auf, zu dem funkelnden Kristall in seiner Hand. Er war so schön, so schön ... und so tödlich.

Der Fürst beachtete sie gar nicht, stieg einfach über sie hinweg und schlug die Richtung zum Sirrthafeld ein. Hilflos musste Rhea mit ansehen, wie der Kristall sich entfernte. Was sollte sie nur tun? Heiß stieg die Verzweiflung in ihr auf und ließ ihren Hals schmerzen. War nun alles aus? Hatte sie versagt? Würden sie und ihr Volk zugrunde gehen?

Rhea versuchte, aufzustehen, doch als sie sich abzustützen versuchte, schoss dieser stechende Schmerz wieder durch ihr Handgelenk. Stöhnend blieb sie sitzen. Ihr blieb keine Zeit mehr, sie musste handeln, sonst war alles zu spät! Wenn der Fürst der grausamen Khyroi es schaffte, das Licht des leuchtenden Kristalls mit den Lichtern der Sirrtha zu vereinen, war alles aus. Und er wusste das genauso gut wie sie.

Das Khyroiheer setzte sich langsam in Bewegung, um seinem Herrscher zu folgen, und drohte Rhea zu zertrampeln. Ächzend drehte sie sich mit zusammengebissenen Zähnen um, den pochenden Schmerz in ihrem Handgelenk ignorierend, und schaffte es, sich auf der anderen Hand abzustützen. Dann endlich konnte sie aufstehen. Sie stöhnte, als der Schmerz ihr Handgelenk zerschnitt. Keine Sekunde später zertrampelten unzählige marschierende Khyroifüße das Gras dort, wo sie eben noch gelegen hatte. Sie musste dem Fürsten der grausamen Khyroi den Kristall wegnehmen, sonst war es zu spät! Schnell stolperte sie ihm hinterher, während der Schmerz in ihrem Handgelenk im Takt ihrer Schritte pulsierte. Er schoss wie flüssiges Feuer ihren Arm hinauf bis in die Schulter. Rhea stützte das verletzte Gelenk mit ihrer anderen Hand leicht ab, um die Bewegung abzufedern. Sie biss die Zähne zusammen. Sie musste dem Fürsten der grausamen Khyroi hinterher, musste ihn unbedingt einholen! Sie durfte nicht versagen, durfte nicht die Zukunft des gesamten Waldvolks zerstören!

Aber woher sollte sie nur die Kraft nehmen? Sie fühlte sich so schwach, der Schmerz in ihrer Hand sog mit jedem Pulsieren die Energie aus ihr heraus. Wie sollte sie sich dem Fürsten der grausamen Khyroi noch einmal entgegenstellen können – mit einer verletzten Hand? Wie sollte sie ihm den Kristall wegnehmen, wie kämpfen? Sie merkte, wie ihr die Mutlosigkeit die Tränen in die Augen trieb.

„Hilf mir“, flüstere sie und nahm völlig verzweifelt den Sternsaphir in ihre Hand. Sofort verlor sie jeglichen Halt und tauchte ein in das kalte Nichts des Steins. Im Rauschen des Wirbels hörte sie die Worte der Eule der Verdammnis laut in ihrem Kopf widerhallen, als ob diese leibhaftig neben ihr stünde: „Hüte diesen Sternsaphir! Hüte ihn gut. Er wird Befreiung bedeuten, wenn die Gefahr am größten ist." Und der Saphir zeigte ihr ein Bild, das Bild des brennenden Blutstromes. „Nur der brennende Blutstrom kann euch dann noch retten!"

Nun wusste Rhea, was zu tun war! Sie musste die *richtigen* Lichter vereinen, die Lichter von Eliahs Kristall und ihrem Sternsaphir, Zwilling zu Zwilling, trotzdem nicht dieselben.

Plötzlich durchströmte Rhea ein nie gekanntes Gefühl. Es war ein Gefühl der Wärme, der Stärke, des Wissens und der Macht, das selbst den Schmerz verblassen ließ. Sie fühlte Triumph und Zuversicht – und Überlegenheit. Machtvoll erhob sie ihre Stimme, die drohend über die Lichtung donnerte: „Fürst der grausamen Khyroi, ich, Friedenskind, befehle dir, stehen zu bleiben. GIB MIR DEN KRISTALL!" Und von irgendwoher schallte unheimlich das Echo zurück.

Der Fürst der grausamen Khyroi blieb stehen, seine Tentakeln erstarrten, als er sich langsam umwandte, während er immer noch den Kristall vor sich hielt, und sah sie ungläubig an. Rhea konnte sehen, wie sich ganz langsam, fast in Zeitlupe seine siegessichere, überhebliche Miene in Entsetzen wandelte. Seine Gesichtszüge entgleisten ihm, seine Augen weiteten sich, die Unterlippe sackte herab und er hob abwehrend einen Arm vor das Gesicht, als ob er sich schützen wollte. In seinem Gesicht stand das kalte Grauen.

Einen Moment lang war Rhea verwirrt. War sie plötzlich so angsteinflößend? Doch da bemerkte sie, dass der Fürst der grausamen Khyroi gar nicht sie ansah, sondern dass sich sein entsetzter Blick etwas tiefer festgesaugt hatte, und im selben Augenblick wusste Rhea, was er so sehr fürchtete.

Da hörte sie ihn auch schon fassungslos flüstern: „Der Sternsaphir der Seherin."

Ja, der Sternsaphir der Seherin, dessen Strahlen Hoffnung, Glaube und Schicksal symbolisieren. Auch Rhea wusste nun um seine Macht. Sie nahm den Stein in die unverletzte Hand. Mit einem Ruck zog sie daran, sodass das Lederband zerriss. Nun lag der Saphir der Seherin in ihrer geöffneten Handfläche. Er war warm, sehr warm und seine feinen Äderchen pulsierten in einem leuchtenden Rot. Einen Moment lang sah sie ihn verzückt an, dann schloss sie die Hand zur Faust, blickte langsam wieder auf und dem Fürsten der grausamen Khyroi tief in die bleichen, blicklosen Augen. Bedächtig hob Rhea ihre geschlossene Hand, streckte sie aus, noch ein Stück, und hob sie triumphierend über den Kopf. Augenblicklich schoss ein dunkelroter Lichtstrahl zwischen ihren Fingern hervor wie eine sprudelnde Blutfontäne, bildete einen weiten Bogen und übergoss den Fürsten der grausamen Khyroi mit seinem blutroten Licht. Der Fürst krümmte sich wie unter Schmerzen zusammen, stöhnte auf und hob schützend die Arme über sich, in der Hand den Kristall. Kaum dass das Blutrot von Rheas Stein Eliahs Kristall berührte, verlosch das Bunt des Kristalls. Rhea öffnete ihre Hand und die Blutfontäne schwoll an. Unerbittlich sprudelte das Licht aus dem Saphir, immer höher und immer schneller. Es übergoss den Fürsten der grausamen Khyroi, ließ ihn nicht aus den Fängen, und der Fürst ertrank darin. Unerbittlich stand Rhea da, bis endlich das ganze rote Licht verbraucht war, der Saphir erlosch und alles in tiefer Dunkelheit versank.

Stille. Dann das entsetzte Flüstern des Fürsten: „Was hast du getan? Oh nein, du törichtes Gör, was hast du nur getan?"

Sie hatte genau das Richtige getan, die beiden Lichter der Zwillingssteine vereint, Eliahs Kristall und ihren Eulenstein. Rhea konnte nichts sehen in der Dunkelheit, die blutrote Fontäne hatte sich tief in ihre Augen eingebrannt. Um sie herum blieb alles still, scheinbar verharrten auch die Khyroi an Ort und Stelle, auch von den Maroughi war nichts zu hören.

Da hörte Rhea auf einmal ein neues Geräusch, das ganz leise war, aber sehr schnell anschwoll. Flügel! Sie hörte die Flügel unzähliger Elkinne sirren. Rhea sah hinauf in den nachtdunklen Horizont. Da! Da vorne war ein grünlicher Schimmer, der rasch näher kam! Eine Sekunde später sah sie die Elkinne selbst am Himmel auftauchen, auch Miron und Senja waren dabei. Sie hielten ein riesengroßes Netz, das aus grünlich fluoreszierender Brommlerseide gesponnen war, zwischen sich gespannt und flogen auf sie zu.

Der Fürst der grausamen Khyroi lag immer noch stöhnend und zusammengekrümmt am Boden, während sich Rhea hastig über ihn beugte und ihm mit ihrer gesunden Hand Eliahs Kristall abnahm. Ein Wimmern entrang sich ihm, doch er unternahm keinen Versuch mehr, den Kristall zu verteidigen. Er wusste, dass er verloren hatte. Auch ihn hatte die Eule der Verdammnis verraten. Selbst das Khyroiheer blieb stumm stehen, erstarrt über den Anblick ihres hilflosen Fürsten, der ihnen nun keine Anweisungen mehr geben konnte, und ohne Anweisung durften sie sich nicht bewegen, das war die Regel, an die sie sich selbst jetzt hielten, so groß war offensichtlich ihre Angst vor der Grausamkeit des Fürsten.

Schnell schob Rhea die beiden Steine in ihren Umhang, bevor sie wieder nach oben sah. Das Netz hing nun genau über ihnen und Rhea wusste, was als Nächstes kommen würde. Rasch duckte sie sich und sprang über den am Boden zerstörten Fürsten, weg vom Khyroiheer und hinein in das Sirrthafeld. Dort wurde sie von den anderen Maroughi stumm in Empfang genommen, die sofort einen schützenden Wall um Rhea bildeten. Dann passierten zwei Dinge gleichzeitig:

… Die Brommler tauchten am anderen Ende des Feldes auf! Ihre dicken, unförmigen Körper hoben sich leuchtend grün vom Hintergrund ab. Sie hatten sich aufgeteilt, krochen nun langsam um das Sirrthafeld herum auf das Heer zu.

... Und das Netz fiel. Die Elkinne ließen es genau über dem Khyroiheer herab, das immer noch regungslos um ihren Herrscher stand. Riesengroß fiel es über die grausamen Khyroi, schloss sie mitsamt ihrem Fürsten ein, während die Elkinne surrend zur Landung ansetzten. Kaum hatten ihre Füße den Boden berührt, schlossen sie einen Ring um das Netz, unterstützt von den Brommlern und den Maroughi, sodass kein Khyroi entkommen konnte.

Als das mit Brommlermilch getränkte Netz die Khyroi berührte, fingen diese an, zu schreien. Ihre Schreie wurden immer spitzer und ließen Rhea das Blut in den Adern gefrieren. Am liebsten hätte sie sich die Ohren zugehalten. Stattdessen musste sie mit ansehen, wie die Khyroi anfingen, zu dampfen und zu qualmen. Erst ganz wenig, dann stieg immer mehr Rauch auf. Schnell schloss Rhea die Augen, denn sie wollte nicht mit ansehen, wie die Khyroi sich auflösten. Stück für Stück erstarben die Schreie der Khyroi, bis alles ruhig war. Die Stille, die nun einsetzte, war unheimlich, noch viel unheimlicher als die qualvollen Schreie zuvor, denn diese Stille bedeutete, dass es vorbei war.

Rhea dachte, dass die aufgelösten Khyroi für immer in der Unendlichkeit des Universums verschwunden wären. Doch als sie sich traute, die Augen wieder zu öffnen, sah sie, wie sich der rauchige Nebel, der aus dem Netz aufstieg, zu einer dampfigen Wolke sammelte. Je mehr Nebel aufstieg, desto größer wurde die Wolke, bis sie schließlich den

Nebel aller aufgelösten Khyroi in sich aufgesogen hatte. Dann begann die riesige Wolke, langsam zu brodeln und in allen nur erdenklichen Farben zu leuchten und zu schillern. Rhea sah wie hypnotisiert auf das pulsierende Gewebe, dessen Pulsschlag immer schneller wurde, wobei Rhea das Gefühl hatte, ihr eigenes Herz schlüge den Takt mit. Endlich, als der Puls schon fast zum Dauerlicht wurde, spürte Rhea einen heftigen Windstoß und die Wolke zerriss mit einem Schlag. Nein, sie zerriss nicht, sie zerfiel in Hunderte schillernde Schmetterlinge. Die Luft war erfüllt von einem heftigen Summen, das von Hunderten Flügeln herrührte, und der leichte Windstoß, der Rhea nun über die Wange streichelte, war sanft und gut.

Die schillernden Schmetterlinge erhoben sich, stoben auseinander in alle Richtungen. Sie waren nun frei, ihrer Fesseln entbunden und allen Grausamkeiten entkommen. In der Mitte des Schwarms erhob sich ein besonders großer, schöner, roter Schmetterling, der stolz hin und her tanzte, während er sich in die Höhe schraubte – der Fürst der grausamen Khyroi. Der schönste und stolzeste und harmloseste Schmetterling in ganz Muringen.

Die Nachfolgerin

Rhea fing an, zu weinen. Lautlos rannen ihr die Tränen über die Wangen, der Anblick der wunderschönen bunten Schmetterlinge hatte ihr Innerstes berührt. Auch war sie zu Tode erschöpft, fühlte sich schwach und ausgelaugt und wäre am liebsten hier auf der Stelle in tiefen Schlaf gesunken. Gleichzeitig war sie auf eine eigenartige Weise glücklich. Sie war so dankbar, dass es zu keinem großen Gemetzel gekommen war, dass alle noch am Leben waren, dass die grausamen Khyroi nun wunderschöne Schmetterlinge waren und ihre Freiheit zurückbekommen hatten. Die Einzige, die sich verletzt hatte, war Rhea. In ihrem Handgelenk pulsierte immer noch der Schmerz, doch das war eine Kleinigkeit, die Fine sicherlich rasch heilen konnte.

Während sie alle noch stumm verharrten und den Schmetterlingen hinterher sahen, bewegte sich etwas im Wald. Rhea erschrak, als sie die

Bewegung entdeckte, und wich instinktiv einen Schritt zurück. Dann nahm sie einen gelben Schimmer wahr, der von der Gestalt ausging und sie beschlich eine gewisse Ahnung. Angespannt stand sie da, während sie beobachtete, wie die Eule der Verdammnis aus dem Wald heraustrat. Im gleichen Augenblick bemerkte Rhea, dass der neue Tag anbrach, von dem sie gedacht hätte, ihn vielleicht nie zu erleben. Das erste zarte Blassrosa verscheuchte die Grauen der Nacht, feine Morgenstrahlen tauchten die Eule der Verdammnis in ein weiches Licht und Rhea sah der Eule ins Gesicht. Der Schock schlug unvorbereitet zu.

Die Eule der Verdammnis war alt, uralt. Ihre untere Gesichtshälfte war von tiefen Falten durchzogen, die Haut runzelig und mit Altersflecken übersät, die Lippen eingefallen und rissig, die Haut der Hände so dünn wie Pergament – und Rhea fühlte sich In ihren Albtraum zurückversetzt, den sie noch kurz zuvor in ihrem Versteck geträumt hatte, als sie auf die Ankunft des Khyroiheeres gewartet hatte, und der sich nun auf grausame Weise zu bewahrheiten schien.

Majestätisch schritt die Eule der Verdammnis auf Rhea zu. Alle Augen waren auf sie gerichtet, wobei jeder den Atem anhielt in erwartungsvollem Misstrauen.

Doch die Eule der Verdammnis lächelte weich. Als sie vor Rhea stand, sprachen ihre beiden Stimmen: „Ich danke dir, Friedenskind. Du hast all die Erwartungen, die ich in dich gesetzt habe, erfüllt und deine Prüfung bestanden.“ Ihre beiden Stimmen schwebten nicht bedrohlich über die Lichtung, wie Rhea sie in Erinnerung hatte, sondern klangen gütig und sanft. „Höre: Den Kristall, den Eliah an deiner Lieblingsstelle am Bach im Wald gefunden hatte, hat er nicht zufällig gefunden. Ich habe ihn dort verborgen, weil ich wusste, wie leidenschaftlich Eliah Steine sammelt, genauso wie ich wusste, dass dies deine Lieblingsstelle ist, die du so gerne aufsuchst. Nachdem mir mein zweites Gesicht gezeigt hatte, dass der Fürst der grausamen Khyroi Kattra ausschicken würde, um euch endgültig zu vernichten, musste ich handeln. Auch meinen Verrat euch gegenüber musste ich schweren Herzens begehen. Ich musste dem Fürsten der grausamen Khyroi verraten, welche Macht der geheimnisvolle Kristall hatte, damit du, Rhea Friedenskind, meinen Weg einschlagen konntest. Ich wusste, dass mein roter Saphir dich beschützen und dir den Weg zeigen würde.“ Sie legte die Hände auf Rheas Schultern und sah ihr tief in die Augen. Obwohl Rhea die Berührung kaum spürte, zuckte sie zusammen, denn die zarten Hände luden Tonnen auf Rheas Schultern. „Bedenke, Kind. Du wurdest nicht als Seherin geboren, doch die Zeiten standen schlecht. Der Fürst der grausamen Khyroi war zu allem wild entschlossen und Kattra hätte euer Lebensgefüge fast gänzlich zerstört und mir somit die Chance auf einen Nachfolger genommen. Diese Umstände erforderten mein Handeln und deine Prüfung. So hat das Rad des Lebens den seit Jahrhunderten eingeschlagenen Weg erstmals verlassen müssen, doch du hast dich dessen würdig erwiesen. Du hast es geschafft, alle Waldvölker zu vereinen und das Böse in harmlose Schönheit zu verwandeln. Damit hast du das gesamte Waldvolk vor dem Untergang gerettet. Friedenskind – deinen Namen trägst du zu Recht, ich habe die Richtige gewählt."

Die Eule der Verdammnis nahm ihre Hände von Rheas Schultern, die diese fehlende Last sofort körperlich spürte. Fast hatte sie den Eindruck, als ob sie schweben würde. Plötzlich spürte sie eine ungeheure Energie in sich aufsteigen, eine Freude und eine ruhige Gewissheit, eine Gewissheit, dass alles gut werden würde und sie alles meistern konnte, was die Zukunft noch für sie bereithielt. Doch die Wahrheit, die vor ihr stand, hatte sie noch nicht erkannt.

„Und auch mir hast du Frieden geschenkt. Frieden, auf den ich so unendlich lange warten musste. Hättest du deine Aufgabe nicht erfüllt und wärst gescheitert, wäre das der Untergang der bekannten Völker gewesen und eine neue Zeitrechnung hätte begonnen. Keiner hätte bestehen können, außer mir, und ich hätte noch länger leben müssen, einsam und verlassen ... und verzweifelt. So aber habe ich bekommen, was mir nach so langer Zeit zusteht. Du hast auch mich erlöst, Friedenskind, du wirst mir eine würdige Nachfolgerin sein. Nun kann ich die Verantwortung weiterreichen und beruhigt von euch gehen." Die Eule der Verdammnis streckte ihre Hand aus und strich versonnen über den Sternsaphir an Rheas Hals. „Dieser Saphir steht für Wahrheitsliebe und Weisheit. Seine Strahlen symbolisieren Hoffnung, Glaube und Schicksal. Er hat dir und deinem Waldvolk gute Dienste geleistet und wird dich auf deinem weiteren Wege wohl unterstützen." Sie nahm ihre Hand von Rheas Stein, die ihn sofort schützend in ihre Hand nahm, wie sie es so oft in letzter Zeit getan hatte.

„Doch ich gehe nicht ohne ein letztes Geschenk an dich, Friedenskind." Noch einmal legte die Eulenfrau ihre Hände auf Rheas Schultern, doch diesmal spürte sie sie kaum. „Von meinem Tode an wirst du der einzige Maroughi in ganz Muringen sein, der zwei Sirrtha sein

Eigen nennen darf. Denn von meinem Tode an ist auch der Sirrtha der Weisheit dein Eigen. Er ist ein mächtiger Sirrtha, der mächtigste im großen weiten Wald von Muringen. Diesen Sirrtha kann kein Ratsältester zuweisen. Einzig die Seherin kann ihn weitergeben, denn er vereint das gesamte Wissen der Generationen in sich. Der Sirrtha der Weisheit wird deine Eigenschaft der Wahrheitsliebe zur Fähigkeit der Allwissenheit wandeln." Sie nahm ihre Hände wieder von Rheas Schultern. „Nun ist alles gesagt, was ich zu sagen hatte." Mit diesen Worten wandte sich die Eule der Verdammnis um, schritt so leichtfüßig über den Boden, dass es aussah, als würde sie schweben, und verschwand im Wald.

Rhea sah ihr nach, während die Wahrheit langsam in ihr Bewusstsein sickerte. Sie war die Nachfolgerin? Sie, Rhea, sollte die neue Seherin sein? Und den mächtigen Sirrtha der Weisheit ihr Eigen nennen? Nein, das wollte sie nicht, diese Zukunft hatte sie nicht für sich gewünscht. Doch blieb ihr eine Wahl?

Da spürte sie, wie jemand neben ihr auftauchte. Sie brauchte sich nicht umzudrehen, um zu wissen, dass es Eliah war. Schnell tastete sie mit ihrer gesunden Hand nach seiner. Er nahm sie und drückte sie leicht. Dankbar erwiderte Rhea den Druck, die Wärme seiner Hand tat ihr unendlich gut. Auch auf ihrer anderen Seite spürte sie jemand Vertrauten, der ihr zuflüsterte: „Ich habe es geahnt. Immer schon habe ich geahnt, dass du die Nachfolgerin der Seherin bist." Gork berührte leicht ihren Arm. „Aber als wir bei der Eule der Verdammnis waren, musste ich feststellen, dass diese nicht gealtert war, was bedeutete, dass du nicht als ihre Nachfolgerin geboren worden bist. Ich war verwirrt, verunsichert, ob ich mich in meiner Wahl getäuscht hatte. Ich bekam schreckliche Angst, dass meine Wahl des Sirrthas für dich die falsche sein könnte und ich somit ein unvorstellbares Drama auslösen würde. Doch dann hat die Eule der Verdammnis dich Friedenskind genannt und da wusste ich, dass es diesmal anders sein würde als all die Jahrhunderte zuvor. Sie hatte dieses Mal selbst gewählt. Als du dann bei mir warst und die Wahrheit über die Kinder erfahren hattest, die ganze Wahrheit und deren Auswirkung in der Zukunft, obwohl du dies nicht wissen konntest, wusste ich, dass dir Großes bevorstand. Und du hast das Leben der Kinder gerettet. Dafür werde ich dir mein Leben lang dankbar sein." Rhea blickte ihn schweigend an. Gork erwiderte stumm ihren Blick. Mehr gab es nicht zu sagen, es war alles bereits gesagt.

Epilog

Am nächsten Tag ließen sie Kattra frei. Alle Maroughi und fast alle Elkinne hatten sich um den Gefängnisbaum versammelt. Rhea sah zu, wie sie ihn aus seinem Gefängnisbaum holten. Dann ließen sie ihn laufen, keiner wollte ihn länger in seiner Nähe wissen. Als er erfuhr, was sich zugetragen hatte, fing er an, zu wimmern und zu jammern, und seine blecherne Stimme quietschte wie ein schlecht geölter Eisenriegel. Mit gesenktem Kopf und hängenden Tentakeln stapfte er in den Wald hinein und war kurz darauf verschwunden. Seine Stimme aber konnten sie noch lange quietschen und schnarren hören.

Er war nun der einzige seiner Art, der noch als Khyroi existierte, und konnte keinen Schaden mehr anrichten. Stattdessen war er dazu verdammt, einsam und allein sein Dasein zu fristen, das war Strafe genug. Und wer weiß, vielleicht durchstreift er heute noch die unendlichen Wälder von Muringen.

Als Rhea ihm hinterherblickte, dachte sie darüber nach, dass durch diesen kleinen, unscheinbar wirkenden Khyroi fast das gesamte Waldvolk vernichtet worden wäre – ganz zu schweigen von vier kleinen unschuldigen Maroughikindern. Doch zum Glück ging es Raven, Benra, Sevi und Kora zusehends besser. Als Rhea sie besuchte hatte, saß Kora schon aufrecht im Bett und verschlang gierig eine Schüssel Haferbrei, gesüßt mit reifen Pflaumen. Die anderen drei lagen zwar noch, waren aber bei Bewusstsein und blickten mit wachen Augen umher. Fine war sich sicher, dass sie wieder ganz gesund werden würden und ihre Wandelung feiern konnten.

Nachdem die Kinder nun ebenso das Bewusstsein von Kattra in sich trugen wie ihre vier Sirrtha auch, war das Gleichgewicht der Sirrtha wieder hergestellt und sie zeigten ebenfalls erste Anzeichen der Erholung. Zwar waren die Sirrtha immer noch schwach und anfällig, doch die Brommler der Elkinne und die Maroughi würden zusammenhalten und auf die Sirrtha achten, damit sie auch ohne den Schutz und die Pflege ihrer Brommler durchhalten würden bis zur Wandelung der Kinder. Sie würden zwar nie wieder ihre volle Leuchtkraft zurückerhalten und immer etwas blasser als die anderen Sirrtha leuchten, dennoch würden sie in der Lage sein, die Fähigkeiten der vier Maroughikinder zu verstärken, ganz wie es bestimmt war.

***

Seufzend wandte sich Rhea um und machte sich auf den Weg zum Wurzelwerk. Doch sie konnte nicht lange bleiben. Sie hatte nun eine Aufgabe, die es zu erfüllen gab. Sie packte genug Proviant und ihren Umhang ein, bevor sie aufbrach. Sie musste ihren Weg gehen, der sie zum Baum der Eule der Verdammnis führte. Sie würde ganz alleine gehen, nur Wolke durfte sie begleiten. Bei diesem Weg konnte sie keiner unterstützen.

***

Die Eule der Verdammnis lebte noch zwei Tage lang. Während der Zeit saß Rhea an ihrem Sterbebett im Eulenbaum und hielt Wache. Schlafend lag die Seherin auf dem Sterbelager, die gelben Eulenaugen

geschlossen. Ihr Atem ging flach, aber regelmäßig. Rhea sah besorgt auf sie herab, streichelte sanft die alte, faltige Hand und folgte mit ihren Bewegungen dem Rhythmus des Atems der Sterbenden, während beide auf Erlösung warteten.

Rhea hatte sich in ihr Schicksal gefügt und ihren Frieden mit dem Eulenwesen geschlossen. Sie würde ihr Erbe annehmen, so schwer es ihr auch fiel, denn sie wusste, sie würde keine zweite Eule der Verdammnis werden. Sie würde klug, weise und gütig sein und den Ratsuchenden helfen, so gut sie konnte. Keiner würde einen Grund haben, sie zu verdammen.

Plötzlich veränderte sich der Rhythmus des Atems der Sterbenden. Rhea stockte, als er aussetzte. Dann schnappte die Eule der Verdammnis unwillkürlich laut nach Luft, um diese dann langsam zu entlassen. Rhea wartete umsonst auf das nächste Einatmen.

Die neue Seherin sah auf die vergangene Seherin herab und machte sich bereit, ihr Erbe anzutreten, irgendwo in einem Baum tief im Wald von Muringen.

Glossar

Wer lebt alles im Wald von Muringen?

Die Maroughi:
Kleine pummelige Waldgnome, die unter den Wurzelwerken alter Bäume leben.

Rhea und Eliah:	Zwillinge
Fine:	Heilerin und Mutter der Zwillinge
Naron:	Verstorbener Vater der Zwillinge
Gork:	Ratsältester der Maroughi
Manou & Heli:	Befreundetes Nachbars-Ehepaar von Fine
Manou.	Mitglied im Ältestenrat
Verrückte Susa:	Mitglied im Ältestenrat
Fenghi:	Susas Mann, Mitglied im Ältestenrat
Alte Alma:	Mitglied im Ältestenrat
Raven, Benra:	Kranke Maroughibuben
Sevi, Kora:	Kranke Maroughimädchen
Darelin:	Verstorbenes Maroughi-Kind
Wolke:	Rheas kleine Wollratte

Die Elkinne:
Zierliche, fliegende Wesen, die in Hütten in den Baumkronen leben

Balem:	grantiger Elkin
Anthor & Xeron:	starke Elkinne
Senja & Miron:	Elkinne der Zwillinge

Die Brommler der Elkinne:
Raupen vor ihrer Verpuppung

Die grausamen Khyroi:
Lange, dünne Wesen mit Tentakeln, die in einem weitläufigen Erdhügel außerhalb des Waldes wohnen

Fürst der grausamen Khyroi:	Todfeind der Waldbewohner
Kattra:	Handlanger und Spion des Fürsten
Sirrtha:	Wesenspilze
Eule der Verdammnis:	Orakelndes Wesen

Wolke

Die Autorin

Kerstin Gramelsberger wurde 1971 in München geboren und ist im Landkreis München aufgewachsen. Dort lebt die verheiratete Mutter zweier Töchter nach wie vor mit ihrer Familie. Nach ihrer Ausbildung zur Industriekauffrau hat sie das Fachabitur nachgeholt und arbeitet heute gemeinsam mit ihrem Mann im eigenen Bauunternehmen.
Neben dem Reiten waren Bücher schon immer fester Bestandteil ihres Lebens. Und so hat sie 2014 die Seiten gewechselt und angefangen, zu schreiben. Sie ist in mehreren Anthologien vertreten und hat bereits ein Kinderbuch veröffentlicht. www.kerstin-gramelsberger.de

Buchtipp

Cloud van Miller
Der Herr der Zeitenwende - Das Erwachen der Steine Band 1

ISBN: 978-3-96074-057-5, Taschenbuch, 410 Seiten

Wir sind nur ein Sandkorn im unendlichen Universum. Mit unserer Gier nach Reichtum und Macht haben wir diesen wunderbaren Planeten fast vernichtet.

Tausende Jahre später durchbricht ein Lichtstrahl die ewige Dunkelheit. Die Überlebenden erhalten eine zweite Chance: Yoki – der Herr der Zeitenwende. Es beginnt ein Kampf gegen mächtige Feinde und eine entfesselte Natur.

Buchtipp

Leodas Kent
Teufelsträne - Zeugen des Untergangs

ISBN: 978-3-96074-340-8, Taschenbuch, 296 Seiten

Ein Jahrtausende währender Krieg geht in die letzte Runde! Die Geschicke der Menschheitsgeschichte werden immer wieder durch die Steinwächter entschieden, Menschen, die ihr Leben dafür geben würden, sieben Diamanten mit finsteren Kräften vor Dämonen und dem Teufel selbst zu beschützen. In den 80ern gerät einer dieser Diamanten in die Hände von Elli und ihrem Bruder Finn. Ehe sich die Geschwister versehen, werden sie selbst zur Zielscheibe dunkler Mächte, denn die Dämonen sind allgegenwärtig und zu allem bereit, um das Relikt aus einer längst vergangenen Zeit wieder in ihren Besitz zu bringen.